"十三五" 国家重点出版物出版规划项目

外国文学研究
核心话题系列丛书
Key Topics in Foreign
Literature Studies

● 社会·历史研究
Social/Historical Studies

外语学科核心话题
前沿研究文库

文化唯物主义

＊

Cultural Materialism

赵国新　袁方　著

外语教学与研究出版社
FOREIGN LANGUAGE TEACHING AND RESEARCH PRESS
北京 BEIJING

图书在版编目 (CIP) 数据

文化唯物主义 / 赵国新，袁方著. —— 北京：外语教学与研究出版社，2019.12
(2020.12 重印)
（外语学科核心话题前沿研究文库. 外国文学研究核心话题系列丛书. 社会·历史研究）
ISBN 978-7-5213-1372-7

Ⅰ. ①文… Ⅱ. ①赵… ②袁… Ⅲ. ①文学评论－研究 Ⅳ. ①I0

中国版本图书馆 CIP 数据核字 (2019) 第 271846 号

出 版 人　徐建忠
选题策划　常小玲　李会钦　段长城
项目负责　王丛琪
责任编辑　解碧琰
责任校对　段长城
装帧设计　杨林青工作室
出版发行　外语教学与研究出版社
社　　址　北京市西三环北路 19 号（100089）
网　　址　http://www.fltrp.com
印　　刷　北京九州迅驰传媒文化有限公司
开　　本　650×980　1/16
印　　张　14
版　　次　2019 年 12 月第 1 版　2020 年 12 月第 2 次印刷
书　　号　ISBN 978-7-5213-1372-7
定　　价　51.90 元

购书咨询：（010）88819926　电子邮箱：club@fltrp.com
外研书店：https://waiyants.tmall.com
凡印刷、装订质量问题，请联系我社印制部
联系电话：（010）61207896　电子邮箱：zhijian@fltrp.com
凡侵权、盗版书籍线索，请联系我社法律事务部
举报电话：（010）88817519　电子邮箱：banquan@fltrp.com
物料号：313720001

记载人类文明
沟通世界文化
www.fltrp.com

出版前言

随着中国特色社会主义进入新时代，国家对外开放、信息技术发展、语言产业繁荣与教育领域改革等对我国外语教育发展和外语学科建设产生了深远影响，也有力推动了我国外语学术出版事业的发展。为梳理学科发展脉络，展现前沿研究成果，外语教学与研究出版社汇聚国内外语学界各相关领域专家学者，精心策划了"外语学科核心话题前沿研究文库"（下文简称"文库"）。

"文库"精选语言学、应用语言学、翻译学、外国文学研究和跨文化研究五大方向共25个重要领域100余个核心话题，按一个话题一本书撰写。每本书深入探讨该话题在国内外的研究脉络、研究方法和前沿成果，精选经典研究及原创研究案例，并对未来研究趋势进行展望。"文库"在整体上具有学术性、体系性、前沿性与引领性，力求做到点面结合、经典与创新结合、国外与国内结合，既有全面的宏观视野，又有深入、细致的分析。

"文库"项目邀请国内外语学科各方向的众多专家学者担任总主编、子系列主编和作者，经三年协力组织与精心写作，自2018年底陆续推出。"文库"已获批"十三五"国家重点出版物出版规划项目，作为一个开放性大型书系，将在未来数年内持续出版。我们计划对这套书目进行不定期修订，使之成为外语学科的经典著作。

我们希望"文库"能够为外语学科及其他相关学科的研究生、教师及研究者提供有益参考，帮助读者清晰、全面地了解各核心话题的发展脉络，并有望开展更深入的研究。期待"文库"为我国外语学科研究的创新发展与成果传播作出更多积极贡献。

外语教学与研究出版社
2018年11月

目录

总序

　　外国文学研究在二十世纪的中国经历了作品译介时代、文学史研究时代和作家＋作品研究时代，如果查阅申丹和王邦维总主编的《新中国60年外国文学研究》，我们就可以看到，在改革开放后的中国，特别是在九十年代以后，外国文学研究进入了文学理论研究时代。译介外国文学理论的系列丛书大量出版，如"知识分子图书馆"系列和"当代学术棱镜译丛"系列等。在大学的外国文学课堂使用较多、影响较大的教程中，中文的有朱立元主编的《当代西方文艺理论》；英文的有张中载等编的《二十世纪西方文论选读》和朱刚编著的《二十世纪西方文艺批评理论》。这些书籍所介绍的西方文学理论和批评理论，以《二十世纪西方文论选读》为例，包括俄国形式主义、新批评、原型批评、结构主义、精神分析批评、接受美学与读者反应理论、后结构主义、西方马克思主义、女权主义、后现代主义、新历史主义、后殖民主义、文化研究等等。

　　十多年之后，这些理论大多已经被我国的学者消化、吸收，并在外国文学研究领域广泛应用。有人说，外国文学研究已经离不开理论，离开了理论的批评是不专业、不深刻的印象主义式批评。这话正确与否，我们不予评论，但它至少让我们了解到理论在外国文学研究中的作用和在大多数外国文学研究者心中的分量。许多学术期刊在接受论文时，首先看它的理论，然后看它的研究方法。如果没有通过这两关，那么退稿即是自然的结果。在学位论文的评阅中，评阅专家同样也会看这两个方面，并且把它们视为论文是否合格的必要条件。这些都促成了我国外国文学研究理论时代的到来。我们应该承认，中国读者可能有理论消化不良的问题，可能有唯理论马首是瞻的问题。在某些领域，特别是在博士论文和硕士论文中，理论和概念可能会被生搬硬套地强加于作品，导致"两张皮"的问题。但是，总体上讲，理论研究时代的到来是一个进步，是一个值得我们去探索和追寻的方向。

一

　　如果说"应用性"是我们这套"外国文学研究核心话题系列丛书"（以下简称"丛书"）追求的目标，那么我们应该仔细考虑以下两个问题：第一，我们应该如何强化理论的运用，它的路径和方法何在？第二，我们在运用西方理论的过程中如何体现中国学者的创造性，如何体现中国学者的视角？我们先看第一个问题。十年前，当人们谈论文学理论时，最可能涉及的是某一个宏大的领域，如新历史主义、女性主义、后殖民批评等。而现在，人们更加关注的不是这些大概念，而是它们下面的小概念，或者微观概念，比如互文性、主体性、公共领域、异化、身份等等。原因是大概念往往涉及一个领域或者一个方向，它们背后往往包含许多思想和观点，在实际操作中有尾大不掉的感觉。相反，微观概念在文本解读过程中往往具有很强的操作性，在分析作品时能帮助人们看到更多的意义，帮助人们更好地理解人物、情节、情景，以及这些因素背后的历史、文化、政治、性别缘由。

　　在英国浪漫派诗歌研究中，这种批评的实例比比皆是。比如莫德·鲍德金（Maud Bodkin）的《诗中的原型模式：想象的心理学研究》（*Archetypal Patterns in Poetry: Psychological Studies of Imagination*）就是运用荣格（Carl Jung）的原型理论对英国诗歌传统中出现的模式、叙事结构、人物类型等进行分析。在荣格的理论中，"原型"指古代神话中出现的某些结构因素，它们已经扎根于西方的集体无意识，在从古至今的西方文学和仪式中不断出现。想象作品的原型能够唤醒沉淀在读者无意识中的原型记忆，使他们对此作品作出相应的反应。鲍德金在书中特别探讨了塞缪尔·泰勒·柯尔律治（Samuel Taylor Coleridge）的《古水手吟》（*The Rime of the Ancient Mariner*）中的"重生"和《忽必烈汗》（*Kubla Khan*）中的"天堂地狱"等叙事结构原型（Bodkin: 26–89），认为这些模式、结构、类型在诗歌作品中的出现不是偶然，而是自古以来沉淀在西方集体无意识中的原型在具体文学作品中的呈现（90–114）。同时她也认为，不但作者在创作时毫无意识地重现原型，而且这些作品对读者的吸引也与集体无意识有关，他们不由自主地对这些原型作出了反应。

在后来的著作中，使用微观概念来分析具体文学作品的趋势就更加明显。大卫·辛普森（David Simpson）的《华兹华斯的历史想象：错位的诗歌》（*Wordsworth's Historical Imagination: The Poetry of Displacement*）显然运用了西方马克思主义理论，但是它凸显的关键词是"历史"，即用社会历史视角来解读威廉·华兹华斯（William Wordsworth）。在"绪论"中，辛普森批评文学界传统上将私人领域与公共领域对立，将华兹华斯所追寻的"孤独"和"自然"划归到私人领域。实际上，他认为华氏的"孤独"有其"社会"和"历史"层面的含义（Simpson: 1–4）。辛普森使用了湖区的档案，重建了湖区的真实历史，认为这个地方并不是华兹华斯的逃避场所。在湖区，华氏理想中的农耕社会及其特有的生产方式正在消失。圈地运动改变了家庭式的小生产模式，造成一部分农民与土地分离，也造成了华兹华斯所描写的贫穷和异化。华兹华斯所描写的个人与自然的分离以及想象力的丧失，似乎都与这些社会的变化和转型有着密不可分的关系（84–89）。在具体文本分析中，历史、公共领域、生产模式、异化等概念要比笼统的马克思主义概念更加有用，更能产生分析效果。

奈杰尔·里斯克（Nigel Leask）的《英国浪漫主义作家与东方：帝国焦虑》（*British Romantic Writers and the East: Anxieties of Empire*）探讨了拜

伦（George Gordon Byron）的"东方叙事诗"中所呈现的土耳其奥斯曼帝国，雪莱（Percy Bysshe Shelley）的《阿拉斯特》（*Alastor*）和《解放了的普罗米修斯》（*Prometheus Unbound*）中所呈现的印度，以及托马斯·德·昆西（Thomas De Quincey）的《一个英国瘾君子的自白》（*Confessions of an English Opium-Eater*）中所呈现的东亚地区的形象。他所使用的理论显然是后殖民理论，但是全书建构观点的关键概念"焦虑"来自心理学。在心理分析理论中，"焦虑"常常指一种"不安""不确定""忧虑"和"混乱"的心理状态，伴随着强烈的"痛苦"和"被搅扰"的感觉。里斯克认为，拜伦等人对大英帝国在东方进行的帝国事业持有既反对又支持、时而反对时而支持的复杂心态，因此他们的态度中存在着焦虑感（Leask: 2–3）。同时，他也把"焦虑"概念用于描述英国人对大英帝国征服地区的人们的态度，即他们因这些东方"他者"对欧洲自我"同一性"的威胁而焦虑。

如果我们的目标是批评实践，是用批评理论进行文本分析，那么拉曼·塞尔登（Raman Selden）的《实践理论与阅读文学》（*Practicing Theory and Reading Literature*）一书值得我们参考借鉴。该书是他先前的《当代文学理论导读》（*A Reader's Guide to Contemporary Literary Theory*）的后续作品，主要是为先前的著作所介绍的批评理论提供一些实际运用的方法和路径，或者实际操作的范例。在他的范例中，他凸显了不同理论的关键词，如关于新批评，他凸显了"张力""含混"和"矛盾态度"；关于俄国形式主义，他凸显了"陌生化"；关于结构主义，他凸显了"二元对立""叙事语法"和"隐喻与换喻"；关于后结构主义，他凸显了意义、主体、身份的"不确定性"；关于新历史主义，他凸显了主导文化的"遏制"作用；关于西方马克思主义，他凸显了"意识形态"和"狂欢"。

虽然上述系列并不全面，我们现在所使用的概念的数量和种类都可能要超过它，但是它给我们的启示是：要进行实际的批评实践，我们必须关注各个批评派别的具体操作方法，以及它们所使用的具体路径和工具。我们这套"丛书"所凸显的也是"概念"或者"核心话题"，就是为了实际操作，为了文本分析。"丛书"所撰写的"核心话题"共分5个子系列，即"传统·现代性·后现代研究""社会·历史研究""种族·后殖民研究""自然·性别研究""心理分析·伦理研究"，每个子系列选择3—5个核心的话题，分别撰写成一本书，探讨该话题在国内外的研究脉络、发展演变、经典及原创研究案例等等。通过把这些概念运用于文本分析，达到介绍该批评派别的目的，同时也希望展示这些话题在具体的文学批评中的作用。

二

中国的视角和中国学者的理论创新和超越，是长期困扰国内外国文学研究界的问题，这不是一套书或者一个人能够解决的。外国文学研究界，特别是专注外国文学理论研究的学者，也因此承受了巨大的压力。有人甚至批评说，国内研究外国文学理论的人好像有很大的学问，其实仅仅就是"二传手"或者"搬运工"，把西方的东西拿来转述一遍。国内文艺理论界普遍存在着"失语症"。这些批评应该说都有一定的道理，它警醒我们在理论建构方面不能无所作为，不能仅仅满足于译介西方的东西。但是"失语症"的原因究竟是因为我们缺少话语权，还是我们根本就没有话语？这一点值得我们思考。

我们都知道，李泽厚是较早受到西方关注的中国现当代本土文艺理论家。在美国权威的文学理论教材《诺顿文学理论与批评选集》(*The Norton Anthology of Theory and Criticism*) 第二版中，李泽厚的《美学四讲》(*Four Essays on Aesthetics*) 中的"形式层与原始积淀"("The Stratification of Form and Primitive Sedimentation")成功入选。这说明中国文艺理论在创新方面并不是没有话语，而是可能缺少话语权。概念化和理论化是新理论创立必不可少的过程，应该说老一辈学者王国维、朱光潜、钱锺书对"意境"的表述是可以概念化和理论化的；更近时期的学者叶维廉和张隆溪对道家思想在比较文学中的应用也是可以概念化和理论化的。后两者在这方面做了很多工作，但要在国际上产生影响力，可能还需要有进一步的提升，可能也需要中国的学者群体共同努力，去支持、跟进、推动、应用和发挥，以使它们产生应有的影响。

在翻译理论方面，我国的理论创新应该说早于西方。中国是翻译大国，二十世纪是我国翻译活动最活跃的时代，出现了林纾、傅雷、卞之琳、朱生豪等翻译大家，在翻译西方文学和科学著作的过程中积累了大量的经验。在中国翻译家提出"信达雅"的时候，西方的翻译理论还未有多少发展。但是西方的学术界和理论界特别擅长把思想概念化和理论化，因此有后来居上的态势。但是如果仔细审视，西方的热门翻译理论概念如"对等""归化和异化""明晰化"等等，都没有逃出"信达雅"的范畴。新理论的创立不仅需要新思想，而且还需要一个整理、归纳和升华的过程，这就是我们所说的概念化和理论化。曹顺庆教授在比较文学领域提出的"变异学"就是一个有意义的尝试，我个人认为，它有可能成为中国学者的另一个理论创新。

理论创新是一件重要而艰难的事情，最难的创新莫过于思维范式的创新，也就是托马斯·库恩（Thomas S. Kuhn）在《科学革命的结构》（*The Structure of Scientific Revolutions*）中所说的范式（paradigm）的改变。哥白尼（Nicolaus Copernicus）的"日心说"是对传统的和基督教的宇宙观的全面颠覆，达尔文（Charles Darwin）的"进化论"是对基督教的"存在的大链条"和"创世说"的全面颠覆，马克思（Karl Marx）的唯物主义是对柏拉图（Plato）以降的唯心主义的全面颠覆。这样的范式创新有可能完全推翻以前人们对世界的认识，从而建立一套新的知识体系。福柯（Michel Foucault）在《词与物：人文科学考古学》（*The Order of Things: An Archaeology of the Human Sciences*）中将"范式"称为"范型"或"型构"（épistémè），他认为这些"型构"是一个时代知识生产与话语生产的基础，也是判断这些知识和话语正确或错误的基础（Foucault: xxi–xxiii）。能够改变这种"范式"或"型构"的理论应该就是创新性足够强大的理论。

任何创新都要从整理传统和阅读前人开始，用牛顿（Isaac Newton）的话来说，就是"我之所以比别人看得远一些，是因为我站在巨人的肩膀上"。福柯曾经提出了"全景敞视主义"（panopticism）的概念，用来分析个人在权力监视下的困境，在国内的学位论文中得到比较广泛的应用，但是这个概念来自英国功利主义哲学家杰里米·边沁（Jeremy Bentham）；福柯还提出了一个"异托邦"（heterotopia）的概念，用来分析文化差异和思维模式的差异，在中国的学术界也很有知名度，但这个概念是由"乌托邦"（utopia）的概念演化而来，它的源头可以追溯到古希腊的柏拉图和十六世纪的英国作家托马斯·莫尔（Sir Thomas More）。雅克·拉康（Jacques Lacan）对"主体性"（subjectivity）的分析曾经对女性主义和文化批评产生过很大影响，但是它也是对弗洛伊德（Sigmund Freud）心理分析的改造，可以说是后结构主义语言观与弗洛伊德心理分析的巧妙结合。弗雷德里克·詹明信（Fredric Jameson）的"政治无意识"（political unconscious）概念常常被运用在西方马克思主义批评中，但是它也是对马克思和路易·阿尔都塞（Louis Althusser）的"意识形态"（ideology）理论的发展，可以说是传统的马克思主义与后结构主义和心理分析的巧妙结合。甚至文化唯物主义和新历史主义批评的两个标志性概念"颠覆"（subversion）和"遏制"（containment）也是来自别处，很有可能来自福柯、雷蒙·威廉斯（Raymond Williams）或其他马克思主义批评家。虽然对于我们的时代来说，西方文论的消化和吸收的高峰期已经结束，但对于个人来说，消化和吸收是必须经过的一个阶段。

在经济和科技领域也一样，人们也是首先学习、消化和吸收，然后再争取创新和超越，这就是所谓的"弯道超车"。高铁最初不是中国的发明，但是中国通过消化和吸收高铁技术，拓展和革新了这项技术，使我们在应用方面达到了世界前列。同样，中国将互联网技术应用延伸至电子商务、共享经济、线上支付等领域，使中国在金融创新领域走在了世界前列。这就是说，创新有多个层面、多个内涵。可以说，理论创新、方法创新、证据创新、应用创新都是创新。从0到1的创新，或者说从无到有的创新，是最艰难的创新，而从1到2或者从2到3的创新相对容易一些。

我们这套"丛书"也是从消化和吸收开始，兼具**学术性、应用性**：每一本书都是对一个核心话题的理解，既是理论阐释，也是研究方法指南。"丛书"中的每一本基本都遵循如下结构。1) 概说：话题的选择理由、话题的定义 (除权威解释外可以包含作者自己的阐释)、话题的当代意义。如果是跨学科话题，还需注重与其他学科理解上的区分。2) 渊源与发展：梳理话题的渊源、历史、发展及变化。作者可以以历史阶段作为分期，也可以以重要思想家作为节点，对整个话题进行阐释。3) 案例一：经典研究案例评析，精选1-2个已有研究案例，并加以点评分析。案例二：原创分析案例。4) 选题建议、趋势展望：提供以该话题视角可能展开的研究选题，同时对该话题的研究趋势进行展望。

"丛书"还兼具**普及性**和**原创性**：作为研究性综述，"丛书"的每一本都是在一定高度上对某一核心话题的普及，同时也是对该话题的深层次理解。原创案例分析、未来研究选题的建议与展望等都具有原创性。虽然这种原创性只是应用方面的原创，但是它是理论创新的基础。"丛书"旨在增强研究生和年轻学者对核心话题的理解和应用能力，进一步扩大知识分子的学术视野。"丛书"的出版是连续性的，不指望一次性出齐，随着时间的推移，数量会逐渐上升，最终在规模上和质量上都将成为核心话题研究的必读图书，从而打造出一套外国文学研究经典。

"丛书"的话题将凸显**文学性**：为保证"丛书"成为文学研究核心话题丛书，话题主要集中在文学研究领域。如果有社会学、经济学、政治学领域话题入选，那么它们必须在文学研究领域有相当大的应用价值；对于跨学科话题，必须从文学的视角进行阐释，其原创案例对象应是文学素材。

"丛书"的子系列设置具有一定的合理性：分类常常有一定的难度，常常有难以界定的情况、跨学科的情况、跨类别的情况，但考虑到项目定位和读者期望，对"丛书"进行分类具有相当大的必要性，且要求所分类别具有一定体系，分类依据也有合理解释。

在西方，著名的劳特利奇（Routledge）出版社从二十世纪七八十年代开始陆续出版了一套名为"新声音"（New Accents）的西方文论丛书，产生过很大的影响。这个系列一直延续了三十多年，出版了大量书籍。我们这套"丛书"也希望能够以不断积累、不断摸索和创新的方式，为中国学者提供一个发展平台，让优秀的思想能够在这个平台上呈现和发展，发出中国的声音。"丛书"希望为打造中国的学术思想和学术派别、展示中国的视角和观点贡献自己的力量。

张剑

北京外国语大学

2018年10月

参考文献

Bodkin, Maud. *Archetypal Patterns in Poetry: Psychological Studies of Imagination.* London: Oxford University Press, 1934.

Foucault, Michel. *The Order of Things: An Archaeology of the Human Sciences.* New York: Vintage Books, 1970.

Leask, Nigel. *British Romantic Writers and the East: Anxieties of Empire.* Cambridge: Cambridge University Press, 1992.

Simpson, David. *Wordsworth's Historical Imagination: The Poetry of Displacement.* New York: Metheun, 1987.

前言 [1]

　　进入二十世纪，西方文论的版图迅速扩展，远逾前代。其兴衰更替，并无一定之规；流派纷纭，岂容独家擅场。然而，形式研究在二十世纪的西方文论中占据了绝对的主导地位。受到战争与革命的干扰，它的思想源头俄国形式主义存在的时间极为短暂，但其影响绵延不绝，余绪延及新批评（New Criticism）、布拉格学派（Prague School）、现象学（phenomenology）批评、芝加哥学派（Chicago School of literary Criticism）以及后结构主义（poststructuralism）——这些批评流派俨然成为现代西方文论的主流。到二十世纪，十九世纪盛极一时的社会历史批评（social-historical criticism）和印象式批评（impressionist criticism）虽依旧存在，但风光不再，只能退居一隅。

　　在英国，自二十世纪三十年代以来，F.R. 利维斯（F. R. Leavis）倡导的细绎派批评，也就是所谓的"英式新批评"（English New Criticism）逐渐成为文学研究的正统。细绎派注重形式分析，反对文学批评过多地考虑历史和社会因素。细绎派的文学批评往往撇开作品的历史语境，远离作品背后的观念结构，而去揣摩字里行间的语气与情绪，在此基础上细致申说。虽然利维斯本人在剑桥大学屡遭排挤，最终只能以高级讲师（Reader）的身份退休，但他倡导的研究方法却成为剑桥英文研究的官方

1　本书为中央高校基本科研业务经费专项资金项目（2017QZ006）的研究成果。

传统，也备受英国学院派批评家的推崇。马克思主义批评家特里·伊格尔顿（Terry Eagleton）也承认，每一位英国文学批评家都有细绎派的思想血脉。

> 今天，人们已不必再标明自己是利维斯派，犹如人们已不必再标明自己是哥白尼派：恰如哥白尼重新塑造了我们的天文学信念一样，以利维斯为代表的潮流已经流入英国的英国文学研究的血管，并且已经成为一种自然而然的批评智慧，其根深蒂固的程度不亚于我们对于地球环绕太阳转动这一事实的坚信。（伊格尔顿：31）

直到文化唯物主义（cultural materialism）骤然崛起，细绎派近乎垄断英国文学批评的格局才被彻底打破。

文化唯物主义崛起于二十世纪八十年代初，盛行于九十年代；时至二十一世纪，其发展势头虽不如以往，但余威尚在，尤其在莎士比亚研究领域，它已稳据正统地位，取代了先前争雄称胜的各种研究方法，包括A.C. 布拉德利（A. C. Bradley）的人物分析、E.M.W. 蒂利亚德（E. M. W. Tillyard）的历史主义和细绎派的道德形式主义。不过，文化唯物主义虽头顶"主义"之衔，却没有像结构主义（structuralism）或马克思主义（Marxism）那样生发出一套独立、系统的理论体系，也没有演绎出可以推而广之的重要概念；说到底，它只是一系列批评实践的统称，而这类批评实践在思想渊源、研究目的、批评策略和分析对象方面有很大程度的同质性。纵观其思想脉络，横看其分析策略，我们大致可以得出这样一个结论：文化唯物主义是对三种文学批评方法——细绎派批评、三十年代出现的传统的马克思主义批评以及莎学大家蒂利亚德等人的旧式历史主义研究——的有限继承和部分否定。如果套用一个哲学术语，文化唯物主义就是对它们的大胆"扬弃"。

为了克服细绎派唯文本是从的弊端，文化唯物主义强烈要求文学批评关照历史与社会，但它也没有完全放弃细绎派的细读方法。它强调社会历史语境对于文学写作和接受的重要性，与旧式历史主义研究和马克思主义批评一脉相承，但与此同时，它又刻意突出文学对社会意识乃至历史事件本身的塑造作用，极力淡化文学反映社会历史的功能。文化唯物主义着力凸显文化（上层建筑）对经济基础的反作用，与传统的马克思主义批评出现了分歧，因为后者强调经济基础决定上层建筑，文化因素则居于从属地位。在这个理论命题上，文化唯物主义与欧洲大陆的西方马克思主义（Western Marxism）遥相呼应。自乔治·卢卡奇（Georg Lukács）以来，西方马克思主义者最感兴趣的就是文化政治，而非社会的政治和经济因素。文化唯物主义热衷于发掘文本内部潜藏的各种对立的意识形态，揭示它们之间的复杂矛盾，从而挑战了蒂利亚德和约翰·多佛·威尔逊（John Dover Wilson）等老派莎学家的旧式历史主义思维。老派莎学家认为整个社会的思想是铁板一块，统治阶级的观念处于绝对支配地位，莎士比亚（William Shakespeare）等戏剧家因而自动认同统治阶级的价值观，他们的作品反映并维护了统治阶级的思想意识。文化唯物主义批评家则认为，莎士比亚等人的作品除了体现统治阶级的意识形态之外，还暗含了与之截然对立的各种颠覆性的思想观念。

具体来说，文化唯物主义批评家在文本分析中的操作手法大致如下：先讲上一段不为人知的逸闻轶事，切入作者所在时代的历史语境，再去征引大量不为正统文学批评（无论是社会历史的还是形式主义的）所重视的同时代的文献掌故；在此基础上，一方面去揭示作者如何被主导意识形态悄然左右，自觉或不自觉地维护统治集团的阶级利益和价值观念，另一方面，他们也不遗余力地挖掘作品中隐含的与主导意识形态相对立的内容。文化唯物主义批评家认为，在绝大多数情况下，作者本人都没有意识到这些颠覆性事物的存在；而文本中的这些矛盾并非是向壁虚构的，而是有着深厚的社会基础，与当时的社会矛盾遥相呼应。这种批评策略能够钩沉稽古，洞隐烛微，多有发明，既有马克思主义社会批判的灵魂，又有解构主义（Deconstructionism）制度揭秘的影子。

二十世纪八十年代以来，文化唯物主义批评家不断出版专著和论文集，声望日隆，在英国的大学中站稳了脚跟。这一时期的文化唯物主义批评主攻英国文学研究的重头戏——文艺复兴时代的文学，尤其以英国文学王冠上的明珠——莎士比亚戏剧——为关注焦点。相关的专著和论文集有：乔纳森·多利莫尔（Jonathan Dollimore）的《激进的悲剧：莎士比亚与同时代人戏剧中的宗教、意识形态和权力》（*Radical Tragedy: Religion, Ideology and Power in the Drama of Shakespeare and His Contemporaries*）[1]、凯瑟琳·贝尔西（Catherine Belsey）的《悲剧的主体：文艺复兴戏剧中的身份与差异》（*The Subject of Tragedies: Identity and Difference in Renaissance Drama*）、约翰·德拉卡斯基（John Drakakis）主编的《另读莎士比亚》（*Alternative Shakespeares*）、多利莫尔与艾伦·辛菲尔德（Alan Sinfield）合编的《政治莎士比亚：文化唯物主义的新论》（*Political Shakespeare: New Essays in Cultural Materialism*）（Bertens：184-185）。九十年代之后，除了继续探讨文艺复兴时代的文学之外，文化唯物主义也与方兴未艾的后殖民主义、同性恋诗学多有交集。尤其是同性恋问题，在文化唯物主义批评家的多部专著中都有所反映，例如多利莫尔的《性别异见：奥古斯丁到王尔德，弗洛伊德到福柯》（*Sexual Dissidence: Augustine to Wilde, Freud to Foucault*）、辛菲尔德的《王尔德的世纪：阴柔、奥斯卡·王尔德与酷儿时刻》（*The Wilde Century: Effeminacy, Oscar Wilde and the Queer Moment*）和《文化政治——酷儿批评》（*Cultural Politics — Queer Reading*）（赵国新：54）。

文化唯物主义在二十世纪八十年代的异军突起，是对英国新左派运动式微和政治保守势力上台的一种反拨。1979年大选后保守党势力上台，

1　该作品未出版中译版，中文作品名为本书作者个人翻译，故括号内补充原作品名。本书此类情况参照此做法，不再特别说明。

撒切尔主义（Thatcherism）盛行，在新左派思想氛围下成长起来的青年知识分子痛感无力回天。无奈之下，他们只好在自己擅长的专业领域展开抗争，把政治上遭受的挫折、对现实的愤懑、对未来的悲观尽情地宣泄在文学批评当中。虽然他们没能像马克思所期待的那样改变这个世界，但他们自认为理解了这个世界。英国新左派运动对不平等的社会现实的密切关注，对社会意识的形成过程，特别是意识形态操控的深入探讨，为文化唯物主义提供了理论的灵感和思想的马刺。

本书各个章节的安排如下：第一章"思想渊源与历史"主要交代文化唯物主义批评得以产生的社会历史背景，着重探讨它和细绎派批评、历史主义批评以及西方马克思主义理论之间的复杂关系，比较分析它和美国的新历史主义（New Historicism）批评之间的异同；"文化唯物主义批评（一）：艾伦·辛菲尔德"和"文化唯物主义批评（二）：乔纳森·多利莫尔"这两章分别阐述了英国文化唯物主义最有代表性的两位批评家在文艺复兴文学、莎士比亚研究和同性恋研究领域内的批评建树，并以实际研究为案例展示了他们具体的批评手法；第四章《芭巴拉少校》的文化唯物主义分析"以乔治·萧伯纳（George Bernard Shaw）的名剧《芭巴拉少校》为研究对象，运用文化唯物主义常用的批评策略，发掘剧中的颠覆性因素，揭示出文本的内在矛盾，并结合具体的历史语境解释其成因；"新历史主义视角下的《艰难时世》"这一章探讨了这部名著与功利主义的复杂关系，反驳了一些研究者对它的误读，发掘出文本中不易觉察的矛盾，并揭示这些颠覆性因素最终如何遭到遏制。其中赵国新负责第一、四、五章以及全书统校，袁方负责第二、三章。

第一章 思想渊源与历史

1.1 英国新左派

在欧洲资本主义大国中，英国的马克思主义思想传统最为薄弱。二十世纪三十年代以前，英国主流知识界几乎与马克思主义绝缘。马克思侨居英国多年，可英国人对他并未稍加青睐，以他的学识竟然难觅一方教席，到某公司应聘文书一职也因字迹潦草而遭到拒绝，生活全赖恩格斯（Friedrich Engels）接济。他的主要活动限于德国政治侨民的小圈子，对十九世纪的英国学界和劳工运动影响甚微——前者由功利主义（utilitarianism）主宰，后者受改良主义（reformism）把持，而这两种主流思潮与马克思的革命理论始终格格不入。在马克思之后，英国既没有出现列宁（Vladimir Lenin）、罗莎·卢森堡（Rosa Luxemburg）这类重量级的马克思主义活动家，也没有涌现卢卡奇、安东尼奥·葛兰西（Antonio Gramsci）这类马克思主义思想巨擘。

在思想上，英国知识分子更青睐本土出产的简单明晰、就事论事的经验主义（empiricism），天然地反感欧洲大陆系统深奥、侧重演绎的唯理主义，尤其是日耳曼的抽象思想。在政治上，英国大牌知识分子多有保守主义倾向，即便是资本主义的严厉批判者，也有无法释怀的中世纪情结：他们往往缅怀田园牧歌式的旧时光，美化封建宗法秩序，给它披上有机社会（organic community）的温情面纱，而无视其等级森严、疫病流行的历史现实。英国社会主义两位重要的思想先驱——威廉·莫里斯（William Morris）和约翰·拉斯金（John Ruskin）就是这方面的典型代表。他们在谴责工业资本主义残酷无情的同时，不忘追溯既往，回望中世纪传统，从中发掘济世良方。这与放眼未来、主张通过激烈变革而创设理想社会的马克思主义大相异趣。在英国，有社会主义倾向的知识分子往往自动集结于工党麾下，力主改良折中、阶级调和，走议会制社会主义道路（Macintyre：66–69）。二十世纪三十年代，马克思主义在英国一度风行，彼时的经济大萧条和法西斯势力的崛起，让整整一代英国知识分子摈弃自由资本主义制度，开始倾心于共产主义。然而，随着西班牙左翼政府在内战中的失败、《苏德互不侵犯条约》（"The Molotov-Ribbentrop Pact"）的签订以及二战的突然爆发，马克思主义的社会影响逐渐减弱。二战结束后，一些曾经不遗余力地宣传马克思主义的左派思想要员纷纷变节反水，有的甚至反戈一击，以谴责这位"失败的上帝"（the God that failed）为时髦。

在二十世纪五六十年代的欧洲大陆，卢卡奇开辟的西方马克思主义大放异彩，马克思主义学术研究进入极盛时代：德国的法兰克福学派（Frankfult School）、意大利的德拉·沃尔佩学派（Dellavolpian School）、法国的阿尔都塞学派（Althusserian Marxists）纷纷登场。反观同时代的英国学界，未免相形见绌：他们非但没有对马克思主义进行思想创新，更严重的是，他们对马克思主义的认识也落后于时代，还停留在三十年代的水平，把苏联的正统阐释当作马克思主义的全貌，对西方马克思主义的新进展不甚了解。1970年，卢卡奇的私塾弟子吕西安·戈德曼（Lucien Goldmann）到剑桥做了两场讲座，令威廉斯等剑桥知识分子恍然大悟，原来马克思主义并非全是经济决定论（Williams, 1983: 11–30）。六十年代之后，得益于新左派的翻译和引进，来自欧陆的西方马克思主义思潮纷至沓来，英国的马克思主义研究开始突飞猛进。到了八十年代，马克思主义在大学、媒体和大众文化研究中大行其道，英国出现了一个由马克思主义主宰的公共领域（Anderson，1992：195）。英国马克思主义思想传统的复兴以及其中斐然的学术成就，是战后英国新左派知识分子不懈努力的成果。

第一代英国新左派的阅历极为丰富。他们大多出生于1920年前后，在三十年代中后期考入牛津或剑桥，深受当时激进氛围的感染：西班牙内战激起他们强烈的道德义愤，国内外纳粹势力的甚嚣尘上让他们对欧洲的未来忧心忡忡。比起经济危机阴霾笼罩下的资本主义西欧，同时代的社会主义苏联呈现一片繁荣景象，工业化已完成，国民无失业之虞，这对他们产生了极大的吸引力。因此，走社会主义道路成为他们的思想共识，服膺马克思主义成为一时的风气。二战爆发后，他们几乎无一例外地暂时放下学业，厕身行伍，或征战欧洲大陆，或转战北非沙漠，有的还去过东南亚。这段九死一生的海外服役经历使他们成为和平主义者及战后核裁军运动（Campaign for Nuclear Disarmament，简称CND）的重要成员，他们也因此克服了岛国心态，更具国际眼光，将思想的触角伸到英国之外。二战结束后，他们纷纷返回校园，完成学业。大学毕业后，他们当中的很多人都参与了工人阶级协会组织的成人教育工作。五十年代中期，赫鲁晓夫（Nikita Khrushchev）批判斯大林（Joseph Stalin）的秘密报告和东欧形势的变化使他们对苏式共产主义模式的幻想破灭；而当时英国共产党对这些事件的反应令他们深感失望，促使他们退党出走，另建自由讨论的空间。他们创办新刊，反思马克思主义的理论和实践，探讨文化理论和当时英国的社会问题，新左派运动由此勃然兴起。六十年代之后，他们已经卓然成家，在各自的领域均有不凡的建树：威廉斯的文学及文化理论、E.P.汤普森（E. P. Thompson）的工人阶级史、约翰·萨维尔（John Saville）的经济和社会史、克里斯托弗·希尔（Christopher Hill）的十七世纪英国革命史、埃里克·霍布斯鲍姆（Eric Hobsbawm）的劳工史和农民问题研究，不一而足，构成了英国马克思主义学术的主体内容。这一代左派知识分子人文底蕴深厚，兼有理想主义的入世情怀、强烈的道德正义感和丰富的人生阅历，又全无学院派人士惯有的琐碎和学究气息。他们不标举理论突破，立论上却常有方法创新；不标举实证主义，行文又不失缜密细致。

二十世纪八十年代以来，英美学界出版了有关英国新左派的多部论著，通盘回顾和审视英国新左派的兴衰历程。有的是当事人的回忆和反思，例如《新左派评论》（*New Left Review*）的首任主编斯图亚特·霍尔（Stuart Hall）在东欧剧变前后撰写了一篇长文《第一代新左派：经历与时代》（"The 'First' New Left: Life and Times"），以亲身经历者的身份比较详细地交代了新左派运动的来龙去脉和思想成果。更多的则是后来的研究者抱着同情和理解的态度，苦心孤诣创作的学术性研究著作。1993年，中国旅英学者林春出版了她在剑桥大学的博士论文《英国新左派》（*The British New Left*）。这是第一部全方位研究英国新左派发展历史的专著，讲述了二十世纪五十到七十年代间英国激进的文化和社会史。林春的导师是亲身经历过这段历史的一员新左派健将，这就为此书的写作提供了极大的便利。该书征引繁复，史论结合，其中的精辟之见常为相关研究所引用，深得著名的新左派人物佩里·安德森（Perry Anderson）的称许。两年之后，时任谢菲尔德大学讲师的麦克尔·肯尼（Michael Kenny）也出版了他的博士论文《第一代英国新左派》，聚焦新左派运动初期阶段（1956—1962）的情况。与林著相比，这本书的时间跨度小，叙事浮泛，文献资料不如前者丰富，行文论述也略显粗疏。1997年，美国也出版了一本同类著作，即时任内华达大学历史系副教授的丹尼斯·德沃金（Dennis Dworkin）的《文化马克思主义在战后英国——历史学、新左派和文化研究的起源》。这是一部很见研究功力的新左派思想学术史，语言晓畅，识力精越，呈现了英国马克思主义史学研究、新左派运动和文化研究相互交叠的全景式格局。二十一世纪以来，新左派研究势头不减，英国学者斯蒂芬·伍德海姆斯（Stephen Woodhams）又推出力作《历史的形成：雷蒙·威廉斯、爱德华·汤普森与激进的知识分子（1936—1956）》（*History in the Making: Raymond Williams, Edward Thompson and*

Radical Intellectuals 1936 — 1956)。显然，该书书名受到了汤普森的社会史名作《英国工人阶级的形成》的启发。与以往著作不同的是，这本书是一部新左派知识分子的集体传记，其中以威廉斯和汤普森为核心，它的最大价值在于详细地追述了新左派知识分子思想形成的社会历史背景。

一般而言，历史时期、思想运动乃至人物群体的命名，意在略述其精神风貌和思想主旨，方便记诵，且大多为后人的总结，而非为时人所创造。例如，早在莫里斯·梅洛–庞蒂（Maurice Merleau-Ponty）发明"西方马克思主义"这一术语之前，法兰克福学派就已经成就卓著、声名远扬了；而在这一术语被发明之时，这个传统的开端——卢卡奇的《历史与阶级意识》早已问世多年。

新左派（New Left）一词是塞纳河畔的产物，发明者是一个名叫克劳德·布尔代（Claude Bourdet）的法国人。1956年，他正在巴黎办杂志；此时，斯图亚特·霍尔[1]等英国马克思主义知识分子来到这里，准备筹建一个辐射整个欧洲的左翼组织。布尔代与他们一见如故，因为双方的政治观点不谋而合：既对苏联制度有所不满，又反对西方的社会民主制；既信奉马克思主义，又与西欧各国共产党保持距离。会面之初，布尔代就称他们是"新左派"，此后，这一名称就一直沿用下来（Lin: xviii）。

总体而言，新左派运动是二十世纪六七十年代席卷西欧和北美核心资本主义国家的一场激进的思想文化运动。与二战之前的老左派运动不同，它的参与主体是知识分子和青年学生，而不是以往激进运动的主角——工人阶级。这些文化人不满资本主义的现实，带着一种理想主义的情怀期许社会主义的未来。

在西欧和北美，二十世纪三十年代和六十年代是两个激进的十年，知识分子的左倾化是这两个时期的显著特征。不过，与三十年代的左派激进分子相比，六十年代新左派的人员构成和思想面貌大不相同。前者以各国

1　为与彼得·霍尔区分，书中斯图亚特·霍尔与彼得·霍尔均保留全名。以下各处不再另作说明。

共产党员为主，其中以工人居多，也有少量知识分子；他们主要关注的是劳工群体的权利和经济斗争，对苏联一往情深，处处以苏联为师，主张武装革命。而六十年代的新左派以青年知识分子为主，他们中的许多人是从各国共产党中分裂出来的；新左派对苏联体制感到幻灭，对本国共产党亲苏的政策强烈不满，连共产党的同路人都算不上。新左派多为中产阶级家庭出身，名牌大学毕业，强调马克思本人思想中的人本主义；他们不主张暴力的武装斗争，而强调文化斗争（Payne: 371）。换句话说，他们欣赏的是《1844年经济学哲学手稿》时期的马克思，而不是《资本论》时期的马克思。《1844年经济学哲学手稿》中的异化理论是新左派的思想标配，而《资本论》中的剩余价值理论是老左派的思想利器。

宽泛地说，新左派的政治主张表现为：在国内问题上，坚持底层民众的民主权利，维护社会的公正，主张非暴力性的社会斗争；在国际问题上，反对帝国主义和殖民主义，在美苏两大阵营对峙的格局之中持守和平主义立场，坚决反对军备竞赛。他们的基本思路是，在战后的发达资本主义时代，工人阶级已不再像经典马克思主义所说的那样是社会革命的主力军；如今，他们的工作环境大为改善，生活水平提高，经济诉求已经基本得到满足，阶级意识逐渐淡化，有的甚至以中产自居。发达资本主义国家的当前状况与十月革命前夕沙俄的社会情况完全不可同日而语；既然缺乏社会主义革命的政治和经济条件，从文化层面上抵制资本主义的意识形态才是走向社会主义的正道通途。按照新左派健将斯图亚特·霍尔的自述，新左派以文化批判为政治介入的切入点自有其合理性。首先，二战之后，西方资本主义的社会变迁在文化和意识形态领域表现得尤为显著；其次，在新左派看来，文化绝不是第二性的东西，它本身即是社会的构成内容；最后，在知识分子出身的新左派人士看来，文化话语对于任何一种重新描述社会主义的语言都是极为必要的（Hall: 25–26）。鉴于以上三个原因，新左派将文化分析和文化政治置于其政治行动的中心。为了贯彻其政治主张，新左派发起了一系列政治抗议活动，影响较大的有英国的核裁军运动、美国的民权运动和反越战集会、法国大学生掀起的"五月风暴"、西德学生领袖遭警察枪杀而引发的全国性骚乱，不一而足。可是，事情的发展并不如新左派所预想的那么乐观，激进思潮并没有延续太长时间，社会主义制度也并未因新左派的疾呼而在发达资本主义国家得以建立。七十年代末以来，核心资本主义国家的社会形势发生逆转，保守势力在欧洲及北美各国纷纷上台，社会开始急剧向右转，新左派的社会影响渐趋式微。

新左派知识分子的政治实践屡遭打击，他们在含恨之余开始著书立说，在自己的专业领域揭示传统思想的顽固统治。他们在政治上的失意却在学术上得到了意外补偿：他们退守象牙塔，演绎各式高深莫测的理论，颠覆传统成见，从中寄托当年的激进理想；他们在讲台上挥洒书生意气，点评时政，抒发壮志未酬的余憾。七八十年代以来，欧美世界的文学、史学、社会学等领域无不受到新左派思想的冲击和改造，如今影响较大的理论家与当年的新左派大都有着千丝万缕的联系。可以说，新左派运动固然未能改变西方资本主义的社会结构，但它改变了战后西方学术界的思想格局。

六十年代之前，与欧洲大陆的德、法、意等国相比，英国的马克思主义研究相当滞后。正是由于新左派的兴起，英国学术界才受到马克思主义的影响，创造出空前繁盛的马克思主义思想文化（Dworkin：264）。此外，英国新左派还留下了一笔重要的精神遗产——《新左派评论》。这本思想和学术水准极高的杂志至今已存在了五十多年，令欧洲大陆和北美的新左派同道羡慕不已；它是英国新左派思想发展轨迹的记录，也是各派思想交锋的战场。

1.1.1　新左派的思想建树

英国新左派在二十世纪五十年代中期崭露头角，极盛于整个西欧处在激进氛围中的六十年代，衰退于七十年代末，也就是撒切尔夫人（Margaret Hilda Thatcher）的右派保守主义政权卷土重来之际，前后不过风光了二十多年。在此期间，他们既没有发动武装起义，也没有组织大罢工，他们躬与其役的重大政治活动寥寥可数，大概只有核裁军运动和六十年代的学生运动。新左派的建树主要体现在文化领域。他们所标榜和身体力行的政治，已经不再是二十世纪初那种拿起武器、筑起街垒、采取直接行动的街头政治，而是以笔杆代替枪杆的文化政治，其思想主旨在于批判当代资本主义社会，塑造激进的社会意识。

许多研究著作都认为，整个新左派运动大致可分为三个发展阶段：1956年至1962年是雏形阶段；1963年至1969年是深入发展阶段，在此期间，汤普森等第一代新左派与安德森等新生代新左派在争吵与合作的双重变奏之中推动了新左派事业的进展；1970年至1977年是新生代新左派大力译介西方马克思主义理论、将马克思主义学术发扬光大的重要时期。

以威廉斯和汤普森为代表的第一代英国新左派形成于1956年，直接诱因是当年发生的两件震惊世界的大事：匈牙利发生严重的政治事件，苏联派兵进入布达佩斯；英法两国为阻止埃及政府收回苏伊士运河的经营管理权，组成联军入侵苏伊士运河区。这两件大事给英国左派知识分子以极大的精神刺激，他们对苏联社会主义和西方资本主义产生了双重幻灭：前者让他们开始怀疑苏式社会主义的合理性；后者则改变了他们对西方资本主义的看法——他们原以为帝国主义时代业已结束，不平等和剥削现象已不复存在。

另外，战后的西欧资本主义国家呈现出迥异于战前的新形势，也让他们告别了战前老左派的阶级政治。战争创伤痊愈之后，西方主要资本主义国家进入了经济快速发展阶段，社会普遍富裕，社会福利政策得到巩固和提高，工人阶级的生活条件大幅改善，消费主义开始膨胀，阶级意识普遍淡化。然而，当时的英国共产党在思想上未能与时俱进，依旧因袭以往的观念，不承认资本主义的新变化。老左派人士认为，英国的社会制度还是资本主义性质，没有发生重大变化，社会阶级构成和阶级斗争现状还是战前的老样子，凡对此有所怀疑，即有背叛革命之嫌。新左派则针锋相对，他们认为战后资本主义的面貌与战前完全不同，凯恩斯主义宏观调控取代了自由资本主义时代的无序竞争，管理革命让现代的资本主义工厂摆脱了过去“血汗工厂”的恶名，因此战后的资本主义已经迥异于经典马克思主义者笔下的工厂资本主义。斯图亚特·霍尔曾写道：“新出现的财产分配、合作组织等形式以及现代消费的积累和变动，需要进行新的分析。这些过程对社会结构和政治意识均有影响，更普遍的是，消费主义的风行消解了许多传统的文化态度和社会等级制，对于政治，对于赞成变化的人以及左派的制度和行为事项都产生了影响”[1]（Hall：24）。对于这种新形势，英国共产党并没有作出切中肯綮、令人满意的分析和解释。而在对外政策上，英国共产党经常唯苏联共产党马首是瞻，在苏军进驻匈牙利一事上也采取了支持态度。此举导致党内严重分化，大批知识分子党员退党抗议，三分之一的党员出走（Stevenson：93）。战后资本主义的新变化迫使这些人重新思考和探索社会主义理论与实践。

英国新左派就是在这个大背景下产生的。其人员构成相当复杂：有退党的前英国共产党成员，如威廉斯、汤普森、希尔、罗德尼·希尔顿（Rodney Hilton），这四人后来都成了著名的马克思主义历史学家；有身在工党内部但不满其现行政策的人士，他们与工党保持着若合若离的关系；还有牛津大学一些向往社会主义的青年学生，例如当代马克思主义思想家安德森，著名文化批评家斯图亚特·霍尔，著名社会学家、社群主义的领军人物查尔斯·泰勒（Charles Taylor）、著名的伦理学家阿拉斯代尔·麦金泰尔（Alasdair MacIntyre），在当年都是一时之选。他们承认战后资本主义的新变化，要求适应新时代的需要，更新社会主义的理论和实践以创设民主社会主义的政治制度（Dworkin：45–61；Kenny：4–5；Lin：1–19）。上述几件大事使他们走到一起，结成了松散的政治联盟，

1 本文中引用部分为本书作者个人翻译，故参引括号内仍保留引用作品作者的原名。本书此类引用参照此做法，不再特别说明。

而五十年代末六十年代初的核裁军运动则在一定程度上巩固了这个联盟。英国新左派没有发展为一个稳固的政治组织，他们非常反感具有高度组织性和纪律性的政治团体，但他们的确为激进知识分子开拓了一个全新的文化政治空间。

作为一场思想运动，新左派主要坚守其文化阵地《新左派评论》，发掘本国历史上的反抗传统，引进欧陆的时新社会思想，点评当代资本主义的各种新形态。《新左派评论》是两家新左派理论和政治刊物合并的结果。其中一家是牛津左派大学生创办的《大学与左派评论》（Universities and Left Review），创刊于1957年。与威廉斯和汤普森那代人不同，这些年轻的激进派（三十年代末出生）没有经历过人民阵线和反法西斯战争，与传统的劳工运动也没有任何瓜葛，但他们认为英国应当走社会主义道路。就思想和阅历而言，这批年轻的"闯将"是新生代的左派力量。《大学与左派评论》是在匈牙利事件和苏伊士运河事件之后创办的，刊名中的"大学"表明创办者的身份与影响对象，后半部分则取自三十年代名重一时的左派综合性刊物《左派评论》（Left Review），显示出他们复兴左派激进传统的立场和决心。

另一家刊物《新明理者》（The New Reasoner）是由汤普森和萨维尔牵头创办的，其核心人物和外围人士以退党的知识分子为主。这批人经历过三十年代的左派激进氛围，参加过反法西斯战争，他们对马克思主义有一种无法割舍的情结，要求在英国共产党内部进行民主改革。在党内诉求未得到满足之后，他们对苏联及英共高层的批评言论无法在党内报刊上发表，于是创办了《新明理者》这一小型杂志，希望在党外另创自由讨论的空间，并以此为论坛，借以更新和发展马克思主义。《新明理者》吸引了人文学科各个领域人士的参与。其中，参与编务和撰稿的左派人士除了汤普森和萨维尔之外，还有著名小说家多丽丝·莱辛（Doris Lessing）、历史学家希尔、有"左派雄狮"之称的历史学家霍布斯鲍姆、艺术批评家约翰·伯格（John Berger）和哲学家麦金泰尔。《新明理者》刊载小说、文学批评、时评和理论分析，其政治立场是社会主义人道主义。社会主义人道主义综合了社会主义对平等公正的追求和自由主义传统对个体命运的关注，既强调社会主义，又突出人道主义的关怀。社会主义人道主义典型的思想特征在于，它强调人的能动作用，反对历史决定论，强调人的自由选择意志，具有唯意志论色彩（Dworkin：52–53）。

东欧的马克思主义者在批判苏式正统马克思主义、倡导马克思思想中的人道主义成分时，其理论资源是重见天日的《1844年经济学哲学手稿》中的哲学人类学思想和卢卡奇《历史与阶级意识》中的黑格尔式马克思主义。但英国新左派（威廉斯和汤普森这一代左派知识分子）对马克思主义的解释却来自英国本土的思想传统，确切地说，植根于莫里斯的社会主义思想；因此，英国新左派的观点更具道德伦理的考量，而非经济决定论的色彩。例如，汤普森在他为莫里斯写的评传中提出，更新马克思主义要遵循莫里斯的启迪：生产关系（经济基础）本身即具有道德伦理的成分，"经济关系同时也是道德关系，生产关系同时是人与人之间相互压迫或相互合作的关系"（53）；而思想意识在社会变革中的作用至少与生产关系的变革（经济基础的变革）同样重要，"建设共产主义社会需要一场与经济和社会权力革命同样深刻的道德革命"（53）。

由于编务和经费紧张，1960年《大学与左派评论》和《新明理者》[1]合并为《新左派评论》，由斯图亚特·霍尔任主编，威廉斯和汤普森等任编委。当时斯图亚特·霍尔刚从牛津大学毕业，正在攻读文学博士，但由于过多地参加新左派活动，他的博士论文始终未能完成。然而，英国新左派绝非铁板一块。尽管有广泛的共识，但两个派别之间俨然存在思想上的分歧；原因不难理解，无论在思想阅历还是在年龄上，他们都不属于一代人。《新明理者》周围的汤普森等人通常被称为老一代新左派（the old new left），而《大学与左派评论》周围的新生力量则被称为新一代新左派

1　有关《大学与左派评论》和《新明理者》的起源，见 Dworkin, Dennis. *Cultural Marxism in Postwar Britain: History, the New Left and the Origins of Cultural Studies*. Durham: Duke University Press, 1997。

（the new new left），以安德森和斯图亚特·霍尔为领军人物。至于威廉斯，他处在这两代新左派之间的一个比较特殊的位置上：从年龄阅历和主要倾向上来讲，他属于老一代新左派，但是他又与新一代新左派有相当多的共同语言；在他身上，英国传统的经验主义思考和治学路径相当明显，可与此同时，他又有一种整体性的文化观，对于欧陆新理论保持相当开放的态度。他经常协调两代新左派之间的人事关系，维护内部的团结。斯图亚特·霍尔回忆说，"大部分冲突都是以宽厚的和充满人情味儿的方式得以解决的。但是，仔细阅读当时的各种刊物，马上会发现真正的分歧所在，而且，激烈的争执有时还付诸纸端"（Hall：23）。

两年之后，也就是1962年，编辑工作的重负、新旧两派的思想争执，特别是汤普森的责难，让斯图亚特·霍尔心力交瘁，提出辞呈。与此同时，杂志还遇到了入不敷出的窘境，顿时陷入人事和财政的双重危机。就在此时，出身富室的安德森解囊相助，接过主编的位置，改组编委会，暂时化解了危机（Dworkin：45–78）。在安德森的苦心经营下，《新左派评论》不但避免了此前诸多左翼杂志破产的命运，还迅速成为英语世界的头号马克思主义思想和学术杂志。

1.1.2　老一代新左派

威廉斯和汤普森等老一代新左派对文化问题极为关注。与欧洲大陆的西方马克思主义者相似，他们反对传统的马克思主义将文化看作社会关系的反映，否认文化是由经济决定的产物，转而强调社会传统和价值观念（文化）在历史转型与社会变革中的推动作用；在他们看来，激进的文化能够唤起民众对当代社会的批判，有助于营造新的社会意识。在五十年代，他们中的很多人都曾在成人教育机构中担任教师，把成人教育当作营造民主的社会意识、促进社会变革的一种重要手段。成人教育工作也成为年轻的新左派倾心投入的文化政治战场。威廉斯的《文化与社会》和《漫长的革命》、汤普森的《英国工人阶级的形成》就是他们从事成人教育的产物，也是新左派在这一时期的代表性论著。

《文化与社会》是第一部全盘审视现代英国文化史及社会史的著作，它对"文化与社会"传统（the tradition of "culture and society"）的发掘为英国新左派开辟了一个文化批判的崭新空间，开创了从文化角度入手批判当代资本主义的新思路。"文化与社会"传统中的大部分人物，从现代保守主义的奠基者爱德蒙·伯克（Edmund Burke），一直到二十世纪的左翼作家乔治·奥威尔（George Orwell），他们的文化观大多带有人文主义色彩。在他们看来，文化是讲求道德伦理和智力思考的精神活动的总称，它与讲求功利的资本主义工业文明格格不入，与推动资本主义社会前进的工业力量背道而驰；判断一个社会的优劣高下，应当以文化为准绳，而不应以机械文明成就之高低为标准。因此，在物欲横流的当代社会，大力宣扬文化有纠偏时弊、匡正人心的功效。威廉斯、汤普森和理查德·霍加特（Richard Hoggart）等人在五十年代开创的早期英国文化研究在一定程度上即是这一传统的延续，它研究的是在二十世纪这个新的背景下新的文化现象(各种流行文化形式、种族问题、妇女问题等)与社会的互动关系。

霍加特的《识字的用途》以作者自己的见闻和体验为基础，描述了城市工人阶级传统文化(生活方式)在战后的衰退及其后果。作者最为怀念的是他在三十年代耳闻目睹的英国工人阶级的生活方式。他以深情的笔触描述了当时工人阶级社区的生活场景，回忆了工人阶级社区内的各式业余文化活动、体育活动和娱乐方式。二战之后，大众文化俘获了工人阶级青年，腐蚀了工人阶级以往健康的生活方式，破坏了他们的阶级感受力。不过，霍加特并没有像法兰克福学派的西奥多·阿多诺（Theodor Adorno）和马克斯·霍克海默（Max Horkheimer）那样悲观地认为大众毫无鉴别能力，只能听任媒体的愚弄。霍加特对于工人大众的主观选择能力持乐观态度，他预言工人阶级有能力创造出自己喜闻乐见的流行文化，有能力鉴别和选择大众文化产品，而不会总是在操纵下被动接受那些劣等文化。在行文论述上，霍加特与威廉斯一样注重经验的描述而不是理论的归纳。

总的来说，老一代新左派的文化论思想有一定的缺陷：首先，它过于经验化，缺乏理论上的纵深，没能把文化的变迁与社会历史运动结合起来加以探讨；其次，正如林春在《英国新左派》一书中所说，老一代新左派片面地夸大了文化的作用，就文化与政治的关系而言，文化除了能起到道德批评作用之外，不见得还有更大的作为，它在塑造社会激进意识方面究竟能起到多大的作用也很让人怀疑。

到了六十年代，两代新左派在思想上的差异越来越明显。老一代新左派坚持本土固有的工人阶级激进传统，以剖析传统激进文化见长；新一代新左派则大胆移用欧陆新式理论，以全面解析当代英国社会争胜。当然，这并不代表这些新生代漠视文化问题，只不过二者的侧重点有所不同。

新左派的初衷是在资本主义民主制和苏式社会主义之外，走民主社会主义的第三条道路。新左派的中坚人士素有改造工党的异志，主张以和平方式促进英国的社会主义转型。不过，这一希望不久就落空了。在1961年召开的工党大会上，党内的右翼势力在投票中占了上风，否定了新左派提出的单边核裁军协议，这标志着第一波新左派运动的失败。自此新左派内部开始分化，许多重要人物开始另择他途，有的退出政坛，有的退隐大学校园。有些新左派在此影响下思想更加激进，转向欧陆的西方马克思主义，希望从中获取思想的灵感，为英国的社会主义思想寻找更加坚实的理论基础。

在新左派内部，自1962年安德森接手《新左派评论》之后，老一代新左派陆续退出编委会，这标志着新左派运动的领导权开始转移到新一代手里。老一代失势的原因复杂多样，有人认为，最主要的原因是他们既没有制定出一套社会运动的纲领，也没有建立起基础雄厚的群众性组织。结果是他们既未能掀起劳工运动的高潮，又错过了把核裁军运动改造为社会主义运动的良机。

老一代人士的影响虽在减弱，但并未完全消失。他们将目光转向英国历史，发掘英国历史上民众反抗国家的传统，以史论代替政论，希望以此来鼓动和塑造当代社会的思想氛围。汤普森的《英国工人阶级的形成》就是这样一部社会史研究巨著。

汤普森是英国新左派当中颇有影响力的人物，他那本厚达八百多页的《英国工人阶级的形成》是社会史研究中别开生面的鸿篇巨制，开创了"自下而上"书写历史（history from below）的传统。以往研究工人阶级历史的学者都认为，工人阶级的形成是工业革命的结果，汤普森却强调，激进的文化氛围在工人阶级的形成过程中发挥了至关重要的作用。他想要证明工人阶级的形成不仅是工业资本主义兴起的结果，还与工人阶级的激进文化和政治体制有关（Stevenson：127）。用汤普森的话说，英国工人阶级形成于他们的阶级意识形成之时（汤普森：1），也就是说，只有当工人阶级有了独立的阶级意识，工人阶级才算是正式形成。

在分析工人阶级的形成时，这本书没有直接从经济和社会的角度，尤其是工业革命带来的经济和技术进步入手，证明英国工人阶级是这一时期社会经济的产物，而是强调激进的文化传统在工人阶级形成中的作用（Kaye：173）。在汤普森看来，英国工人阶级的反抗意识与历史上的各种传统是一脉相承的：新教意识形态中不从国教者的反抗传统，民众自发对抗政权的传统，贯穿于全社会的"生而自由"（born free）的精神遗产，法国大革命影响下形成的雅各宾主义思想传统，如此等等，不一而足。此外，他还讲述了英国工人阶级在十九世纪的斗争状况。这一切都意在证明全书的核心观点：英国工人阶级不是随着资本主义工厂制度（经济因素）的出现而自动诞生的，而主要是工人阶级自己的阶级意识（文化因素）形成的结果，只有当工人阶级认识到自己的阶级利益并且明确表达出来时，这一阶级才算是真正形成（汤普森：1–2）。

1.1.3　新一代新左派

饶有趣味的是，对同一段历史，安德森和另一位新生代新左派历史学家汤姆·奈恩（Tom Nairn）却得出了与汤普森完全相反的结论，可谓一样山水，两副笔墨。其原因在于老一代眷恋十九世纪莫里斯的社会主义传统，新生代新左派则深受欧陆西方马克思主义的思想塑造。

在西方马克思主义诸家当中，卢卡奇、让–保罗·萨特（Jean-Paul Sartre）和葛兰西对安德森的影响最大。萨特的《共产主义者与和平：答克劳德·勒福尔》（*The Communists and Peace: With a Reply to Claude Lefort*）、卢卡奇的《理性的毁灭》、葛兰西的《狱中札记》都有总结历史经验、服务于未来社会斗争的深远用意。萨特对于法国历史的具体分析、卢卡奇对于近代德国思想史的总体描述，都为安德森全面检讨近代英国的历史特性、探索当代社会问题的历史根源提供了重要参考框架（Blackledge：15）。在这些人当中，葛兰西对于安德森最有吸引力，他的一些观念与新左派当时的理论非常接近，对他们的社会实践最具指导意义。为西方发达国家寻找特定的社会主义策略是葛兰西孜孜不倦地探求的目标：在这一点上，英国新左派与他的思想路数不谋而合。

在安德森看来，汤普森花费大力气去梳理英国民众的反抗历史，纯属一厢情愿的不智之举。因为比起十九世纪欧洲大陆声势浩大、波澜起伏的工人运动，英国的情况要逊色得多。无论是在规模还是激进程度上，英国的工人反抗运动都根本无法与之相提并论。这种巨大的差异有着深层次的历史原因，即源于英国的资本主义发展道路迥异于欧洲大陆这一历史事实。这正是安德森1964年发表的成名作《当代危机的起源》（"Origins of the Present Crisis"）一文的主要观点。安德森在文中移用葛兰西的思路和理论，分析了十七世纪以来英国的社会构成和阶级结构，指明英国独特的资本主义发展道路对保守的民族文化所产生的深远影响。

对于英国革命的性质，安德森的看法与马克思主义史学家的传统解释大不相同。他认为，十七世纪的英国革命并非是上升的资产阶级与没落的封建贵族之间的殊死搏斗，而是土地贵族内部两个集团之间的角力，其中一方是注重商业投资的地主，另一方是专以收取土地租金为业的地主。至于商业和金融资产阶级，他们并非革命的主力，只是因缘际会顺势搭上这班历史的顺风车，成为革命最大的受益者。这场革命为英国资本主义的发展清除了制度障碍，却没有改变统治集团的内部结构，主宰国家命运的依然是大大小小的土地贵族。在思想上，这场革命也没能带来像法国革命所产生的自由、平等和博爱（liberty, equality and fraternity）精神那样具有普世价值的意识形态。安德森的结论是，这场革命只改造了英国社会的经济基础，未能改变其上层建筑。三百年来，土地贵族与资产阶级日益融合，形成了一个复合型的统治集团，也就是葛兰西所说的霸权阶级（hegemonic class）。英国社会的霸权意识形态处处体现出土地贵族的阶级意识，崇尚传统（traditionalism）和经验主义成为社会思想的主流。而资产阶级既屈从于土地贵族的声威，又恐惧法国革命和本国的工人运动，益发丧失了挑战土地贵族的胆气。他们无力也无意另起炉灶，建立自己的思想体系；只满足于内部的改良折衷，零打碎敲地改造社会制度，而没有从总体上重新审视整个社会。这就给后来的英国工人运动埋下了祸根：工人阶级运动需要借助资产阶级革命的精神遗产来确立自己的意识形态，可是英国资产阶级却没有留下自由、解放、革命等价值观念（Anderson，1992：15−37）。这就是英国工人运动远逊于同时期欧陆工人运动的历史原因。

诚如安德森后来在《西方马克思主义探讨》中所说，西方马克思主义产生于一战之后西欧无产阶级革命失败的背景下，因此西方马克思主义理论家对西欧未来的社会主义革命持悲观态度（Anderson，1976：42−43）。当时安德森也受到这种情绪的感染。

在欧洲大陆，主要的发达资本主义国家在战后日积月累地逐渐酝酿起来的激进情绪，终于在1968年迎来了一场爆发，特别是巴黎的"五月风暴"，大有1789年法国大革命重演之势。不过，海峡对岸的英国却是风景这边独好。在越南战争、"布拉格之春"等大事件的冲击之下，英国社会也无法像以往那样风平浪静；但是，相较于整个西方世界的激进形势，英国的确没有涌现出大规模的学生运动。虽说群众性抗议运动一直不断，但与德、法、意等主要资本主义国家相比还是相当温和的。这种强烈的对比自然会促使安德森深刻反思,进而在英国民族文化的特性中发掘原因。

1968年夏天,安德森发表了《国民文化的构成》("Components of National Culture")一文,试图从当代英国民族文化中发掘这一现象产生的根源(Anderson,1992:48–104)。他发现,整个二十世纪的英国文化缺乏一种总体性的社会理论——经典社会学或马克思主义的社会理论。英国没有出现过像埃米尔·杜尔凯姆(Émile Durkheim)、马克斯·韦伯(Max Weber)或者维弗雷多·帕累托(Vilfredo Pareto)那样器局开阔、能够以整体眼光看问题的社会学家,也没有产生过列宁、卢卡奇和葛兰西等人的马克思主义社会理论。经典社会学在欧陆诞生,其初衷是抗衡声势浩大的社会主义工人运动,制衡其指导思想——马克思主义。它既是对群众运动的深刻恐惧,也是对社会动荡的深度预警。而同时代的英国并没有产生大规模的工人运动,而且领导英国工人运动的不是标举革命的政党,而是奉行改良主义的工党。如此一来,资产阶级就不必劳费神力,演绎一套严密的社会理论以对抗马克思主义。一战之后,大批欧陆资产阶级学者移民英国,但是他们非但没有带来欧陆的总体性理论,反倒利用了英国学界的弱点,加剧了英国学术文化对理论的敌视。他们之所以来英国,一方面是为了躲避战乱和革命动荡,一方面是因为心仪英国社会崇尚传统和经验主义的思想氛围。他们在英国站稳脚跟之后,迅速主宰了英国人文社会科学的各个领域。除了经济学和文学批评分别由英国本土的约翰·梅纳德·凯恩斯(John Maynard Keynes)和利维斯执牛耳之外,其他学科的头面人物都是欧陆来的移民学者,例如哲学界的路德维希·维特根斯坦(Ludwig Wittgenstein,来自奥地利)、史学界的刘易斯·纳米尔(Lewis Namier,来自波兰)、心理学领域的汉斯·艾森克(Hans Eysenck,来自德国)、精神分析领域的梅兰尼·克莱因(Melanie Klein,来自奥地利)和人类学界的布罗尼斯拉夫·马林诺夫斯基(Bronisław Malinowski,来自波兰)。这些人无不敌视革命,所以安德森称其为"白色反动移民"（white reactionary immigrants）。英国文化界向来排斥欧洲知识分子移民，却对上述学者包容有佳，他们当中还有人被授予爵士头衔。而与此同时，欧洲大陆的那些"红色移民"却另择他途：阿多诺等法兰克福学派成员和贝托尔特·布莱希特（Bertold Brecht）去了美国，卢卡奇去了苏联。只有马克思主义史学大家伊萨克·多伊彻（Isaac Deutscher）是个例外，他选择了英国，却在此间备受排斥，难觅教席，重复了马克思当年在伦敦的遭遇。

在这篇文章中，安德森对各学科的得失一一加以评论，其中否定多于肯定。在他看来，英国哲学和政治理论有一大弊端：只专心于学理上的探讨，忽视历史与社会的维度，因而显得琐碎。在过去，哲学大家多少都能继承西方哲学传统，以通论人类和社会的整体状况为要务。然而，在一战之后，作为英国哲学主流的语言哲学却背道而驰，不再关注社会生活，成为一门纯技术性的学问。以赛亚·伯林（Isaiah Berlin）的政治理论也落入类似的窠臼，它只作无时间性的概念辨析，轻视历史与社会的大背景。在伯林看来，巴鲁赫·斯宾诺莎（Baruch Spinoza）、康德（Immanuel Kant）、让-雅克·卢梭（Jean-Jacques Rousseau）、约翰·戈特利布·费希特（Johann Gottlieb Fichte）、黑格尔（Georg Wilhelm Friedrich Hegel）、马克思等体现出积极自由（positive freedom）理想的人物，都要为现代独裁负责；而在卡尔·波普（Karl Popper）那里，柏拉图、亚里士多德（Aristotle）、黑格尔、马克思等都被视为开放社会的大敌，现代极权主义的罪魁。伯林对积极自由和消极自由的划分与波普的开放社会和封闭社会之辨同出一辙，都是出于意识形态的考量，是为自由资本主义对抗共产主义服务的。这种历史的清算攻其一点而不及其余，割裂了思想与社会历史具体情况之间的联系，在苛求古人的同时也无限夸大了过去的思想对现实政治的影响。史学研究则走向严重忽视思想的另一极端。例如，史学大家纳米尔严重低估了思想在促进社会变迁中的作用。经济学则与政治理论和政治史完全脱节，在凯恩斯之后明显停滞不前。在心理学领域，泰斗级人物艾森克从心理学角度发掘政治行为的原因，然而，他的数据计算、对资料的解释和结论都有很大问题，遭到美国心理学家的系统反驳，尽管这丝毫无损于他在英国的威名。美学和艺术批评史领域一直由德国和奥地利的移民学者把持，以E.H. 贡布里希（E. H. Gombrich）为领军人物。贡布里希认为，绘画和建筑的发展是艺术家视觉模式不断改善的结果，与艺术产生的社会条件无关。而在安德森看来，像这样用技术因素来解释不同时期艺术的差异是一种严重的去历史化行为。在精神分析领域，其代表人物克莱因极具原创精神，丰富和发展了弗洛伊德的理论。不过，精神分析学未对主流的人文学科产生重大影响，它始终是英国学术文化的一块飞地。以马林诺夫斯基为代表的人类学研究则以总体的视角观察人类和社会状况，因为人类学研究的对象是异域的原始部落，而不是英国社会本身。

与过去的马克思主义理论家不同，安德森否认无产阶级是实现社会主义的潜在动力。他认为，社会主义的成功必须有社会主义文化的支持，而知识分子是创设社会主义文化的必要因素。他说"没有革命的文化就没有革命的理论"（Anderson，1992：4），由此来看，安德森是文化革命派。与当时许多年轻气盛的新左派知识分子一样，他把大学看作反对文化的大本营，正是基于这种判断，他在《国民文化的构成》一文中特意对英国学术文化的历史渊源和现实表现作了辨析。他认为，从文化的内部衍生出革命实践不但是可能的，而且很有必要，学生的造反运动即是文化革命的原初形式。

十几年后，已过天命之年的安德森已不复当年的盛气，对于年轻时代写下的这篇激昂文字，他进行了一番检讨，反省自己的不足。他坦陈，在当年激进反叛如潮的氛围下，自己未免气势太旺，思想过偏，行文运笔难免有误判之处、简单化处理之嫌，对于欧陆的理论也过分推崇。不过，对于该文的基本结论，他还是坚定不移，自信之情时常闪现于字里行间（193）。

由于痛感英国本土缺乏一种深刻的马克思主义传统，从六十年代开始，新左派以《新左派评论》和新左派书局（后来的 Verso 出版社）为据点，大力译介欧陆西方马克思主义的思想和著作。到了七十年代末，在新左派书局出版的 85 本书中，近一半与西方马克思主义有关。1963 年到 1977 年间，《新左派评论》发表了大量介绍和研究西方马克思主义的文章，这些文章后来编成《西方马克思主义批判文选》一书。安德森应邀为此书作序，然而令人始料未及的是，他多年思想之积淀在瞬间迸发出来，一发不可收拾，这篇序言竟写成了名作《西方马克思主义探讨》。新左派承担的这项艰巨的文化工程，一方面刺激和推动了英国马克思主义学术文化的发展，另一方面打破了英国本土左翼思想界与欧洲大陆相隔离的状况。在欧洲大陆西方马克思主义的影响下，新左派重新思考了经典马克思主义的一些命题，对于历史唯物主义重新给予了评价。

新左派的建树主要体现在文化领域，但这并不等于说他们在社会经济研究方面毫无作为。对于资本主义的新形势、社会主义的经济策略，他们也煞费苦心地作过一番认真探索。

新左派承认战后资本主义的新变化，同时又认为这一切并没有改变英国社会的性质。工党施行的企业国有化政策并没有促成社会主义转型，因为国有企业依然受制于资本和私人机构，同时国有企业因效率低下成为千夫所指。一些新左派的经济学家受到南斯拉夫工人自主管理工厂的模式和英国本土基尔特社会主义（Guild Socialism）的启发，提出一种工人控制（worker's control）理论，主张强化工会和工人对工厂的民主管理，从而实现社会政治结构的重大转型。但在实践当中，工人控制理论并没有促成工人积极参与工厂的管理，工人最关心的仍然是工资而不是控制。到了七十年代中期，这种理论就销声匿迹了（Lin：122）。

如何走向社会主义始终是新左派的一块心病。在策略上，他们一直在革命和改良之间摇摆不定，时常有思想矛盾和分歧。新左派政治学家拉尔夫·米利班德（Ralph Miliband）提出了一个折中方案：革命与改良双管

齐下，以改良服务革命；利用罢工、游行示威、请愿以及其他的非议会斗
争形式，改变资本主义国家的性质和资产阶级的民主形式。显然，这只
是一种学术设想，在没有大规模群众运动的现实条件下是不具备可操作
性的。

1.1.4　新左派的衰落

从七十年代末开始，左派运动在全世界范围内逐渐退潮。英国的新
左派运动已成强弩之末，社会影响力下降，逐渐从政治舞台上消失。撒
切尔夫人在1979年上台以后，开始大刀阔斧地对国有企业进行私有化改
革，削减社会福利开支，加强以自由市场为原则的资本主义的竞争力，结
束了国民经济的停滞局面。在欧洲大陆的法国和西班牙，弗朗索瓦·密特
朗（François Mitterand）和阿道弗·苏亚雷斯·冈萨雷斯（Adolf Suárez
González）的社会党政府也抛弃了社会主义路线，致力于企业资本主义的
振兴（Stromberg：309）。同一时期的美国则开始了长达八年之久、以保
守主义著称的里根时代。这一系列事件严重削弱了新左派的社会基础和声
望。1985年，煤矿工人大罢工失败，英国的劳工运动开始走向消沉。欧
洲大陆的形势也愈发不妙，八十年代末九十年代初，东欧的社会主义政权
相继瓦解，新左派的社会主义理想遭到严重打击。

有趣的是，英国马克思主义在政治上遭受严重失败的同时，却在学术
上取得了空前的成功。在新左派的不懈努力下，马克思主义改变了英国学
术文化的既定格局，塑造了知识分子的精神面貌。1990年，安德森发表
了长文《逆流中的文化》（"A Culture in Contraflow"），比较全面地分析
了这一现象。作为《国民文化的构成》的继篇，《逆流中的文化》全面审视
了自1968年至1992年间英国学术文化的总体状况。

安德森认为，自1968年以来，英国学术文化的总体态势发生了两大
变化。在六十年代，英国的大学因其思想保守而成为激进派学生自下而上
群起攻击的目标，可是到了八十年代，大学却成为保守派政府自上而下嫉

视的对象。这种角色的惊人逆转是由英国知识分子政治态度和文化趣味的转变而造成的。在六十年代的激进氛围的影响下，英国知识分子的精神面貌确实有所改观，他们当中的许多人改变了先前因循顺从、寂静无为的政治态度。经过几代左翼知识分子的努力，到了八十年代，马克思主义终于在英国的学术文化和社会文化领域中站稳了脚跟；在闻名遐迩的英国文化研究领域，马克思主义的各种流派引领着英国文化研究的走向：这绝对是一个前所未有的重大变化。马克思主义的势力迅速扩张，大学遭到右派政府的敌视也是意料之中。

第二个重大变化是，英国学术文化摆脱了孤立和封闭的局面。欧陆的社会思潮大量涌入，改变了英国文化传统的庸俗气息（philistinism）和褊狭做派（provincialism），文化环境更加宽松，内容更为纷繁。在人文社会科学之中，社会学的变化最为显著。英国的社会学研究主要由安东尼·吉登斯（Anthony Giddens）等人主导，他们并非马克思主义者，但他们的研究却显现出这样一种共性：无论是探讨西欧的阶级问题还是东欧的国家社会，他们都以马克思主义为潜在的对手，以其为参照来确立自身的立场，始终与其保持一种辩证的紧张关系。在探讨人类的历史变化之时，他们否认经济因素为主因，认为军事—政治、意识形态—文化因素同等重要。在美学领域，战后英国文学研究的核心人物威廉斯摒弃了传统马克思主义文化理论中的经济决定论；与此同时，他也打破了传统人文主义批评对纯文学文本与其他写作形式的硬性划分，转而主张审美判断必须考察具体作品的产生条件以及当时的读者接受情况。伊格尔顿是威廉斯的继承人，其文学观念与威廉斯有相同之处。他认为，文学创作总是受到当时的社会价值的检验，这种检验渗透着主导意识形态和权力关系。在视觉艺术领域，自七十年代以来，马克思主义首次成为这门学科的核心，在具体的批评过程中，研究者突出了政治意识形态和经济因素的作用。英国哲学在六十年代还是牛津语言哲学的天下，到了八十年代，一家独大的局面已经大有改观：其探索内容更见丰富，国际声望日隆，与其他学科的联系也愈加密切。此外，相关的伦理学和政治哲学也出现了复兴的态势。在史学领域，新左派史学家成就赫然，只可惜未能成为主流，反遭右翼史学家的围攻。右翼史学家反对从阶级角度入手来解释重大历史事件，他们喜欢着眼于政治派别、家庭、个体及其思想观念。

与战前显著不同的是，战后英国的学术文化还受到了女权主义的影响和塑造，各个学科领域都出现了重量级的女权主义知识分子。尤其在七十年代之后，女权主义不仅学术成就斐然，还改造了学术领域自身。尽管英国女性学者在大学中的势力尚不及美国的女性学者，但她们的激进程度有过之而无不及。在安德森看来，这种情况的出现，一方面是因为比起美国的劳工运动，英国的劳工运动传统相对强大，另一方面是因为英国女性与学院派的整合程度不如美国女性（Anderson，1992：193–301）。

新左派对于战后资本主义的认识不乏深刻和独到之处，但他们改造现行社会体制的策略却往往露出书生论政的流弊：空有道德的热情、言辞的激烈和理论的深刻，却缺乏实际的可行性。他们喊着社会主义口号，却拿不出切实可行的政治和经济总体策略。新左派运动最终黯然收场就与这一缺陷密切相关。战后资本主义创造出前所未有的富裕社会，无论是社会福利水平还是民主化程度，都是同时期其他社会形态望尘莫及的；在这种情况下，新左派很难另辟蹊径，创设一个可以取代它的社会形态。不过，作为一股社会制衡力量，新左派的顽强存在还是给英国统治集团造成了巨大的舆论压力，客观上有助于整个社会进一步朝着更加民主和公正的方向发展。新左派这种及时"纠错"的功能，有利于保持社会肌体的健康。

马克思在《关于费尔巴哈的提纲》中说过："哲学家们只是用不同的方式解释世界，问题在于改变世界"（马克思、恩格斯，2009：502）。这句话令从事社会批判的左派学者服膺，也激励他们著书立说，抨击时政，改造世道人心。可是，纵观新左派的历史，他们对当代资本主义的分析不可谓不透彻，抨击不可谓不激烈，却没有给这个社会带来根本性的改观。新左派坦然承认，他们虽然没有改变世界，但至少理解了这个世界。这个自我评价暗含几分无奈，却也不失为发自肺腑的持平之论、清醒之言，可作为新左派的盖棺论定。

1.2　从历史主义到西方马克思主义

文化唯物主义在二十世纪八十年代横空出世并非偶然。其中既有外在的社会因素的影响，又有内在的学理因素的推动。就前者而言，它受到了战后新左派运动的推动，前文已有所论述；就后者来说，它有力反击了此前盛行的两大文论流派——传统的社会历史批评和形式主义的细绎派批评。细绎派批评是对社会历史批评的否定，而文化唯物主义又是对细绎派的否定。不过，作为否定之否定，文化唯物主义并没有完全回归先前的社会历史批评。这是因为它还得益于西方马克思主义的理论塑造：阿尔都塞的意识形态理论、葛兰西的文化霸权理论以及威廉斯的文化理论为它的行文立论提供了思想框架，指导它如何进行制度揭秘，还赋予它鲜明的左翼政治色彩。

"知世论书"的认识决非始于文化唯物主义，中外批评史上早已有文论强调文学与社会历史的关系。在十九世纪的西方文论领域，社会历史批评曾经占据极高的地位，这一流派大家辈出，风光无限，代表人物多为震烁古今的批评家，例如法国的斯达尔夫人（Madame de Staël）、伊波利特·阿道尔夫·泰纳（Hippolyte Adolphe Taine）、查尔斯·奥古斯丁·圣伯夫（Charles Augustin Sainte-Beuve），俄国的维·格·别林斯基（Vissarion Grigoryevich Belinsky）、亚历山大·维谢洛夫斯基（Alexander Veselovsky），丹麦的格奥尔格·勃兰兑斯（Georg Brandes），等等。直到二十世纪初俄国形式主义异军突起，社会历史批评才退至文学批评舞台的边缘。为了展示社会历史批评的主要观念，我们在此简单地介绍斯达尔夫人和泰纳的一些批评理念。

斯达尔夫人在《论文学》序言中即表明这样一种观点：欧洲各国文学之所以形态各异，其主因即是政治和宗教因素。于是她在书中勉力考察宗教、风尚（manners）和法律对于文学的影响。她认为任何一种文学都是特定社会历史和社会环境的产物，若想了解和研究某一时期的文学，最好的办法就是把它放在当时的社会背景之中，把它与那个时代的社会状况和精神风貌联系起来。

此种论调于今已是屡见不鲜，但在斯达尔夫人以前尚未有人系统提出。就此而言，斯达尔夫人可以被称作社会历史批评的先驱。"论北方文学"是《论文学》一书最核心的章节，集中体现了她的基本文学观点和独特的研究路径。她将欧洲文学分为两类——南方文学和北方文学，前者以荷马（Homer）为始祖，后者以传说中的爱尔兰吟游诗人莪相（Ossian）为开山。南北文学风格迥异，主要源于地理和气候的差异。欧洲北部土地贫瘠、天气阴霾、生活枯燥、了无情趣，致使那里的文学阴沉忧郁，疏离现实的生活而耽于哲理的思考；欧洲南部则空气清新、阳光明媚、草木繁茂、生机盎然，致使南方文学更多地关注自然与人类情感的直接关系，缺乏北方文学特有的思想上的专注（Madame de Staël：405–411）。

这种历史主义色彩浓厚的文学观在泰纳那里得以发扬光大。泰纳的文学研究立意高远，气势宏大，以绘制一个民族或一个时代的历史全景为要务，以总结和提炼整体观念为目的。在他看来，与其说文学是文字精妙的审美客体，不如说是分析某个时代或某个民族的历史文献。他在《〈英国文学史〉序言》中说道，文学不完全是想象的发挥，也不是头脑发热、心血来潮的率性之作，而是时代风情的艺术再现，从文学杰作中可以追溯几百年前人们的情感方式与思想路径。他在正文中还提到，文学可以完整地再现一个社会，要了解这个社会，就必须全力关注其文学。泰纳针对文学创作提出了著名的"种族、环境和时代"（the race, the surroundings and the epoch）三元素说。泰纳认为，伟大的作家不是孤立地存在的，他的创作受到多种因素的影响和制约，其中以种族、环境和时代为最。种族因素主要指一个民族先天固有和世代遗传的精神气质和思想倾向，它们因种族不同而形态各异；环境因素包括所有塑造人类性格的外部力量，既包括自然环境也包括社会环境；至于时代，主要指的是时代的思想风尚、社会环境以及典章制度等（Taine：544–550）。后来，他的"种族、环境和时代"理论在丹麦文学批评家勃兰兑斯的巨著《十九世纪文学主流》中得到了引申发挥和广泛运用。

进入二十世纪，社会历史批评中的英国马克思主义文学批评和纽约文人的社会历史文化批评也曾在三十年代盛行一时。然而，二十世纪初俄国形式主义从欧洲文化的边缘地带悄然登场，揭开了现代西方文论的帷幕。此后，新批评、结构主义、现象学、解构主义等内部研究方法陆续登场，主宰学院派批评达几十年之久。文学批评的地位陡然上升，与文学创作渐成分庭抗礼之势。十九世纪盛极一时的社会历史批评虽然没有彻底退场，但也只能偏安于文学史研究这一隅之地，与声气相投的精神分析（psychoanalysis）、女性主义（feminism）、接受理论（reception theory）等外部研究方法互相借鉴、抱团取暖。不过，二十世纪的历史主义批评还是涌现出了一些重要人物，蒂利亚德就是其中之一。

1.2.1　蒂利亚德的历史主义批评

意大利哲学家詹巴蒂斯塔·维柯（Giambattista Vico）为历史主义制定了一条原则："我们真正能够认识的只是我们所创造的东西"（转引自萨义德，2006：13），"以文本的形式传达给我们的有关过去的知识，只有从过去的创作者的观点，才能得到恰当的理解"（104）。换句话说，现代人若想正确理解过去的事物，只有把自己设想为古人，仿佛身处彼时彼地的思想传统与社会现实之中，努力还原历史现场，以今人之心映鉴古人之心，方能真正领悟这些史事的存在理由。维柯之后，黑格尔是历史主义的集大成者。他认为，任何事物的产生都有其时代背景和前因后果，只有从当时的具体背景出发，才能有正确的理解；在任何一个历史时期，都有一种主宰性的时代精神支配着这一时期的思想和文化。深受黑格尔影响的历史主义批评家经常把某一历史时期的文学视为时代精神的表现，他们在文学分析当中，要么探察时代精神如何影响文学创作，要么研究作品如何反映时代精神。

蒂利亚德就是这样一位历史主义批评家。在批评理论不断翻新的当代，他几乎成了过气人物，在通行的文学批评史著作中很少见到他的名字。雷纳·韦勒克（René Wellek）在《近代文学批评史（第五卷）》"英国批评1900—1950"中对他只字未提，却用了整整一节的篇幅去探讨克里斯托弗·考德威尔（Christopher Caudwell）（韦勒克：224–226），而后者的名气和地位远逊于蒂利亚德。若不是文化唯物主义者时常把他从故纸堆里翻出来"吊打"一番，他很可能早就湮没无闻了。其实，蒂利亚德在文学批评领域也曾雄踞高位，他的《莎士比亚的历史剧》和《伊丽莎白时代的世界图景》（*The Elizabethan World Picture*）是莎学史上具有里程碑意义的著作，引领了二十世纪四十年代莎学研究的新方向。在这两本书中，蒂利亚德努力还原英国文艺复兴时代的社会意识，论证莎士比亚的作品如何体现了都铎王朝的意识形态。

十九世纪的学者对文艺复兴时代的看法与十八世纪的启蒙思想家基本相同。无论是"文艺复兴"一词的首创者、法国史学家儒勒·米什莱（Jules Michelet），还是文艺复兴文化史大家、瑞士学者雅各布·布克哈特（Jacob Burckhardt），都把文艺复兴与中世纪截然对立起来，认为前者代表了一种全新的精神。二十世纪的学者则不然，荷兰文化史家约翰·赫伊津哈（Johan Huizinga）在《中世纪的衰落》中极力证明，二者之间并非断然决裂，而是有所传承的。蒂利亚德的文学批评大体上遵循了这个思路，他在《伊丽莎白时代的世界图景》中着重指出，文艺复兴时代的英国人仍然信奉中世纪的许多观念。这种观点也反映在他另一部著作的标题中——《英国文艺复兴，事实还是虚构？》（*The English Renaissance, Fact or Fiction?*）。

蒂利亚德认为，英国文艺复兴时代并非是一个全新的历史时期。当时还流行着大量的中世纪观念，其中最重要的就是名为"存在的大链条"（the Great Chain of Being）的宇宙秩序论，它贯穿于莎士比亚的戏剧创作之中。按照这种观念，整个宇宙呈现出尊卑有别、等级森严的秩序，从上帝、天使、日月星辰到人类社会和动植物世界，构成了一个从上到下、不可僭越的等级序列。上帝是整个宇宙的主宰，太阳是日月星辰的主宰，国王是人类社会的主宰，狮子是动物世界的主宰，如此等等；凡是破坏秩序者，必遭上帝惩罚。实际上，这种观念体现的是一种天命君主论的意识形态，其主要功能在于教化和恐吓臣民，防止其造反作乱，从而达到维护封建等级制的世俗目的。

这种观念和它背后的意识形态非常隐晦地出现在莎士比亚的历史剧中。莎士比亚在他的历史剧中极力描写血腥内战和王政危机等乱象，这种现象折射出同时代人对社会和政治秩序的深刻忧虑，"我们从莎士比亚历史剧中得到的画面是无序。不成功的国外战争和国内的内战是大的主题；国外战争的胜利和国内的和平（只）是例外，对无序的恐惧从未消失"（蒂利亚德：7）。蒂利亚德的这一论断是有充分依据的：在他所认定的出自莎翁之手的九部历史剧当中，其中的四部，即《亨利六世》（上、中、下）和《理查三世》，直接描写了英国历史上颇为惨烈的内战——玫瑰战争；其他剧作也表现了内战频繁、外战不休、生灵涂炭的失序景象，《约翰王》写的是十三世纪初金雀花王朝的约翰王（King John）与反叛诸侯之间的内战，《理查二世》写的是金雀花王朝末代国王理查二世（Richard II）与族人亨利·博林布鲁克（Henry Bolingbroke）[1]之间的内战，《亨利四世》（上、下）写的是博林布鲁克登基后与各大反叛诸侯的内战，《亨利五世》写的是对法战争。在以上几部剧作中，王纲解纽、战乱频仍、民不聊生的景象时有出现，即便是被蒂利亚德认定为伪作的《亨利八世》，描写的也是王位继承危机造成的宫廷内斗。

1　兰开斯特王朝的开国君主，未来的亨利四世。

不仅如此，蒂利亚德还认为，这种秩序观念也或隐或显地出现在莎士比亚的其他作品中，甚至贯穿于整个伊丽莎白时代的文学和非文学作品当中。这种理念在时人的头脑中根深蒂固，已被视为天经地义，根本不需要作家去刻意表现："秩序这种观念被视为理所当然，在人们的集体意识中占有相当大的比重，除了训诲目的非常明显的篇章，作者几乎无需提到它"（Tillyard：7）。总而言之，在蒂利亚德看来，伊丽莎白时代整个社会的思想高度一致，体现君主意志的宇宙秩序论处于绝对支配地位；莎士比亚等人自动认同统治阶级的思想意识，他们的作品反映并维护了君主天命论和封建等级制。

蒂利亚德强化了文化唯物主义者的历史意识，促使他们将社会历史因素重新引入文学批评，但是，他的总体论式的历史观过于简单化。在文化唯物主义者看来，任何一个历史时期的社会思想都是复杂多样的，其中充满了相互矛盾、相互对立的因素，没有哪一种思想能够实现垄断，文学作品中也是如此。莎士比亚的戏剧固然体现了都铎王朝的意识形态——君主天命论，但是，如果细读莎剧文本，往往会发现其中也有对这一观念的严重质疑。例如，在《理查二世》的末尾，忠心耿耿的卡莱尔主教（Bishop of Carlisle）诅咒说，博林布鲁克会因篡位而遭到报应，鲜血将浸润英格兰大地。在莎士比亚时代的人们看来，这个预言后来真的应验了：玫瑰战争就是对博林布鲁克家族的惩罚。就此而言，似乎可以得出结论说莎士比亚是在维护君主天命论的意识形态。然而，从文化唯物主义视角来看，作者也在这部剧的字里行间暗示，理查二世背信弃义、治国无道，致使祸起萧墙，因此他的倒台也有咎由自取之处。从这个角度来看，莎翁在此又挑战和颠覆了君主天命论意识形态。

1.2.2　细绎派的道德形式主义

二十世纪三十到七十年代，利维斯领导的细绎派一直主宰着英国文学的研究和教学，即便是马克思主义批评家，例如威廉斯和伊格尔顿，也曾深受其影响。在七十年代的学术环境下成长起来的文化唯物主义者也不例外，他们在校学习期间接受过细绎派的严格训练，练就了一副看字缝的敏锐眼光，养成了推敲字句、微言大义的行文习惯，同时也接纳了细绎派的一个重要主张——用文学批评干预社会生活。

人们常常把利维斯的细绎派批评与美国的新批评相提并论，仿佛二者是大西洋两岸的一对孪生兄弟。利维斯的文学批评，无论是诗歌批评还是小说批评，都注重文本的细读，突出对语言的感受。但是，正如前人所言，他的批评思想中有一定的社会学倾向，在这方面它与美国新批评还是有所区别的。另外，他在批评实践中经常将具体文本放在其所在的文学传统中加以解读，而非就事论事、完全孤立地看待个别文本。在他看来，批评家在分析具体作品的过程中，要尽可能地留意一些细节，再参照其他类似作品来判断其价值高下。这种从文学史长河中披沙沥金的做法，就视野与格局而论远比美国新批评宏阔高远。利维斯深受马修·阿诺德（Matthew Arnold）所谓"文学即生活"（literature is life）批评一说的启发与影响，有意将文学阅读与社会生活联系起来，要求文学必须坚守道德价值观，必须促进社会文化的健康发展，这是他文学批评和教学的核心信条。这一点也和美国新批评的文本中心论相距甚远。

利维斯于1895年出生在剑桥镇的一个商店主家庭，他一生中的大部分时光都在剑桥大学度过。他先是在历史系就读，后来转至英文系。在二十世纪二十年代，I.A. 瑞恰慈（I. A. Richards）在剑桥英文系革新文学教学，大讲实用批评（practical criticism），利维斯也参与了这场著名的文学试验。利维斯于1924年获得博士学位，论文题目为《报刊业与文学之关系：英国报业的兴起和早期发展》（"The Relationship of Journalism to Literature: Studies in the Rise and Earlier Development of the Press in England"）。从1927年到1931年，利维斯在剑桥大学任见习讲师，讲授英国文学。在此期间，他开始为《剑桥评论》（Cambridge Review）撰写书评，但是他的精力主要用于文学教学。1929年，他娶了自己的学生、剑桥才女奎尼·多萝西·罗斯（Queenie Dorothy Roth），此后夫唱妇随，开始了长达五十年之久的文学研究合作。利维斯夫人未有教职，著作仅有一本《小说与阅读公众》（*Fiction and the Reading Public*），文章也寥寥可数，因为她把大部分精力和时间用来协助利维斯办《细绎》（*Scrutiny*）。1936年，利维斯始任剑桥大学唐宁学院院士，1937年至1960年任唐宁学院讲师，1960年至1962年任高级讲师，退休后赴英美多所大学任客座教授。

利维斯的文学与文化观念深受阿诺德和T.S. 艾略特（T. S. Eliot）的影响。在二十世纪三十年代出版的小册子《大众文明和少数人文化》（*Mass Civilisation and Minority Culture*）和《文化与环境：批评意识的训练》（*Culture and Environment: The Training of Critical Awareness*）中，利维斯认为，在十九世纪之前，尤其是十七世纪之前，处在农业时代的英国存在着一种生机勃勃的共同文化，这是社会各个阶层共享的文化。莎士比亚的戏剧就是这种文化的显例，它既能为宫廷权贵所激赏，又能为社会底层所喜闻乐见。然而，随着工业的出现和商业的发展，这种共同文化逐渐解体，一分为二：一边是少数高雅之士欣赏的文化，主要体现为伟大的文学巨著；另一边是大众文化，包括广告、报纸、电影、流行小说等文化产品，其消费主力是略识之无的草根大众。在这两本小册子以及后来出版的《教育与大学》（*Education and the University*）当中，利维斯一再呼吁，那些情趣高雅、精于赏鉴之士理应承担社会重任，挽救文化于危亡，守护传统的精华以匡正世风。因为这些人的数量非常有限，文学教学的任务就是培养这样一批具有文学心灵（literary mind）的精英，以抗衡科学技术和大众文化对传统文化的威胁。

利维斯的文学研究以诗歌批评和小说批评为主。他的诗论深受T.S. 艾略特[1]的影响，有学者称，就某种程度而言，他的诗歌批评是T.S. 艾略特

1　为与乔治·艾略特区分，书中T.S. 艾略特与乔治·艾略特均保留全名。以下各处不再另作说明。

诗学理论的具体阐述和应用。相比之下，他的小说研究更见独创性。他最具代表性的诗歌研究是两部评论文集：1932年出版的《英诗新方向》(*New Bearings in English Poetry*) 和 1936年出版的《再评价：英国诗歌的传统与发展》(*Revaluation: Tradition and Development in English Poetry*)。前者以 T.S. 艾略特、杰拉尔德·曼利·霍普金斯 (Gerard Manley Hopkins)、威廉·巴特勒·叶芝 (William Butler Yeats) 和埃兹拉·庞德 (Ezra Pound) 为研究对象，旨在展示现代诗歌的新成就，同时攻击了阿尔弗雷德·丁尼生 (Alfred, Lord Tennyson) 和阿尔杰农·查尔斯·斯温伯恩 (Algernon Charles Swinburne) 的诗风。后者主要论述的是自莎士比亚时代至十九世纪初英国诗歌的演变，它与《英诗新方向》恰成双璧，记录了英国诗歌的流变。利维斯小说研究的代表作是1948年出版的《伟大的传统》，虽然这本书在学界颇有争议，但还是英国小说研究的必读书。在这本书中，他把以前仅用于诗歌和戏剧诗研究的细读式分析应用到长篇小说研究当中。除此之外，利维斯其他重要的小说研究著作还有《小说家劳伦斯》(*D. H. Lawrence: Novelist*) 和《小说家狄更斯》(*Dickens the Novelist*) 等。

从1932年到1953年，利维斯主编文学评论季刊《细绎》，并由此形成了一个以他为核心的英国学院式文学批评流派——细绎派。二十世纪三十年代以来，细绎派一直以剑桥大学为大本营和文学批评试验场，形成了一种根深蒂固的文学批评传统。总的来说，细绎派自命为英国文学研究道统的维护者，注重形式分析，反对文学批评过多地掺杂历史和社会的考量。他们视经典文学为文学研究的正统，以它为改变世道人心的利器，将战后兴起的流行文化视为文化水准堕落的表征和腐蚀心灵的渊薮，一概予以否认和抹杀，细绎派也由此而被视为文化保守主义。在新左派学者看来，这种文学观背后隐藏的精英主义文化观未免有些狭隘，带有人文主义的狂妄自大，甚至存在与统治阶级形成意识形态共谋的嫌疑。当然，细绎派的出现和得势也是有它的合理性的。细绎派的批评方式自有其纠偏对象，那就是一战之前英国大学中所盛行的传记式批评，那种批评热衷于讨论作家的生活轶事，很少具体论述作品的风格与结构，因此显得散漫松弛，缺乏严谨性。细绎派与此针锋相对，力主回到作品本身，让文学批评摆脱散漫的业余作风，成为一门严谨的、类似于科学的学科。在当时的背景下，细绎派的主张是有见识的，或者说有道理的。然而，它基本否定了社会和历史因素对文学批评的重要意义，这就未免有些矫枉过正。为了反击细绎派的这种极端做法，文化唯物主义者强烈要求文学批评引入社会历史因素。在这方面，他们在一定程度上借鉴了蒂利亚德的历史主义研究，但与此同时，他们也否定了蒂利亚德的总体性历史观，反对黑格尔式的时代精神主宰论，转而强调某一历史时期社会思潮的多样性和矛盾性。

1.2.3　威廉斯

曾有学者评论说，威廉斯为英国思想文化界留下了三笔丰厚的思想遗产：一是他对利维斯的高雅文化传统提出了另类解读方式，二是他提出了马克思主义的或后马克思主义的文化唯物主义，三是他创建了一门新学科——文化研究（Jackson：211）。如果仔细盘点威廉斯的文化理论与批评，可以发现威廉斯对英国文化唯物主义的影响主要体现在以下五个方面：在文学领域首次提出了文化唯物主义这一概念；有力地反驳了细绎派的形式主义研究方法；扩大了文化概念的内涵，为文学研究引入非经典文献铺平了道路；对文化系统进行了划分；强调文化的政治抗争作用。

自1946年大学毕业到1961年，威廉斯一直从事成人教育工作，讲授文学和国际时事方面的课程。他始终认为，文化教育是唤起民主意识、争取民主权利的有效手段。为了达到这一目的，他总是把传统的人文主义教育思想与左派政治思想结合起来。在授课过程中，他非常推崇瑞恰慈、威廉·燕卜荪（William Empson）和利维斯所倡导的实用批评。与此同时，他又一反实用批评和细绎派专重经典的倾向，对当代诸种流行文化极为关注，主张利用细绎式文学批评去分析电影、广告和其他大众媒体。在他看来，这些流行文化形式之所以具有研究价值，原因就在于它们也承载了社会意义和价值观念。以此观之，他对流行文化的审视是从历史和社会文献的视角而不是从美学角度出发的，这与当时学院派学者对待流行文化的态度形成了鲜明对照。在当时的英国学界，这种为流行文化正名的做法绝对是惊世骇俗之举，需要一定的见识和勇气。而威廉斯具有这种胆识，与他身处的学术成见不深、正统思想薄弱的成人教育领域有很大关系。假如当时威廉斯任教于牛津大学，身处传统文化势力盘踞之地，这些"惊世骇俗"的想法必然会受到压制，无从付诸笔墨。

威廉斯后来任教于剑桥英文系，但他在英文系一直是一个特立独行的编外人士，用伊格尔顿的话说，在英文系学人的眼里，他本应是社会学系或历史系的人，因走错了门而跑到英文系来了。对于威廉斯的研究方法，利维斯也很不以为然，认为利维斯夫人早在三十年代就搞过那套东西。威廉斯本人则说，他在六七十年代出版的著作始终是在同剑桥官方的英文研究传统进行斗争。这一时期他的主要文学研究著作有《现代悲剧》、《从狄更斯到劳伦斯的英国小说》（The English Novel from Dickens to Lawrence）和《乡村与城市》。

1970年，卢卡奇的私塾弟子、罗马尼亚裔的法国马克思主义理论家戈德曼访问剑桥大学，做了两次学术演讲。戈德曼的到来让威廉斯了解到卢卡奇以来西方马克思主义的最新进展，打破了他之前对于马克思主义的成见——马克思主义以经济决定论为主。戈德曼逝世后，威廉斯发表了纪念文章《文学与社会学：回忆戈德曼》（"Literature and Sociology: In Memory of Lucien Goldmann"），高度评价了戈德曼的这次学术访问。他说，戈德曼的造访让剑桥认识了理论，而且开始像受过欧陆传统训练的思想家那样理解和使用理论。这次貌似平常的学术交往对威廉斯的思想冲击很大，可以称作是一次爱德华·萨义德（Edward Said）在《文化与帝国主义》一书中津津乐道的"理论的旅行"。就在同一时期，英国新左派的喉舌《新左派评论》在安德森的积极倡导下，开始系统地译介西方马克思主义的著述。这一系统的文化工程一直持续到七十年代末，对英国左翼文化产生了巨大影响，年轻一代的左翼学者由此开始接受欧陆西方马克思主义理论，威廉斯的大弟子伊格尔顿就是其中之一。在这股西方马克思主义浪潮的冲击之下，威廉斯也开始重新思考和梳理马克思主义文化理论。在随后渡海西来的葛兰西理论的启发和推动下，他写出了一生中最为出色的理论文章《马克思主义文化理论中的基础和上层建筑》和晚期代表作《马克思主义与文学》。在这两部重要著述以及其他相关著作中，威廉斯提出了著名的文化唯物主义思想。文化唯物主义反对利维斯派专注文本、轻视社会历史背景的批评方法，同时摈弃了传统的马克思主义的经济决定论。其唯物之处在于，它强调社会生产、历史语境对于文化生产的重要性。用威廉斯本人的话说，文化唯物主义是"研究文化(社会和物质)生产过程的理论，它研究特定的实践和'各门艺术'，把它们视为社会所利用的物质生产手段(从作为物质性'实践意识'的语言，到特定的写作技术和写作形式，直到电子传播系统)"(Williams，1983：243)。

威廉斯对文化唯物主义的影响是多方面的。在六十和七十年代，他一直与细绎派的批评传统作斗争，力主文学批评应与社会历史研究相结合。这一主张严重冲击了剑桥英文系的教学和研究传统，给斯蒂芬·格林布拉特(Stephen Greenblatt)留下了深刻的印象。当时格林布拉特拿了富布赖特奖学金，从耶鲁来这里留学，正是在威廉斯的启发下，他后来告别了耶鲁的新批评，走上了新历史主义批评的道路。威廉斯还引入了人类学对文化的定义——文化就是日常生活方式的全部，以此来反对利维斯等人以文学和思想杰作为文化的狭隘做法。这样一来，文学与非文学文献、经典与非经典作品的研究价值就变得难分高下，经典作品的神圣光晕被驱散，文化唯物主义批评因而可以名正言顺地引入非经典作品和非文学文献。

另外，威廉斯对社会系统的层次划分也为文化唯物主义者提供了思想灵感和理论指导(Williams，1977：121–127)。他把社会文化分为三个部分：主导成分、新生成分和残余成分。主导成分指统治阶级的思想意识、价值观念和社会体验；新生成分指的是崭露头角的价值观和社会体验；残余成分指的是过去遗留下来、未被主导文化收编、仍在当前文化形态中发挥作用的思想因素，例如人们一直遵奉的宗教、传统和习俗。新生成分和残余成分可以联起手来，提出政治异见，向主导文化发起挑战。例如，在十九世纪四十年代，也就是自由放任的资本主义大行其道的时期，猛烈抨击工业资本主义残酷剥削的不仅有新兴的社会主义宪章派，还有一些老派的土地贵族——也就是所谓的托利社会主义者，柯尔律治和托马斯·卡莱尔（Thomas Carlyle）就曾是他们的代言人，而且论言辞之激烈，柯尔律治和卡莱尔都不逊于马克思。这种文化成分的三重结构划分对文化唯物主义的批评策略多有启示，促使文化唯物主义者在分析作品时，不仅要揭示该作品如何在主导文化因素的统摄下有意或无意地充当了文化统治工具，而且还需要证明，在貌似天衣无缝的主导意识形态之下暗藏着异质性的内容，即抵制主导意识形态的残余成分和新生成分。

最后，威廉斯激进的文化思想也塑造了文化唯物主义的政治批判倾向，激发他们去分析文本中蕴涵的文化压迫机制。用多利莫尔和辛菲尔德的话说，文化唯物主义决不故作不偏不倚的中立姿态，它毫不讳言改造现存社会秩序的政治意图（Dollimore & Sinfield：vii）。正是由于威廉斯的影响，文化唯物主义的政治批判色彩更加鲜明。

当然，在研究对象上，威廉斯与辛菲尔德等人还是有所区别的。后者重点研究正统的文学作品，尤其是英国文艺复兴时期的经典名作，虽然也大量引用非正统文献，但只是为了描述时代的思想氛围。威廉斯涉猎的范围更广，于文学之外还涉足教育、出版、传播等领域，他的研究路数类似于微观文化社会学。尽管也有人说过，对文化唯物主义和新历史主义影响最大的理论家是福柯，但是，作为英国本土萌生的批评实践，从它的命名到操作手法，对文化唯物主义影响最大的其实正是威廉斯的马克思主义文化理论。

1.2.4　阿尔都塞

阿尔都塞是二十世纪六七十年代最负盛名的西方马克思主义思想家，也是对英语文学批评和文化研究影响力度最大的学者之一。伊格尔顿、詹明信和伯明翰大学当代文化研究中心的斯图亚特·霍尔及其研究团队，无不受过阿尔都塞思想的熏陶；在六七十年代思想氛围下成长起来的辛菲尔德和多利莫尔等人，也接受了阿尔都塞的意识形态理论。在文化唯物主义批评家的著述中，意识形态是出现频率最高的术语，毫不夸张地说，文化唯物主义实质上就是意识形态批评，它使用的正是阿尔都塞的意识形态概念。

意识形态一词首创于十八世纪，此后其内涵屡经变化。从马克思到卢卡奇再到阿尔都塞，他们对意识形态的理解不同、表述各异。诸多理论家对意识形态概念众说纷纭，我们甚至可以说，有多少马克思主义理论家，就有多少种意识形态。按照马克思的说法，意识形态是虚假的意识，是对现实的扭曲认识和刻意误解。在列宁那里，意识形态是中性的，是某一个阶级的政治思想：资产阶级有资产阶级的意识形态，无产阶级有无产阶级的意识形态。卢卡奇的意识形态理念是追随列宁的，他在《历史与阶级意识》中特意强调：无产阶级革命的胜利取决于无产阶级意识形态的成熟程度。从马克思到卢卡奇，意识形态一词逐渐失去了贬义意味。在葛兰西看来，意识形态被细化为两类——积极意识形态和消极意识形态，前者是一个社会所必备的思想常识，后者则是专门为某一个阶级服务的思想意识。

到了阿尔都塞那里，意识形态又被赋予了新的含义。阿尔都塞的意识形态理论主要体现在他的两篇论文《马克思主义和人本主义》（"Marxism and Humanism"）和《意识形态与意识形态国家机器》（"Ideology and Ideological State Apparatuses"）之中。在他看来，意识形态不是有意识的信仰、价值观和政治立场，也不是一种妨碍人们认清社会状况、掩盖阶级冲突真相的虚假的社会意识；它主要是一种无意识的东西，是"个体与其真实状况想象关系的再现"（Althusser：11）。也就是说，意识形态不再被视为统治阶级的思想骗术；因为无论统治者还是被统治者都认为主导意识形态是真理，并把它当作行动的指南。资产阶级就是借助意识形态这个无形的武器，牢牢地守住了自己的阵地，成功地将自己的利益包装成全社会的利益并以此取得了全社会的认可，从而将自己的政治思想和价值观念推行到全社会，令人自动接受、奉为圭臬，这就是詹明信所说的政治无意识（political unconscious）。

与卢卡奇不同，阿尔都塞坚决反对黑格尔式的总体论，并且以多元决定论替代总体论。按照黑格尔的看法，总体的性质表现在它的各个组成部分当中，套用一句常见的话，就是"普遍寓于具体之中"。他在《精神现象学》导论中的名言"真理是全（总）体"（黑格尔：62），就是这种总体论思维的明显体现。然而，在阿尔都塞看来，这种总体论的致命错误在于它认为社会上有一个可以决定一切的核心因素。但事实上，社会的各个构成要素，例如政治、经济、文化和军事等要素，均有一定的自主性，某一因素不可能直接决定另一因素。换句话说，社会结构是极为复杂的，各种因素处在一种相互矛盾和相互冲突的关系之中，每一种要素都是由其他多种因素决定的，这就是阿尔都塞所谓的多元决定论。

这种多元决定论给文化唯物主义者带来的启发是，每一个时代的内部都可能有好几种相互冲突的思想潮流和价值观，不存在一种大一统式的时代精神；对于每一时期的文化，总体性的解释总是片面的，因为事态万殊，任何一种思想都只能覆盖部分历史画面而无法延及全部。文化唯物主义者对蒂利亚德历史主义批评的批判，也是这种多元决定论对黑格尔的总体论的批判。

阿尔都塞的意识形态理论最为人诟病之处在于，它充斥着政治悲观主义（political pessimism）情绪，夸大意识形态的影响力，贬低人的主观能动性，仿佛每一个人都深陷意识形态的牢笼而无法自拔。另外，阿尔都塞也忽视了意识形态的可变性，在他那里，资产阶级意识形态成为一种超越历史、永恒不变的东西；相比之下，葛兰西笔下的文化霸权则表现出更大的灵活性，他的文化霸权理论也更具乐观精神。正是因为这个原因，英国新左派逐渐转向葛兰西的理论，从中获取思想资源。

1.2.5　葛兰西

除了阿尔都塞之外，欧洲大陆的西方马克思主义者当中对战后英国左翼启发最大的就是葛兰西了。七十年代以来，他的文化霸权理论在英国的文学、哲学、史学、政治学和文化研究等领域均有重大影响。

一战之后，西欧无产阶级革命均告失败，葛兰西痛定思痛，力求总结失败教训，制定新的斗争方案。他在监狱中写下了32本笔记，多达2,000多页，这些泣血之作汇集成《狱中札记》一书，在他身后出版。这些思想探索的终极目标是为西欧发达国家寻找走向社会主义的现实策略，与二战后的英国新左派不谋而合。到了二十世纪七十年代，经过安德森和奈恩的大力译介，英国左翼思想界出现了"葛兰西转向"的盛况，葛兰西的文化霸权理论逐渐取代了阿尔都塞的意识形态理论，在左翼思想界占据了主导地位。

葛兰西的文化霸权理论植根于他的市民社会理论（the theory of civil society）。在他看来，国家是由市民社会和政治社会构成的：所谓政治社会，指的是由政府、军警和司法机构组成的强制性国家机器，它们主要以直接的暴力为统治手段；市民社会则是由非强制性的、相对独立的社团等组成，如教会、行会、社区、学校等机构。与政治社会一样，市民社会也有维护现存秩序的功能，但与前者不同的是，它以柔性的思想手段——也就是文化霸权——间接地帮助统治阶级行使统治功能，维护其价值观和物质利益（葛兰西：7–8）。葛兰西认为，资本主义民主制度越发达，它的市民社会就越强大，国家政权也就越稳定。这就是无产阶级革命在西欧遭遇失败却在俄国获得成功的重要原因。十月革命之前的沙皇俄国是一个半封建国家，它的市民社会还处于原始状态，政权的维系完全依赖暴力，没有市民社会作为缓冲，经不起严重的政治震荡，一旦革命的洪流冲垮了它的政治社会——国家暴力机关，它的统治也就寿终正寝了。西欧社会则不然，那里市民社会发达，统治阶级主要依靠社会成员的自动赞同实现统治，即便政治社会被冲垮，还有市民社会这座坚固的堡垒；也就是说，只要资产阶级还掌握文化霸权，资本主义的统治就会继续存在（葛兰西：194）。

葛兰西所说的文化霸权不是国际政治中的霸权，即国与国之间的政治支配关系，它指的是同一国家之内各阶级之间的思想支配关系：统治阶级将于己有利的价值观和信仰推行到社会各阶层。文化霸权的实现依靠的不是强制手段和暴力措施，而是大多数人的主动认同；它不仅植根于政治和经济制度当中，还以经验和意识的形式内化于社会思想之中，它是捍卫统治阶级利益的思想堡垒，是维护资本主义现状的巨大稳定器。有鉴于此，葛兰西强调，工人阶级若想取得政权，必须先赢得文化霸权，这是取得政权的先决条件。

文化霸权理论最让人心仪的地方在于，它不像阿尔都塞笔下的资产阶级意识形态那样无所不在、坚不可摧，也就是说，资产阶级的文化霸权始终处于动态的平衡状态，一直面临着被压迫群体的挑战。资产阶级的文化霸权能够暂时控制人民群众，但后者仍然拥有讨价还价的能力，一旦他们看穿文化霸权的真实面目，就不再认同它。在这种理念的启发之下，文化唯物主义者在进行文本分析的时候，不仅着力寻找其中暗含的颠覆性因素，揭露资产阶级文化霸权的内在矛盾性，同时还极力强调这些颠覆性因素对资产阶级的文化霸权具有反制能力。因此，比起美国的新历史主义，英国的文化唯物主义在政治上显得更加乐观、自信。

1.2.6　汉尼曼与布莱希特

在文化唯物主义的批评著作中，1985年出版的论文集《政治莎士比亚：文化唯物主义的新论》最为知名，它的出版标志着文化唯物主义批评的正式诞生，它的前言也被视为文化唯物主义的理论宣言。两位编者多利莫尔和辛菲尔德在前言中简单扼要地交代了文化唯物主义批评的基本主张和思想渊源，表明其批判当代资本主义的文化政治立场（Dollimore & Sinfield：vii）。书中收录论文11篇[1]，作者多为时下文化唯物主义批评（或新历史主义批评）的代表性人物，例如格林布拉特、多利莫尔、辛菲尔德等，他们的学术思想成长于六七十年代，受到新左派运动的深刻影响。在论文集出版的八十年代，大多数作者还只是学界新锐，只有一位作者例外，她就是三十年代就已经成名的老左派人士玛格特·汉尼曼（Margot Heinemann）。

汉尼曼于1913年出生在伦敦的一个银行家家庭，父母都是来自法兰克福的犹太人，笃信费边社（Fabian Society）的改良社会主义。她自幼熟稔德语文化，可以流畅无碍地用德文写作。汉尼曼在剑桥大学读书期间开始发表诗作，作品散见于三十年代的各类诗选。大萧条给社会底层带来的贫困以及伦敦猖狂的反犹运动，促使她告别费边社的客厅社会主义（saloon socialism），加入英国共产党，走向革命社会主义。她终生坚持青年时代的政治信仰，直到1992年去世一直保留着英共党员身份。汉尼曼在英国左派文化圈子中享有盛誉，曾经是老左派中著名的才女，二战后的新左派对她也颇为尊重。霍布斯鲍姆对她评价甚高："通过一辈子的党内同志情谊、示范与建议，或许她是我所认识的朋友当中，对我影响最大的人"（霍布斯鲍姆，2010：148）。在二十世纪七八十年代，她是东德学界的知名人物，多次到那里讲学开会，并在德语杂志上发表论文，这在英国左派当中是不多见的。英国左派，尤其是新左派，往往对法国的思想更感兴趣。

从三十年代后期到六十年代中期，汉尼曼主要在英国共产党内从事劳工运动研究和党务工作，直到1965年到大学任教，她才有时间和精力从事文学研究。七十年代直至九十年代初，汉尼曼以莎士比亚和托

1　1985年出版时收录11篇论文，1994年康奈尔大学出版社再版时增加两篇，共13篇。

马斯·米德尔顿（Thomas Middleton）为中心，发表了一系列论述英国文艺复兴文学的论文，并在此基础上写出了她的代表作《清教思想与戏剧：托马斯·米德尔顿与斯图亚特王朝初期的反对派戏剧》(*Puritanism and Theatre: Thomas Middleton and Opposition Drama under the Early Stuarts*)。这是一部材料丰富、新见迭出的佳作，是研究十七世纪英国文学的必读之作。其批评方法以马克思主义的社会历史批评为主，同时包含了若干文化唯物主义的批评策略。作者参考了大量的史学著作，通过文史互证、文本细读，探讨了这一时期的文学创作与社会经济、阶级斗争、政治角力、社会舆论、宗教冲突之间的相互作用。通过深入挖掘，她发现米德尔顿的戏剧作品在玩世不恭、放荡不羁的思想作风的背后，还隐藏着指陈时政、影射现实、抨击王室的深远用意。这些颠覆性内容为当时的戏剧观众欣然领会，却被后世的文学研究者严重忽略；一向被认为讽刺清教徒的米德尔顿戏剧实际上对于后来发生的英国革命起到了舆论造势作用，它塑造了观众激进的社会意识，鼓动他们反对王室的内外政策。

后世学者在研究十六到十七世纪英国社会对戏剧家的影响时，经常着眼于那个时代的思想氛围，笃信统治阶级的思想在整个社会占据绝对支配地位。在英国，最能代表这种看法的是历史主义批评家蒂利亚德，他的名作《伊丽莎白时代的世界图景》就体现了这种观点。汉尼曼则认为，在莎士比亚时代，人们不只信奉一种世界观，统治阶级的世界观只是其中一种，不可能代表整个社会的所思所想。例如，如果人们依然笃信统治阶级的思想见解，认为国王是上帝不可更替的代表，那么，诸如《理查二世》和《李尔王》这样描写帝王惨遭厄运和流离失所的作品就不可能出现；如果不是因为新的伦理道德开始挑战贵族家长安排儿女婚姻的传统权力，《罗密欧与朱丽叶》就不会大受欢迎（Heinemann，1980：14）。这些看法与研究思路属于文化唯物主义的典型见解和批评方式。然而，与其他文化唯物主义批评家不同的是，汉尼曼在这方面的思想资源主要来自德国马克思主义戏剧家布莱希特。

汉尼曼总共发表过四篇论布莱希特的文章，其中最为知名的是收入《政治莎士比亚：文化唯物主义的新论》的《布莱希特解读莎士比亚》（"How Brecht Read Shakespeare"）一文。1982年发表的《现代布莱希特》（"Modern Brecht"）一文重点论述了布莱希特如何借鉴莎士比亚表现矛盾性人物的方法。1984年发表的《布莱希特的新时代》（"Brecht's New Age"）从多个角度批判了英国自由派学者罗纳德·海曼（Ronald Hayman）的《布莱希特传》（*Brecht: A Biography*）。汉尼曼认为布莱希特的戏剧方法多受其政治理念的塑造，但海曼对传主的政治理念心存偏见，对这一显著特征竟然视而不见；此外，海曼也疏于考察孕育布莱希特戏剧的德国社会和历史，只就作品而谈作品；凡此种种，降低了该书的思想和学术价值。1984年发表的《历史上的布莱希特》（"Brecht in History"）一文论述布莱希特如何古为今用，有选择地执导德国古典作品和莎士比亚戏剧，以适应新的时代和环境的需要（Paananen：181–182）。

在《布莱希特解读莎士比亚》一文的开端，汉尼曼采用了文化唯物主义批评惯用的手法，先讲了一段逸闻轶事。时任保守党政府财政大臣的尼格尔·劳森（Nigel Lawson）在接受记者采访时，大肆宣扬其反对社会平等的政治理念。他直言不讳地说，人与人之间就不应该平等，平等思想源于人类的嫉妒心理，而嫉妒又是致命的七宗罪之一；无论对于社会还是经济，平等思想都是有害的。为了证明这种看法自有来头，他不断地引用莎士比亚《特洛伊罗斯与克瑞西达》中的名句："秩序一旦废除，琴弦失去调和，/听吧！会有多少嘈杂之音鼓噪出"（莎士比亚，《特洛伊罗斯与克瑞西达》: 34）。这里本是尤利西斯（Ulysses）因军纪废弛而向统帅阿伽门农（Agamemnon）提出建议，但劳森割裂了这个背景。他解释说，他之所以喜欢这句台词，是因为它最能表现出人与人之间的差别，体现等级制的必要性，因此他坚信莎士比亚在政治上是一个保守分子。汉尼曼评论说，其实莎士比亚本人并不反对人类平等，这方面有非常明显的例证：在《李尔王》一剧中，主人公在落难后非常后悔自己在位时没有关心穷人的苦难，没有让他们分享有钱人的财富。

汉尼曼在文中插入这段故事主要是想说明，莎士比亚在英国的社会生活中占据着举足轻重的地位，关心政治的人们应当以新的视角去看待他的戏剧，不要把他当作反动作家，从而被资本主义的辩护士利用或滥用。布莱希特在这方面堪称表率，这位目光如炬的戏剧家看出了莎剧中的内部矛盾，找到了矛盾的社会原因，发掘出莎剧中常用的间离效果（alienation effect）。汉尼曼在文章的后半部分基本上是围绕这几点展开论述的。下文将略述汉尼曼在文中对布莱希特的主要看法，同时辅以必要的补充和引用。

布莱希特原打算写一本系统地论述莎士比亚戏剧的专著，可惜他未及动笔就去世了。因此，他留给后世的莎士比亚评论是零星、片断的，散见于访谈、笔记以及其他著作中。从这些文献中不难看出，他对莎剧的看法是随着时代的变化而变化的。在二十年代末，他对莎士比亚的经典戏剧毫无兴趣，认为它完全脱离了现实，也不能给演员和观众带来任何教益。在他看来，莎士比亚戏剧体现出一种强烈的个体主义精神，主人公的悲剧性结局往往被归咎于个人的性格缺陷或不幸的命运。无论是一意孤行的李尔王（King Lear），妒火丛生的奥赛罗（Othello），还是野心勃勃的麦克白（Macbeth），无一例外。这种极力突出个人因素的戏剧演出对现代观众来说没有思想价值。不同于李尔王等人，现代观众都是小人物，左右他们生活的不是个人性格或个人行为，而是集体性的社会阶级行为。如果说在莎士比亚时代颂扬个体主义精神是进步的，在当代背景下则是反动的，因为它一再诱导观众，这一切都是个人原因所致或命中注定，与国家或社会毫无关系，从而强化了观众的思想惰性和政治绝望。

直到阿道夫·希特勒（Adolf Hitler）在1933年上台，布莱希特被迫流亡国外，于颠沛流离中重读莎剧，才吃惊地发现原来莎剧中不仅包含个体主义精神，还有强烈的现实主义因素。在此之后，他改变了自己对莎剧的负面看法，开始把莎士比亚视为"伟大的现实主义者"（great realist）：莎士比亚总是把大量的原材料搬到舞台上，原原本本地呈现自己眼中的世界，毫不掩饰人物性格和行为方式中的矛盾，就此而言，他的作品是贴近现实生活的。他不但指出了莎剧中的这种矛盾性，而且还结合当时的历史与社会因素给出了比较合理的解释。伊丽莎白时代和詹姆士一世时代的英国正处于新旧交替之际，一边是没落的封建主义旧世界，一边是方兴未艾的资本主义新世界。生活在时代夹缝中的莎士比亚，有时对失落的旧世界无限怅惘，有时对勃兴的新世界满怀憧憬，莎剧中的种种矛盾就是当时新旧两种价值观激烈冲突的体现。莎士比亚将封建制度的没落、封建贵族的落难表现为令人叹惋的悲剧，但与此同时，他又间接地写出了新兴的资产阶级在爱情、思想和家庭关系方面提出的新要求：罗密欧（Romeo）的爱情观，哈姆雷特（Hamlet）的新思想，卢修斯·朱尼厄斯·布鲁图斯（Lucius Junius Brutus）对自由的追求，麦克白的个人野心。而莎士比亚之所以能表现出如此复杂、矛盾的历史运动，原因就在于他在剧中经常使用间离效果。

　　间离效果也称陌生化（defamiliarization），既是布莱希特戏剧创作中的常用手法，也是布莱希特戏剧理论中的核心概念。用布莱希特的话说，间离效果就是"把事件或人物那些不言自明的，为人熟知的和一目了然的东西剥去，使人对之产生惊讶和好奇心"（布莱希特：62）。这个概念并非布莱希特的首创，而是借鉴于俄国形式主义者。陌生化一词是俄国形式主义者维克多·什克洛夫斯基（Viktor Shklovsky）为探讨作品的"文学性"而创造的。在什克洛夫斯基看来，人们对生活中的许多事物习以为常，浑然不觉其独特性质，对日常事物(包括言语行为)的感受也变成了机械麻木的自动反应；而艺术的任务就在于恢复人们对事物本来面目的感受，让人们以一种新的眼光去看待熟悉的东西，从而产生新奇感。什克洛夫斯基以托尔斯泰（Leo Tolstoy）的小说《霍斯托米尔》（*Kholstomer*）为例，具体分析了陌生化技巧延长和强化审美感受的重要作用。在小说中，托尔斯泰不直接使用事物的名称，刻意与描述对象保持一定的距离，就好像第一次看到这种东西似的。他透过马的眼睛观察世界，揭示出人类社会私有制的种种荒谬，而在日常生活中，人们却对这些荒谬现象见怪不怪，视之为理所当然（Shklovsky: 4–22）。在我国传统文学作品中，陌生化手法也是屡见不鲜。例如，在《红楼梦》中，傻大姐误拾"绣春囊"，将男女交媾理解为两个妖精光着身子打架便是一例；元代散曲作家睢景臣在《哨遍·高祖还乡》中也成功地使用了陌生化手法，他从一个乡下老汉的视角出发，用乡言土语渲染汉高祖刘邦衣锦还乡时的显赫排场，让庄严肃穆的皇家典仪变成了滑稽可笑的闹剧，暴露出威加海内的高祖皇帝土棍青皮、地赖子的底色。

与俄国形式主义者探讨的陌生化相比，布莱希特提出的间离效果内涵更为丰富，适用范围更广。它不仅可以存在于语言文字之中，也可以存在于舞台布景、演员遴选、旁白解说之中。间离效果在莎士比亚的戏剧演出中屡见不鲜，它可以帮助观众看到人物的复杂性格，让人物行为更贴近现实生活，同时也凸显出作品的社会历史特征。当年演出莎剧的戏院并非高雅绝俗之地，观众来自三教九流，既有贩夫走卒，也有饱学之士。剧中语言既有市井俚语，也有高雅对白；表演在白天进行；女性由男孩子扮演；演员对观众讲述剧情、评论人物，使用戏中戏手法。由于这一系列间离效果，观众不易产生幻觉，误以为眼前的一切都是事实；他们与剧中人物的所作所为、所思所想始终保持着一段距离，对于作品所要传达的思想意义有着自己的判断，作品也就变得复杂多义。这就是间离效果所要达到的目的：阻止观众与剧中人物产生共鸣，防止他们从主人公的视角去理解和评价周围的世界；鼓励观众用一种新的眼光去看待通常被视为理所当然的东西。布莱希特如此推崇间离效果是出于批判现实的政治需要。在他看来，文学作品总是故作真实地再现社会现实，让读者或观众沉浸其中，不自觉地认同主人公的思想行为，结果丧失了清醒的批判能力，在政治上产生了认同不合理秩序的后果。他举例说，观众如果受到李尔王愤怒情绪的强烈感染，深切同情其悲惨遭遇而无法自拔，那必然就无法客观冷静地反思李尔王的愤怒是否合理，从而忽略了李尔王是一意孤行的专制君主这一事实（布莱希特：60–61）。另一方面，间离效果还有一种功效，它会提请观众注意，许多看似天经地义的个人情感、行为举止和身份地位，其实都是社会力量和社会矛盾的产物。例如，在莎剧《驯悍记》的序幕中有这样一段情节：一个游手好闲的贵族领着手下人耍弄一个醉酒的补锅匠，让他误以为自己是一个一睡十五年才苏醒过来的贵族老爷。众人给醉汉穿上华服，奉上美酒，让一位少年听差冒充贵族夫人。睡眼蒙眬的醉汉最初将信将疑，但还是经不起哄骗和奉承，最终真把自己当成了贵族，大喇喇地摆起老爷的谱儿，春心荡漾地搂着"夫人"，心安理得地欣赏起下面的正剧。莎士比亚在这里使用的就是间离效果，它向观众发出了强烈暗示：贵族身份也好，女性身份也好，只不过是社会赋予的角色而已（Harris：153）。

多利莫尔和辛菲尔德等年轻一代的文化唯物主义批评家是在战后新左派思想的熏陶下成长起来的，主要是在威廉斯的文化分析和阿尔都塞的意识形态理论的引领下走向文化唯物主义批评。而老左派出身的汉尼曼从传统的马克思主义社会历史批评转向文化唯物主义，则是受布莱希特的引导和启发。布莱希特对莎士比亚的评论引导她去探察莎士比亚作品的矛盾性和多义性，也促使她思考这些矛盾和多义现象产生的社会原因。就此而言，英国文化唯物主义的起源中也有德国的思想因素，这一点是当前研究文化唯物主义发展史的著述未曾注意到的。通过考察汉尼曼对布莱希特的论述，不难看出布莱希特对莎士比亚的一些评论在很多方面与英国文化唯物主义者的莎士比亚研究是殊途同归的。非常遗憾的是，由于汉尼曼在九十年代初文化唯物主义鼎盛之际就去世了，没有更多的后续之作，再加上她与三十年代左翼运动密不可分，研究者已经习惯于把她定义为传统的马克思主义批评家，而忽略了她在文化唯物主义批评领域的先驱地位，也因此忽略了英国文化唯物主义中的德国成分。

比起其他现代批评流派，无论是注重内在研究的俄国形式主义、新批评、结构主义和解构主义，还是注重外在研究的读者反应理论、精神分析批评、女性主义和后殖民主义，文化唯物主义明显表现出一种超越性特征。它博观约取、兼收并蓄，既有成功的文学批评必备的三要素，即文本的细读、历史的意识和理论的视角，还具备当代左翼文化政治的标配，也就是现实的关怀，这在很大程度上得益于利维斯、蒂利亚德、威廉斯、阿尔都塞和葛兰西等人的思想塑造。当然，对文化唯物主义者产生影响的绝不止于上述人等，福柯、瓦尔特·本雅明（Walter Benjamin）、皮埃尔·马歇雷（Pierre Macherey），甚至布莱希特也在文化唯物主义批评中留下了思想痕迹。但相对而言，这几位人物的影响还是比较微弱的。

1.3　新历史主义与文化唯物主义

二十世纪八十年代初，大西洋两岸的英国和美国几乎同时出现了一股文学批评潮流，这股批评思潮强烈要求文学研究关照历史与社会，严重冲击了一些大学英文系的文学教学和研究。随着时间的流逝，这股批评潮流声望日隆、受众激增，大大改变了先前形式主义主宰学院派文学批评的格局，这就是英国的文化唯物主义和美国的新历史主义。

二十世纪三十年代之后，英美大学的文学批评几乎为形式主义所垄断，所以，文化唯物主义和新历史主义重申对历史和社会的关注，自然令人耳目一新。但是，这两种批评实践绝对不是简单地重复先前的社会历史批评和马克思主义批评。无论是对文学与社会历史之间的关系的理解，还是具体的批评策略，它们都有不同于前人之处。文化唯物主义者和新历史主义者都认为：作家无法超越其所在的时代；作家的个人生活和文学创作都受到当时的主导意识形态或话语的塑造。主导意识形态或者话语悄无声息地发挥作用，渗入作家头脑中的无意识层面。这样一来，他们的作品就不可避免地成为主导意识形态（话语）的载体，发挥文化霸权作用，诱导读者默认现存的统治秩序，并促使全社会达成思想共识。因此，传统的人文主义批评所标榜的客观批评境界，其实只是一个永远也无法实现的梦想。

　　文化唯物主义者还发现，现代英国社会的教育机构大力倡导诵读经典作品，并以此为授课内容和考试准绳。其目的在于以此为工具培养奉公守法的公民，这当中就含有强化主导意识形态的深刻用意。因此，揭示经典作品中暗含的主导意识形态也就成为批评家的当务之急。要做到这一步，就必须要联系当时的社会历史状况进行全面考察，在此基础上才能确定主导意识形态的主要内容。

　　以往的社会历史批评和传统的马克思主义批评在处理作品与社会历史语境的关系时，一般把社会历史看作是作品产生的"背景"，而把作品本身视为"前景"。"背景"的主要作用是为作品分析提供旁证，帮助批评家了解作者的生平行谊和思想脉络，进而说明作者的用意和作品的主旨。即便是直接从作品所表现的那一段历史入手去研究作品，也往往是为了揭示作品所体现的时代精神。如果说在这两类批评家的笔下，社会历史和文学之间的关系就好比是皮与肉的关系，那么在文化唯物主义批评那里，社会历史和文学之间就是血与肉之间那种无从切割的关系了。文化唯物主义和新历史主义取消了"背景"和"前景"的区分；它们的理由是，文学塑造了当时的社会意识，因此是社会历史的一部分，在进行文学分析时不能出于权宜之计将它从社会历史中剥离。打一个未必很恰当的比喻，这就像从啤酒之中提炼出麦粒那样徒劳。借用新历史主义者的一句套话，他们研究的是文学中的历史和历史中的文学，甚至那些历来不被看重、常被当作佐证的非文学文献也得到了他们充分的重视和认同。文化唯物主义者和新历史主义者把它们与经典之作等量齐观，详加研讨，就是因为它们也承载了时人的社会体验，贯穿着社会意识。那一篇篇激情洋溢的布道词，那一页页枯燥无味的司法文书，那一堆堆展现真实的内心世界、足以骇人听闻的私人日记，那一部部充满异域风情的海外游记以及舌剑唇枪的政论小册子——这些常常不为人知的材料同样是文化唯物主义批评家勾画当时社会主导意识形态的重要素材，是他们破除陈见、另立新说的利器。

但是，如果仅仅认为文学作品渗透了主导意识形态，并用于巩固现代社会的权力关系，那么文学史岂不成了阴谋史？文化唯物主义者不满足于揭示作品中的意识形态和权力运行的机制，他们认为作品中还暗藏着与主导意识形态相对立的因素，而这些对立的、颠覆性的思想内容是当时的社会矛盾和冲突所造成的。例如在《奥赛罗》里，女主人公违背父亲的意愿自主择婿，最终酿成悲剧。这个结局具有警世用意，显然是在强化父权制意识形态。在文化唯物主义者看来，现代社会之初，在婚姻问题上开始出现父母应顾及青年男女的个人选择的呼声，而当时父权制思想的势力依然强大。在这种情况下，婚姻意识形态就出现了矛盾：一边是遵从父命，一边是个人选择的自由。正是在这种矛盾的意识形态之下，女主人公才敢以己之意违逆父志，许身于为家族所不容的奥赛罗（Bertens：186-187；Sinfield，1992：29-51）。从中可以看出，女主人公并不是那种不懈追求自身解放的新派女性，她的选择实际上是一个擦边球。

总的来看，英国的文化唯物主义和美国的新历史主义在思想来源和操作手法上非常接近，因此常被视作一体两面。它们既是对形式批评的反拨，也是对传统社会历史批评的扬弃。在它们看来，无论是聚焦细节的新批评、见微知著的结构主义，还是竭力在文本中寻找（或制造）内部冲突、颠覆作者原有之意（或既定之论）的解构主义，均有难以克服的弊端——或格局狭隘，或流于虚妄，或强作解人；此外，它们固有的无视历史、回避政治的思想倾向，暗中预设了社会与人性的恒常不变，间接维护了不平等的社会秩序。当然，文化唯物主义和新历史主义重申文本与社会的因果关系并非重弹社会历史批评的老调，因为它们强调的不是社会环境对文学作品的决定作用，而是二者之间的相互塑造关系。此外，它们倡导细读文本，发掘作品中隐含的矛盾并解释其社会成因。

传统的社会历史批评家的惯常做法是，论述作品产生的时代的社会思想、物质生产和历史特征，揭示作者的写作用意和思想主旨，探究作品的社会起源，阐发作品的历史文献功能。另外，深受黑格尔影响的历史主义批评家经常把某个历史时期的文学视为时代精神的表现，他们在文学分析当中要么探察时代精神对创作的影响，要么研究作品对时代精神的反映。这种研究思路预设的前提是，任何历史时期都有一种包罗万象的时代精神，体现在社会文化的方方面面。正如新历史主义的领军人物格林布拉特所说，这类历史主义批评只会从文本中寻找一种意义——主导性的官方意识形态。例如老派莎学家威尔逊和蒂利亚德等人就认为，莎士比亚的历史剧折射了都铎王朝的官方意识形态，表现出作者对官方立场的拥护；然而，细察之下就能发现，莎士比亚历史剧中固然有都铎王朝意识形态的代言人，但是最吸引观众的往往是剧中与主导意识形态相对立的颠覆性力量，例如理查二世和福斯塔夫（Falstaff）（Greenblatt，2002：597-601）。其实，每一个时代都充满了相互冲突的思想潮流和价值观念，没有哪一种思想意识能完全垄断，对于这一时期的文化，任何总体性的解释都只能涵盖部分历史画面而无法延及全景。

自创设之初，无论在理论还是实践上，文化唯物主义与新历史主义都难分轩轾，即使在批评家内部，也有各种莫衷一是甚至自相矛盾的说法：它们究竟是同一种理论的各自表述还是本质有别的两种批评形式？与先前的社会历史批评相比，它们到底有何新颖独到之见？为了回答这些问题，有必要回溯它们各自的历史源流，评述其基本理念，比较其批评实践。由于前文中已经论述了文化唯物主义的情况，下文集中探讨新历史主义的源流和特征。

"新历史主义"这一名称是二十世纪八十年代初美国文学批评家格林布拉特明确提出来的。在一本英国文艺复兴研究的论文集中，格林布拉特将它确立为一种文学批评趋向，以反拨在美国大学英文系中长期占据主导地位的文学史研究和新批评。此后，作为一种文本分析形式，新历史主义批评极大地改变了新批评等形式主义垄断高校教学的局面，迄今为止，它已经在美国很多大学英文系的教学和研究中根深蒂固，成为一种常见的批评方法。

　　新历史主义批评的主要研究领域是英国文艺复兴时期的文学和文化。除了格林布拉特之外，代表性的批评家还有乔纳森·葛德伯格（Jonathan Goldberg）和路易斯·蒙特罗斯（Louis Montrose）等人。随着影响力的扩大，新历史主义逐渐开始涉及十九世纪的文学和文化，在这方面较为知名的批评家有凯瑟琳·加拉赫尔（Catherine Gallagher）、南茜·阿姆斯特朗（Nancy Armstrong）和D.A.米勒（D. A. Miller）等人。

　　一如英国的文化唯物主义，美国的新历史主义也一再重申，社会历史语境对于理解文学作品是不可或缺的，同时它也强调文学作品对于读者社会意识的塑造作用。许多新历史主义批评家，尤其是格林布拉特，在行文伊始，总是从非正统性的社会文献——例如布道词、司法文书、游记、日记、政论——当中，搜剔出一段鲜为人知的野史佚闻，然后再切入当时的社会历史语境，征引同时代的其他文献掌故，进而揭露分析对象（通常是经典名作）中暗含的社会权力关系，证实统治集团的思想是怎样悄然渗透于作品之中的。然而，新历史主义批评家同时也认为，统治集团的思想意识并未完全统摄这部作品，他们还会从读者习焉不察的字里行间梳理出与统治集团的思想意识相抵牾的内容，也就是所谓的颠覆性因素。新历史主义批评所制造的悬念、批评家的广博学识和犀利眼光正是通过这一环节得以表现出来，而新历史主义批评之难于操作、不容人率尔操觚之处也正在于此。这些颠覆性因素并不代表着作家具有改造现存社会状况的宏伟志向，它们只是学者因不满现状而抒发的议论，因为批评家接下去还会证明，这些异见最后还是受到了权力的遏制。

　　文章开头那段别出心裁的野史逸闻往往会在读者那里产生陌生化效果，可以让读者换一种眼光重新审视被分析的作品及其社会历史语境，消除其陈旧看法（Ryan：171）。它就像中国旧式章回小说的楔子，有敷陈大义、隐括全文的功用；它是人情世态具体而微的一个缩影，从中可以窥见整个社会权力关系的轮廓。它使批评家见微知著，从一鳞半爪的琐言杂记中发现更复杂的权力结构和运行方式，进而昭示权力的运作是如何无所不至地从这类无关紧要的小事蔓延开来，扩展到复杂精妙的文学作品之中，扩散到人们的日常行为方式之中（Brannigan，1998：133-134）。

在新历史主义批评问世之前，传统的社会历史批评同样注重社会背景。在十九世纪，它曾在批评领域占据高位，直到二十世纪形式主义崛起才逐渐被边缘化。那么，新历史主义批评的出现是否意味着传统的社会历史批评卷土重来？如果不是，二者在批评方法和历史理念上又有什么本质区别？新历史主义的标新立异之处何在？

传统的社会历史批评主要探讨作品所处时代的社会思想和历史特征，作者写作的用意以及作品的思想主旨。此类批评往往以社会历史因素（历史事件、时代思想）或作者的生平际遇为作品成型之主因，以作品为时代精神之表现、作者意图之表征。接下来就以约瑟夫·康拉德（Joseph Conrad）所著的《黑暗的心》为例，看一看在传统社会历史批评家和新历史主义批评家手里，同样山水如何呈现出两副不同笔墨（Tyson：289-291）。

传统的社会历史批评家在解读《黑暗的心》之时，可能会参考十九世纪欧洲人在刚果从事殖民活动的各种文献记载，然后以此为依据分析小说如何忠实再现了殖民者掠夺自然资源、虐杀土著的残酷历史。他/她可能会论及殖民当局在非洲的殖民统治以及当地土著的生活状况，还可能会去考察作者的生平材料，证实小说中哪些内容取材于康拉德本人在刚果河上的经历。也许还会不断地提出以下问题：康拉德早年对十九世纪大冒险家的事迹颇有兴趣，这对他的写作有什么影响？他是否保留了航海时的日记？他在写这本小说的时候，主要是依据自己的日记还是回忆？他在刚果的亲身经历，包括他身体受到的永久性损害，对他的创作有什么样的影响？

相比之下，新历史主义批评家走的是另一个路数。他们着力考察的可能是小说在叙事过程中如何体现反殖民主义和欧洲中心论两种相互冲突的话语。康拉德在书中揭露了欧洲殖民者奴役和剥削非洲人的罪恶行径，这是该小说反殖民主义的主题之所在。可是，正如尼日利亚小说家钦努阿·阿契贝（Chinua Achebe）所指出的，康拉德在反对殖民主义的同时，也在无意之中流露出欧洲中心主义的心态（Achebe: 261–271）。小说中，康拉德的代言人克里斯托弗·马洛（Christopher Marlowe）评论说，欧洲人徒具文明的外表，骨子里与他们想去制服的非洲人一样"野蛮"。这就表明，在康拉德的内心深处，非洲的部落文化就是"野蛮"的象征。新历史主义批评还有可能去考察读者对于这部小说接受的历史，探究它如何被各个时代的流行话语塑造，又如何塑造了那些流行话语。

在文学与历史的关系方面，新历史主义淡化了以往的文学批评对文学与历史、文本与社会语境的硬性划分。在新历史主义批评里，社会历史不再用于解释作品的客观知识，文学作品也不仅仅是表现历史知识的中介：它诱导人们接受某些观念和价值，塑造了人们的社会意识，因而应是社会历史的一部分。非文学文献也不再只用于为经典作品的解读提供旁证，在新历史主义批评家这里，它俨然与经典名作分庭抗礼。这些历来难登文学庙堂的文献成为新历史主义者窥探世道人心、发掘社会矛盾的绝好材料。

一般认为，新历史主义批评具有以下几点特征：第一，新历史主义批评家往往会考察各种体裁的文本，证实它们在协调国家内部权力关系方面发挥的关键作用；第二，他们绝不会将文学文本与其他文本区分开来，也不会将它们与所在的社会和政治语境割裂开来；第三，他们都持有以下观点，即文学与其他写作形式一样具有颠覆国家的倾向，而这种倾向最终会被遏制；第四，他们分析研究同一历史时期的各类文献，以便证实每一时期都有其特定的权力模式（Brannigan, 1999: 421–422）。例如，蒙特罗斯的《〈仲夏夜之梦〉与伊丽莎白时代文化的想象塑造：性别、权力、形式》（"*A Midsummer Night's Dream* and the Shaping Fantasies of Elizabethan Culture: Gender, Power, Form"）一文，通过分析伊丽莎白时期的戏剧以及其他性质迥异的文本，揭示出它们是怎样通力合作，为一代女王塑造出神话般的童贞女王形象的。作者以《仲夏夜之梦》为主要分析对象，还不惜笔墨地分析了一个小人物的自传、一本当年流行的医学手册、沃尔特·雷利爵士（Sir Walter Raleigh）的游记，以及其他有关亚马孙女王的故事（Bertens：179–180；Brannigan，1998：69–70；Montrose：178–180）。这些文本有着共同的意象、主题和比喻手法，直接影响莎士比亚对伊丽莎白时代社会权力格局的再现（Brannigan，1999：422）。蒙特罗斯把莎剧与这些看似不相干的文献等量齐观，就是为了解释伊丽莎白一世（Elizabeth I of England）的童贞女王形象如何由文人创造出来并在社会上广为散布。文学与非文学文献交叠出现，相互印证，它们不仅是当时社会和政治话语的产物，同时也参与了社会和政治话语的形成；正如蒙特罗斯所言，《仲夏夜之梦》也参与了伊丽莎白童贞女王形象的塑造。

新历史主义在理论上深受福柯的历史观、权力和话语观念的启发以及人类学家克利福德·吉尔兹（Clifford Geertz）的影响。福柯对于新历史主义的影响相当大。与二十世纪诸多反启蒙运动的思想家一样，福柯摒弃了启蒙运动以来的历史进步论，在他眼里，历史已不再是人类社会从低级向高级阶段演化的一个过程。他认为，任何一桩历史事件发生的原因都不可能是唯一的，因为它植根于当时的政治、经济和社会诸种因素编织而成的网络之中，这一点倒是与威廉斯的文化唯物主义同出一辙。告别了历史决定论，福柯又去拥抱权力决定论。在《规训与惩罚》中，福柯认为，现代时期以来，对疯人的圈禁措施以及现代监狱制度中监控体系的出现，都受到一股不可名状而又无所不在的力量的推动，这股力量便是权力。与马克思主义不同，福柯关心的不是权力的制度化形式，如国家机器和阶级关系；他着重研讨的是不平等和压迫性的权力关系是怎样以人道精神的面目得以大行其道，并让整个社会产生共识的（Brannigan，1998：28）。他的权力理念给新历史主义批评的启示是，文学文本以及其他文学形式是权力建构的工具，而权力无所不在、坚不可摧，任何抵制行为终将失败。

福柯的话语理论从侧面为新历史主义重探文学和史学的关系提供了新的视角。福柯提出话语是一种特殊的意识形态形式，它是在特定的社会条件之下决定人们应该说什么以及怎样说的监督机制。文学是话语行为的一部分，它在社会结构中发挥了实际作用。例如，上文所提到的《麦克白》就为詹姆士一世（James I）的绝对主义意识形态鸣锣开道，积极参与了主导意识形态话语的建构。因此，文学不仅是当时社会历史状况的反映，也是社会历史的一部分（Sinfield，1992：95–108）。

美国人类学家吉尔兹认为，在考察异域文化时人类学家必须沉浸在这种文化内部所形成的关系当中，忠实而详细地描述文化事件对于当事者的意义（Richter：1214）。这就是人类学上所说的厚描（thick description），它与单纯描述外在行为的浅描（thin description）形成对照。在吉尔兹看来，这种细读方式虽说只能揭示文化的一个侧面，却拉近了读者与它的距离，产生了身临其境的效果。在评论文艺复兴时期文学时，新历史主义批评家就采用了厚描法，旁征博引相关的典章文物，有时就连伊丽莎白时代的比武记分牌也不放过（1214）。这种文史互证的做法貌似琐碎，其实很见学识功力。与粗线条地勾勒时代精神、以写意方式描述社会总体风尚的社会历史批评相比，新历史主义批评的浓墨重彩、深入细节更贴近当时的社会文化氛围。

1.3.1　格林布拉特

格林布拉特早年就读于耶鲁大学英文系，当时正值新批评在英语文学教学中风行一时。研究生期间，他获得富布赖特奖学金，到剑桥大学深造，受教于威廉斯。由于长期受到形式主义批评的浸染，格林布拉特对于马克思主义和社会历史批评所知有限，威廉斯讲授的文学社会学和文化批评对他来说不啻为"大海潮音，作狮子吼"[1]，极具振聋发馈的效果，改变了他的批评方向。他后来回忆说，"在威廉斯的课堂上，我以前所接受的文学批评训练精心排斥的内容——谁控制了印刷出版，谁拥有土地和工

1　佛经中常用来形容佛祖或得道高僧说法时的词语。

厂，文学文本里压制了谁的声音、表现了谁的声音，我们建构的美学价值观替什么样的社会策略服务 —— 重新成为文学阐释的对象"（Greenblatt, 1990: 2)。回到美国之后，他以英国文艺复兴时代重要人物雷利爵士的创作为主题，结合威廉斯的一些见解，完成了博士论文。七十年代末八十年代初，格林布拉特在加州大学伯克利分校教书，正值福柯在此做访问教授，他又直接受到福柯的后结构主义思想的影响。格林布拉特的主要著作有《文艺复兴时期的自我塑造：从莫尔到莎士比亚》(*Renaissance Self-Fashioning: From More to Shakespeare*)、《莎士比亚式的商讨：文艺复兴时代英格兰的社会能量的循环》(*Shakespearean Negotiations: The Circulation of Social Energy in Renaissance England*)、《不可思议的领地：新世界的奇观》(*Marvelous Possessions: The Wonder of the New World*)和《学会诅咒：早期现代文化论集》(*Learning to Curse: Essays in Early Modern Culture*)等。

　　格林布拉特的文学批评的显著特色是，文章伊始先讲上一段鲜为人知的逸闻轶事，再转入所要分析的文学作品[1]。例如，在分析《李尔王》的文章中，他先介绍了一位牧师所写的一本揭露天主教士驱魔伎俩的书 (Greenblatt, 1988: 94)，分析《第十二夜》的文章则以蒙田 (Michel Eyquem de Montaigne) 讲述的女扮男装的故事为开端 (66)。他的文学批评名篇《隐形的子弹：文艺复兴的权威及其颠覆，〈亨利四世〉与〈亨利五世〉》("Invisible Bullets: Renaissance Authority and Its Subversion, *Henry IV* and *Henry V*") 也是以伊丽莎白时代的名人托马斯·哈里奥特 (Thomas Harriot) 的逸闻为楔子，之后再进入文学文本的分析。这类做法倒不是为了特意说明文学文本反映了这些历史事件，而是因为他发现在逸闻轶事和主要文本的背后有着相同的话语模式。下面以《隐形的子弹：

1　有关逸闻轶事的作用，参见 Gallagher, Catherine and Stephen Greenblatt. *Practicing New Historicism*. Chicago/London: The University of Chicago Press, 2000. 49−74。

文艺复兴的权威及其颠覆,〈亨利四世〉与〈亨利五世〉》为例来看他具体的批评策略。

在伊丽莎白时代,信仰无神论算是一件严重罪行,可与叛国罪相提并论。当时新教徒和天主教徒都侈谈无神论的危害,随时准备将这顶帽子扣在对方头上。无论在生前还是身后,当时著名的科学家哈里奥特都深受他是无神论者这一传闻的困扰。可是遍查他的著作,无论是公开发表的文字还是私人通信,都找不到可靠的证据证实这一说法,读者只能看到他在书中鼓吹正统信仰。可是,这些谣言并非空穴来风,问题源于他的一本游记——《弗吉尼亚采风录》(*A Brief and True Report of the New Found Land of Virginia*)。

按照这本游记的记载,弗吉尼亚的印第安土著宗教宣扬灵魂不散、来世惩罚以及现世报应等教义。印第安土著居民对传统宗教敬畏有加,为的是死后免遭报应,不受折磨之苦,享尽天堂之乐。而在当时的英国基督读者看来,土著宗教是欺骗性的,其本质是当地统治者对民众的愚弄。在十六和十七世纪的英国人眼里,大部分印第安人在土著社会中的地位就相当于英国本土的普通民众在英国社会中的地位;当时殖民地的白人中上层阶级在很大程度上认为印第安人属于另一个阶级,而不是另一个种族。在这样的思想背景下,当时的读者很容易把印第安人社会与欧洲社会进行类比,进而怀疑哈里奥特在用印第安社会影射英国社会。另外,哈里奥特在接触印第安文化之后认为,在他们的文化和信仰之中,约略可以见到欧洲文化和信仰的起源和性质。这岂不是在说,基督教也同样源于欺骗的把戏,摩西(Moses)就相当于印第安土著宗教中装神弄鬼的祭司?哈里奥特在无意之中写出了颠覆正统信仰的内容,无端招来了无神论者的帽子,让自己饱受怀疑。

按照哈里奥特游记中的说法,印第安人初见欧洲人之际,就把欧洲人随身携带的种种用具视为神物,欧洲殖民者便趁机哄骗土著人,说神灵也把真理传给了欧洲人。印第安人的本土宗教信仰开始动摇,基督教对土著人开始产生影响。殖民者进而恐吓印第安人说，反对基督教就是阴谋反对英国人，就会得到惩罚。一个"很有说服力"的例子是，当英国人从一个村落撤走后，村落里突然有一些印第安人莫名其妙地患病死亡。殖民者据此认为，这是他们阴谋反抗所招致的报应，一些印第安人也认为，这是上帝在用看不见的子弹惩罚他们。他们哪里知道，真正夺去他们生命的是欧洲人带去的天花和麻疹病毒，而印第安人对这些病毒毫无免疫能力。

可以说，这些记载足以成为证明某些所谓的宗教的欺骗本质的有力证据，对当时的读者产生了强烈的震撼，对于正统基督教教义有着巨大的颠覆作用，虽然作者本人并没有意识到这一点。然而，这种颠覆性行为并没有改变殖民者利用自己的宗教信仰向土著民族发号施令的一贯做法。英国殖民者反倒从这个对宗教强制力的颠覆性批判中获益不浅，因为它证明推行基督教信仰是殖民事业的一件利器。

类似的话语模式也出现在莎士比亚的《亨利四世》和《亨利五世》之中。莎士比亚笔下的亨利五世（Henry V）是一个理想国王的形象——明察是非，武功盖世。实际上，作者是在以古论今，以先前干戈扰攘的乱局为殷鉴，变相赞美伊丽莎白一世统治下的盛世、都铎王朝的绝对统治。然而，在剧本的开头就出现了与主导意识形态极不和谐的内容：亨利四世（Henry IV）寄予厚望的储君哈尔王子（Prince Hal）很不成器。在作者笔下，他完全没有储君应有的样子：结交酒肉朋友，不顾身份，厮身下层，偷鸡摸狗，肆意胡为。而与此同时，国内贵族的叛乱此起彼伏，亨利四世深为忧戚。哈尔的这些举动不仅让父王蹙眉失望，更为严重的是，作为一股颠覆性力量，它们已经威胁到了统治秩序。

如果说哈里奥特游记中的颠覆性力量是无意识的结果，哈尔王子的颠覆性乖张之举却是有意为之。原来他用的是欲擒故纵的障眼法：他故作放浪形骸之状，让父王和朝臣对自己产生厌恶；然后，他突然洗心革面，以一鸣惊人之举推翻了旁人对自己的成见，"（我要）嘲弄世人于我的期待，/挫败他们的预言诽谤，/仅凭外表就将我恶判"（莎士比亚，2015：112）。

在他冶游无度、肆意挥霍、结交匪类的背后，其实潜藏着深谋远虑的心机；混迹于社会底层，也不失为哈尔王子熟悉社会、历练才干的好机会。他一登上王位成为亨利五世，立即露出绝情的面孔：严辞斥退福斯塔夫，与过去的老友一刀两断。之前其乐融融的友谊温情顿成刺骨的寒冷冰霜，为了确立自己的权力而制造出的颠覆力量被遏制住了。格林布拉特总结说，由此可以看出，现代国家的建立就像现代君主的自我塑造，建立在精心算计和谎言欺骗的基础之上，没有背叛就没有秩序。

1.3.2　文化唯物主义与新历史主义之异同

文化唯物主义和新历史主义出现的时间极为接近，在基本理念、批评方法及政治立场诸方面也有许多契合之处，所以常被齐举并列，俨然成双峰对峙之势。两者都极力强调文学与社会历史之间的互动，这是对细绎派和新批评的反拨；都以文艺复兴时期的文学为主攻方面；都倚重非文学文献，抬高它们的地位，甚至让它们与经典作品分庭抗礼；都重视文化产品对于社会舆论和意识形态的塑造作用。另外，它们总是带有一种无法释怀的政治批判目的，即研究历史不是为了复原历史的本来面目——这是历史主义高扬的旗帜——而是借古讽今，纠偏时弊，文化唯物主义尤其如此。在文化唯物主义者和新历史主义者看来，经典作家和作品涉嫌被用来维护当前的社会秩序，因此，揭露它们如何与社会保守主义暗通款曲已成当务之急。在七十年代末八十年代初，新左派运动在英美走向式微，激进氛围开始消散，以撒切尔夫人和罗纳德·威尔逊·里根（Ronald Wilson Reagan）为代表的保守势力占据了政治舞台，社会急剧"右转"。文化唯物主义和新历史主义在此时出现，是怀有悲天悯人之志的新左派文学知识分子对保守势力的一种反拨。这些契合之处很容易让人得出结论：二者在理论和批评实践上完全一致，它们之间只存在地理和名称上的差异。

文化唯物主义批评家多利莫尔亦曾持有这种观点。他与辛菲尔德合编的《政治莎士比亚：文化唯物主义的新论》收入了新历史主义代表人物格林布拉特的批评名篇《隐形的子弹：文艺复兴的权威及其颠覆，〈亨利四世〉与〈亨利五世〉》。在这一问题上，一些批评文章和著作也是闪烁其辞，默认二者的同一性。在二十世纪九十年代末出版的一部名为《新历史主义与文化唯物主义》（New Historicism and Cultural Materialism）的著作中，作者约翰·布兰尼根（John Brannigan）对于它们之间的差异作了较为详尽的辨析。布兰尼根认为，上述种种共同之处在它们发展的初期较为明显，然而，随着时间的推移以及理念和实践的演变，二者之间的区别日益突出：新历史主义着重考察文本中权力的体现及其功能，关注权力如何遏制一切不利于主导意识形态的颠覆力量；而文化唯物主义又往前走了一步，它不但揭示主导意识形态在作品中的悄然渗透，还竭力搜寻颠覆性因素反拨主导意识形态的蛛丝马迹。比较而言，文化唯物主义的政治批判意味更加强烈，就总体而言，它的基调也更为高昂、乐观（Brannigan，1998：10）。

作者认为，这种分歧主要源于二者的思想来源和知识背景之间的差异。新历史主义主要受到福柯和阿尔都塞的影响，而文化唯物主义更多地继承了威廉斯新左派思想的衣钵。比起福柯的权力无法逃避论、阿尔都塞的意识形态不可避免论，威廉斯的思想更注重人的主观能动作用，其抗争的意味更加浓烈，这就为文化唯物主义定下了比较乐观的基调。而福柯的权力观念给新历史主义批评家的启示是，文学文本乃至各种文学形式都是权力建构的工具，由于权力无处不在且坚不可摧，任何抵制的企图终将失败。在《列宁与哲学及其他论文》（Lenin and Philosophy and Other Essays）一书中，阿尔都塞提出了一种迥异于传统的马克思主义的意识形态观点。在他看来，意识形态既不是有意识的信仰、价值观和政治态度的取向，也不是一种虚假的意识，阻碍人们正确地审视真实的社会状况，掩盖统治阶级与工人阶级之间的现实冲突。阿尔都塞认为，我们都是身处意识形态氛围之内而不能自拔的主体（subject）（也可说是臣属），逃避意识形态的影响只能是徒劳之举。意识形态主要借助于宗教、教育以及司法等国家机器来"质询"（interpellate）主体，让我们在社会结构中安于自己当下的地位，从而造成被统治者将统治者的意识形态视为理所当然的局面。阿尔都塞认为，人的思想和行动都受到意识形态国家机器的统辖，其自由意志和选择没有存在的空间。这就必然导向一个悲观的结论——颠覆必然遭到遏制，激进的社会改造无法实现。而威廉斯对文化系统的三重划分法则表明，体现统治阶级意识的主导文化实际上无法垄断全部文化内容，抵制甚至取代它的可能性是存在的。

除了布兰尼根所罗列的思想渊源方面的原因之外，二者之所以不同也有社会原因。新历史主义批评的主将之一蒙特罗斯曾经探讨过这一问题。他认为，英国社会各阶级之间的分野远比美国突出，而英国激进政治的传统也要比美国深厚。与此同时，当代英国施加给教育体制的强制性压力，显然比美国教育机构所承受的更为直接和强大（Wilson：55）。这些差别性因素无疑刺激了英国大学体制内的文化唯物主义者，促使他们密切关注和深入调查以往被英国文化和教育制度吸收和利用的文艺复兴时期的经典作家和作品，到底是怎样被当代统治集团用于巩固当前的主导意识形态的。

总的说来，文化唯物主义出现在英国新左派知识分子政治失势、学术得志这一思想背景之下，既受到英国本土马克思主义的塑造，同时兼有欧陆理论影响的痕迹；前者赋予它强烈的道德批判倾向，后者深化了它理论辨析的能力。与传统的社会历史批评相比，它的视野可能略显局促，但拜细绎派之赐，批评手段要更加绵密细致。

文化唯物主义批评（一）：
艾伦·辛菲尔德

辛菲尔德是英国文化唯物主义批评的领军人物，他与多利莫尔齐名，在英国文学批评领域有着举足轻重的地位。他的学术研究大致可以分为两个阶段：二十世纪七八十年代，主要致力于英国文艺复兴文学及莎士比亚研究；二十世纪九十年代之后，开始涉足同性恋文学研究，拓展了文化唯物主义批评的研究范围。时至今日，他的莎士比亚研究已在英语世界的莎学中稳居正统地位，他的同性恋诗学在当代性别研究中也占有一席之地。与很多英国左派学人一样，他的学术理路与他的出身和生活经历息息相关。

辛菲尔德出身于中产阶级下层，父亲厄尼·辛菲尔德（Ernie Sinfield）是一名保险推销员，母亲露西·辛菲尔德（Lucy Sinfield）是一名打字员，虽然生活有些窘迫，但夫妻俩异常恩爱。辛菲尔德出生于1941年，正值二战期间，当时他父亲正效力于英国皇家空军；就在辛菲尔德三岁的时候，他父亲在一次战斗中失踪了。他母亲始终未能摆脱丧夫之痛，后来没有再嫁，甚至在30年后回首前尘往事依然痛彻心扉："或许我和你的父亲就不应该相遇"（Sinfield, *Literature, Politics and Culture in Postwar Britain*: xi）。

到了五十年代，战争创伤尚未痊愈，社会百废待兴，孤儿寡母的生活尤为艰难。更不幸的是，露西还得了帕金森综合征，步履蹒跚，行动不便，严重的时候还会完全丧失行动能力。疾病的折磨和生活的贫困让露西郁郁寡欢，她几乎从不参加社交活动。母亲的悲惨经历为辛菲尔德未来的学术生涯埋下了激进的种子，正是因为目睹了母亲的不幸、无助和孤独，又经历了生活的磨砺和煎熬，辛菲尔德后来尤其同情边缘群体，大力批判社会不公。

露西曾自豪地告诉辛菲尔德，"你父亲响应国家号召参军，纯粹为了国家荣誉而战"（Sinfield, *Literature, Politics and Culture in Postwar Britain*：xiii）。当时很多人都出于这个淳朴的动机而参军入伍。国家权力机器对战争意识形态的宣传和灌输非常到位，很多人为此放弃工作，欺骗配偶，最后却战死沙场。这些普通人成为富裕阶层和统治阶级迈向和平与幸福的垫脚石。母亲的经历让辛菲尔德看到边缘群体的悲惨现状：他们或为生存丧失尊严，或为工作屈从权贵，很少得到朋友或邻里的支持；他们在水深火热之中痛苦挣扎，只为谋求区区立足之地。辛菲尔德曾想，如果底层人民能清晰地认识到统治阶级主导的意识形态的欺骗性，他们还会落得如此境地吗？在辛菲尔德的文学批评中，我们始终能够感受到他对社会现实的悲观和愤懑。

辛菲尔德早年就读于皇家沃福汉普顿中学，这所学校成立的初衷就是为那些在战争中失去父母的孩子们提供教育和食宿。1960年，他离开这所保守封闭的中学，就学于伦敦大学学院，在那里念完了本科和硕士，并以优异的成绩毕业。六十年代，红色风暴席卷欧洲，新左派运动如火如荼，核裁军运动方兴未艾。辛菲尔德在游行示威的过程中逐步领悟到文学批评和政治运动的密切联系。正如他后来所说，"我思想政治生涯形成的关键时期就在六十年代初"（xvii）。在当时的大学校园，学生治学热情空前高涨，教师苦心竭力、指点迷津，让辛菲尔德颇受教益。左翼教师如查尔斯·彼克（Charles Peake）和约翰·乔克（John Chalker）等人提倡文学的政治批判功用，推崇文本的政治解读，让辛菲尔德深受启发。1963年，美国新批评大家克林斯·布鲁克斯（Cleanth Brooks）来伦敦大学学院做讲座，用文本细读的方法阐释叶芝和W.H. 奥登（W. H. Auden）的诗歌。与布鲁克斯相反，乔克主张若想理解叶芝在《为我女儿祈祷》（"A Prayer for My Daughter"）这首诗中的真正意图，需要从他的纳粹主义立场入手（Sinfield, *Literature, Politics and Culture in Postwar Britain*：xvi）。在"欧洲戏剧"这门课上，教师们解读了肖恩·奥凯西（Seán O'Casey）、布莱希特和约翰·阿登（John Arden）等人作品的政治内涵。耳濡目染之下，辛菲尔德走上了政治批评之路，力图通过文学批评指陈社会不公。

1965年，辛菲尔德来到萨塞克斯大学任教，在此结识了一批青年才俊，他们后来与辛菲尔德一道致力于文化唯物主义批评，其中就包括他的同性恋伙伴多利莫尔。他们在学术观点上一拍即合，在生活中惺惺相惜。在当时的英国大学，他们的性取向注定会受到攻击。辛菲尔德大胆出柜，毫不畏惧流言蜚语。有一次，比邻而居的一对老夫妻请他们吃饭。这对夫妇思想比较保守，从未想到两人的性取向异于常人，在他们看来，辛菲尔德与多利莫尔都是献身学术的单身汉，值得尊重。然而，在进餐间隙，辛菲尔德和多利莫尔的亲密举动使得现场气氛十分尴尬。此后，这对老人家再也不理这两个年轻人了，他们宁可绕道而行，也不肯从辛菲尔德的房前经过（Dollimore，2016：1037）。

童年时期家庭生活的艰辛，母亲一生的不幸和痛苦，红色风暴的洗礼，让辛菲尔德益发痛恨社会的不公正、不平等；同性恋者面临的社会歧视也让他下定决心，不仅要在文学批评中寻找救世良策，也要替边缘群体发声，为他们揭开国家权力和意识形态的丑陋面纱，祛魅权威，从而改善他们的社会境遇。

1987年，辛菲尔德重返伦敦大学学院，取得博士学位；1990年晋升为教授。同年，辛菲尔德与多利莫尔等人在萨塞克斯大学为硕士生开设了"性别异见与文化变迁"（Sexual Dissidence and Cultural Change）这门课。尽管这门课在学界遭到攻讦，但它实际上推动了学界对性别政治和身份的讨论。2004年，辛菲尔德因罹患帕金森综合征不得不退休，但他依旧笔耕不辍。2017年12月2日，这位毕生致力于文学批评和同性恋研究的学者与世长辞，享年75岁。

直至2017年去世，辛菲尔德总共出版了18部批评著作。他在二十世纪七十年代一度关注形式主义批评，这方面的著述有《丁尼生〈悼念集〉中的语言》(*The Language of Tennyson's "In Memoriam"*)、《英国诗歌》(*English Poetry*)、《戏剧独白》(*Dramatic Monologue*)。在二十世纪八十年代，他主要研究莎士比亚和文艺复兴时期的戏剧，而到了九十年代，他开始致力于同性恋批评。辛菲尔德的核心专著包括《英国新教时期(1560—1660)的文学》(*Literature in Protestant England, 1560–1660*)、《阿尔弗雷德·丁尼生》(*Alfred Tennyson*)、《断层：文化唯物主义和异见阅读策略》(*Faultlines: Cultural Materialism and the Politics of Dissident Reading*)、《王尔德的世纪：阴柔、奥斯卡·王尔德与酷儿时刻》、《文化政治——酷儿批评》、《后同性恋时代：性别、文化与消费》(*Gay and After: Gender, Culture and Consumption*)、《舞台内外——二十世纪的同性恋戏剧》(*Out on Stage: Lesbian and Gay Theatre in the Twentieth Century*)、《论性态与权力》(*On Sexuality and Power*)、《莎士比亚、权威和性态：文化唯物论未竟的事业》(*Shakespeare, Authority, Sexuality: Unfinished Business in Cultural Materialism*)。

除了这些专著以外，辛菲尔德还编选了许多论文集，其中最有名的是他与多利莫尔合编的《政治莎士比亚：文化唯物主义的新论》，其他几部著作涉及社会历史研究，包括《社会与文学(1945—1970)》(*Society and Literature 1945–1970*)、《战后英国的文学、政治和文化》(*Literature, Politics and Culture in Postwar Britain*)以及《英国战后的文化：文学与社会简介(1945—1999)》(*British Culture of the Postwar: An Introduction to Literature and Society 1945–1999*)等。

2.1 文艺复兴时期的文学及莎士比亚研究

《英国新教时期（1560—1660）的文学》是文化唯物主义批评的先声，主要探讨了文学研究与当时的正统信仰——新教——之间的关系。新教教义经统治者反复灌输，理应深入人心，无处不在。但辛菲尔德细察之后却发现，十七世纪的一些文学作品中蕴藏着与新教教义相抵牾的成分。例如，菲利普·锡德尼（Sir Philip Sidney）、莎士比亚、约翰·邓恩（John Donne）和约翰·弥尔顿（John Milton）等经典作家的作品不但没有体现新教教义，甚至还暗藏着颠覆和反抗这种正统信仰的力量。辛菲尔德特地考察了邓恩的诗歌，结果发现其中的爱情观与当时的教义相抵触。"新教素来敌视爱情、性爱之类的词语"（Sinfield, 1983：49），在伊丽莎白时期，明目张胆的性话语被当作下流笑话；但是辛菲尔德却发现，邓恩不但提出性爱和精神之爱并行不悖，还提倡二者的结合。例如，邓恩在《跳蚤》中通过大胆丰富的想象，将爱情和婚姻联系起来，表现了崇高的肉体之爱，也彰显了互惠互助的爱情观。"在这跳蚤里，我俩的血液混一""这跳蚤既是你和我，又同样/也是我们的婚床，和婚庆殿堂"（邓恩[1]：121），这些诗句都是在驳斥新教时期审慎、严肃的爱情观。辛菲尔德注重考察文本和语境的互动关系，他经常在经典著作中旁人习焉不察的地方寻找反抗和颠覆主流意识形态的声音。这些手法已经初具文化唯物主义批评的雏形。

在1985年出版的《政治莎士比亚：文化唯物主义的新论》的序言中，辛菲尔德和多利莫尔指出了文化唯物主义的研究方法、研究对象、政治立场和终极目标。他们非常明确地指出，文化唯物主义是"历史语境、理论框架、政治参与和文本分析"的结合（Dollimore & Sinfield：vii），它饱含激进的政治倾向，其政治目的即为改造现存的种族、阶级、性别压迫下的社会秩序。该书分为两部分，上半部分主题为"重现历史"，下半部分主

1　该引用作品又译为但恩。

题为"莎士比亚的再生产"。在上半部分收录的几篇论文中，文化唯物主义批评家研究社会历史与莎剧文本的互动，揭示作者如何在不经意间受到主导意识形态的掌控，为现行的统治秩序保驾护航。与此同时，他们致力于发掘文本之中所暗藏的与作者意图相抵牾的因素，进而揭露这些颠覆性因素如何与主流意识形态发生对抗。下半部分收录了五篇文章，其中有三篇出自辛菲尔德之手，它们分别是《莎士比亚的再生产》（"Introduction: Reproductions, Interventions"）、《莎士比亚戏剧的文化政治用途》[1]（"Give an Account of Shakespeare and Education, Showing Why You Think They Are Effective and What You Have Appreciated About Them. Support Your Comments with Precise References"）和《皇家莎士比亚剧团：剧院和意识形态的形成》（"Royal Shakespeare: Theatre and the Making of Ideology"）。

在这些文章当中，辛菲尔德第一次比较系统地运用文化唯物主义的方法批判英国当代的莎剧教学和莎剧演出。辛菲尔德认为，英国右翼保守势力在当代教育系统中占据着统治地位。比如在考试当中，他们只关注剧中的人物特征和故事情节，不注重培养学生将文本与现实联系起来的能力，反而引导学生背诵千篇一律的答案。长此以往，学生就会失去批判现实和独立思考的能力，成为复述经典的工具。右翼势力也正是以这种方式成功地将保守的意识形态灌输给学生。辛菲尔德还发现，皇家莎士比亚剧团在莎剧的演出和编排上始终与意识形态和时代语境紧密联系。例如，在二十世纪六十年代，英国社会中保守观念盛行，民众一度沉浸在福利国家所取

1　辛菲尔德这篇文章的题目戏仿了教育考试中考察莎剧的题目，讽刺了将莎士比亚戏剧简单化、机械化的做法。在考试中，对莎剧的考查一般以下列题目的形式出现："描述一下罗密欧与朱丽叶在凯普里特果园相聚的场景，说说你如何欣赏这对情侣之间的对话"（Sinfield, "Give an Account of Shakespeare and Education, Showing Why You Think They Are Effective and What You Have Appreciated About Them. Support Your Comments with Precise References": 163）。这篇文章的目的是揭示莎士比亚戏剧在当代英国社会中的文化政治用途，即莎士比亚戏剧在教育中已经成为右翼势力的传声筒，撒切尔政府企图利用莎士比亚戏剧教育束缚民众思想，阻碍青少年批判思维的发展。由于原题目过长，若直接照原文译出，读者不一定能领略到作者的讽刺意味和戏仿手法。故译作"莎士比亚戏剧的文化政治用途"。

得的成果中，无力也无意改变现存社会秩序。导演彼得·霍尔（Peter Hall）等人对莎剧的改编体现了这一时代氛围，比如他试图在莎剧中营造出和谐安定的氛围。这反映了同时期社会的思想主潮，他们在不经意间充当了右翼势力的传声筒，成为保守意识形态的共谋。

《断层：文化唯物主义和异见阅读策略》是辛菲尔德文化唯物主义批评的扛鼎之作。在这本书中，辛菲尔德的主要批评对象是《裘力斯·凯撒》《第十二夜》《奥赛罗》《麦克白》《亨利五世》《哈姆雷特》《浮士德博士的悲剧》以及锡德尼的《为诗辩护》等文艺复兴时期的文本。通过文化唯物主义的揭秘策略，辛菲尔德力图发掘文本中反拨主导意识形态的因素。《亨利五世》主要描述了亨利五世的对法战争。在著名的阿金库尔战役中，亨利五世运筹帷幄，以少胜多，大胜法军，迫使法国与之签订和约，亨利五世趁机得到了他的战利品——法国凯瑟琳公主（Princess Catherine of Valois）。在《亨利五世》中，英法两国的战争最终以和平的民族融合结束。学界一般认为莎士比亚写作此剧是为时代服务——赞美伊丽莎白一世的贤明统治，暗示伊丽莎白完美的君主形象。表面上，莎士比亚的《亨利五世》折射出伊丽莎白时代英格兰征战苏格兰、爱尔兰和威尔士的社会现实，这些战争都以和平的方式结束，象征着英吉利民族的融合和团结。然而，辛菲尔德细察文本之后，发现亨利五世的军队在对法战争中烧杀抢掠、欺凌弱小、残忍暴戾；他最后迎娶凯瑟琳公主也带有强者征服和占有弱者的意味。事实上，莎士比亚写作此剧时，英格兰正对爱尔兰大打出手，而这场战争在当时也带有征服劣等民族的意味。因为那时人们普遍认为爱尔兰人低贱野蛮，征服和消灭这个蛮夷种族理所应当。辛菲尔德随后摆出历史的铁证——1575年，英格兰人疯狂屠杀拉斯林岛（北爱尔兰最北部的岛屿）居民（Sinfield，1992：125）。亨利五世的对法战争是一个民族侵略另一个民族的行动，与这场战争相对应的是伊丽莎白时代英格兰对苏格兰和爱尔兰的野蛮入侵。在这部戏剧之中，莎士比亚将一个民族对另一个民族的侵略美化为民族融合，但字里行间隐藏着他对残暴侵略行为的谴责。通过分析文本表现出的主导意识形态，再参照社会和历史现实，文化唯物主义批评力求发掘文本中与主导意识形态相抵牾的成分，揭露政治专制势力试图抹去的矛盾和冲突。

辛菲尔德认为，文本是各种力量和意识形态角力的场所，批评家应该在看似铁板一块的主流意识形态的表面之下，发掘出边缘群体的声音与非主流意识形态。辛菲尔德将这种反抗的行为称为"异见"（dissidence）的力量。面对主导意识形态的压制和统摄，辛菲尔德认为文本中存在"拒绝主导意识形态"的"异见的"而非"颠覆的"（subversive）力量（Sinfield，1992：49）。文化唯物主义批评家对现存政权依然稳固的现状了然在胸："颠覆"意为成功推翻现存政权，"异见"则强调反抗行为对权威的震慑作用（49）。

2.2 文化唯物主义研究的转向

二十世纪九十年代之后，辛菲尔德的研究经历了一次重大转向：从阶级研究转向了性别研究；但是对于他来说，性别研究是他文化唯物主义研究的延伸和拓展，而不是全新的领域。他在专著《论性态与权力》中说："我大体上使用的还是文化唯物主义的方法，它考察文化生产问题，关注主流文化和非主流文化之间的关系——这是文化唯物主义的典型手法，探讨异见力量反抗的潜性，以及主导的男权社会对女性主义以及其他性别异见力量的包容程度……"（Sinfield，*On Sexuality and Power*：3）。辛菲尔德在这类研究中依旧坚持挖掘文本的意识形态内涵，他寻找经典或者非经典文本中非主流的同性恋元素，以此来质疑异性恋为主导的意识形态。辛菲尔德希望从性取向入手解构同性恋和异性恋的二元对立结构，帮助同性恋者改变其边缘社会地位，进而推动社会秩序的变革。从这个意义上说，他的同性恋研究属于文化唯物主义批评的一部分。

辛菲尔德转向同性恋研究的标志是1994年两部个人著作的出版。其一是《王尔德的世纪：阴柔、奥斯卡·王尔德与酷儿时刻》，该书探讨了"阴柔"（effeminacy）这一概念如何在奥斯卡·王尔德（Oscar Wilde）审判案之后与同性恋联系在一起，还讨论了王尔德的阴柔形象如何影响了二十世纪的同性恋。其二是《文化政治——酷儿批评》，书中明确提出同性恋研究应当属于文化唯物主义的批评范围。辛菲尔德在书中写道："1984年，我与多利莫尔的失败之处在于未将性取向纳入左翼批评的范畴之内"（Sinfield, *Cultural Politics—Queer Reading*: viii）。在他的同性恋研究著作中，辛菲尔德力图在异性恋的文学文本中，钩沉出不为常人所见但却无处不在的同性恋文化元素，为同性恋正名。

在《王尔德的世纪：阴柔、奥斯卡·王尔德与酷儿时刻》一书中，辛菲尔德试图证明同性恋的"阴柔"气质并非与生俱来，而是社会和历史文化建构的结果。在1895年之前，"阴柔"一词与同性恋并没有关联，但在王尔德审判案之后，二者成了同义词。辛菲尔德认为，王尔德在审判中表现出的那种忸怩作态、矫揉造作的阴柔气质影响了大众对同性恋的看法，大家普遍认为，同性恋都如王尔德一般具有与生俱来的阴柔气质。

辛菲尔德从莎士比亚时代入手，梳理阴柔内涵的演变。它最初指的是男子缺乏男性气概，表现出诸多女性特征，例如精神萎靡、软弱无力、好色成癖、过度雅致。在十七世纪的莎剧中，阴柔表示过度依恋异性，也就是所谓的英雄气短、儿女情长；男性当然要和女性结合，但他不应该在两性关系中丧失主导权。在《罗密欧与朱丽叶》中，罗密欧说自己"软弱阴柔"（effeminate），这不是表示自己如何爱茂丘西奥（Mercutio），而是一种自责，为自己无力阻止提伯尔特（Tybalt）杀死茂丘西奥而感到痛苦；他实际上说的是，朱丽叶（Juliet）的爱让他"软弱阴柔"。正因为沉迷女色，他才失去了男性气概；倘若左右他的不是对朱丽叶的儿女情长，而是他对茂丘西奥的深情厚谊，那么他的表现就算得上有男子汉气概了（Sinfield, *The Wilde Century: Effeminacy, Oscar Wilde and the Queer Moment*: 27）。十八世纪早期出现了所谓的莫利小屋（Molly-House）。这是一个以女性名字命名的异装癖酒吧，男性在这里乔装打扮成异性，矫揉作态，模仿女性的行为；虽然这些人具有阴柔的气质，但这并不能证明他们有同性取向。辛菲尔德声称，这些"阴柔"概念都与同性恋毫无关涉。

到了维多利亚时期，上层阶级无需从事生产活动，生活以休闲和娱乐为主，于是他们开始追求精致的生活、优雅的品位。这一时期的许多美学家和唯美主义者都展现出阴柔的特征。王尔德也在其作品中塑造了诸多类似的形象，例如《不可儿戏》中的阿尔杰农·芒克瑞福（Algernon Moncrieff）和杰克·沃思（Jack Worthing），《温夫人的扇子》中的奥古斯都勋爵（Lord Augustus Lorton）和塞西尔·格雷厄姆（Cecil Graham），以及《道林·格雷的画像》中的亨利勋爵（Lord Henry）。这些人物形象中都有王尔德的影子——矫揉造作、趣味高雅、柔弱无力，但是他们无疑都是异性恋。即便在王尔德的作品中也很难找到阴柔概念与同性恋的联系。

阴柔这一概念与同性恋的联系发生在王尔德审判案之后。在昆斯伯里侯爵（Marquess of Queensberry）起诉王尔德的最后两次审判中，他控告王尔德与多名年轻男子有染，"有伤风化"。在法庭上，一批年轻男子出来作证，称自己曾帮助王尔德满足他特殊的性癖好。最后侯爵胜诉，王尔德被判劳役两年。这起有伤风化案在社会上引起了轩然大波。在维多利亚时期的英国，同性恋行为并不罕见，但是当局对此一直视而不见、保持缄默。作为公众人物，王尔德的败诉无异于坐实了他的同性恋性取向，也肯定了同性恋文化的存在。从此以后，同性恋再也无法维持秘而不宣的状态，王尔德成为历史上典型的同性恋形象，他的阴柔气质和花花公子形象也与同性恋联系在一起，人们开始将同性恋视作打扮时髦、审美高雅、具有阴柔气质的男子。

在最后一章"亚文化策略"中，辛菲尔德讨论了王尔德的阴柔气质对二十世纪同性恋的影响。王尔德审判案是同性恋历史发展过程中非常重要的一环，但是王尔德的阴柔形象阻碍了人们对于同性恋的全面认识。男同性恋矫揉造作的刻板形象开始在社会中泛滥，在某种程度上造成了恐同情绪。辛菲尔德在批评过程中参照社会历史，证明了性别以及性别角色的构建与社会文化和历史进程息息相关。最后，辛菲尔德强调身份认同和社群观念，呼吁同性恋群体建立族群的文化历史，联手复兴同性恋文化，恢复其合法地位。

《文化政治——酷儿批评》一书分为四章，在前两章中，辛菲尔德回顾了文化唯物主义的原则和立场，使用酷儿理论解读莎士比亚的作品，并借用阿尔都塞和马歇雷的马克思主义理论解释文化唯物主义如何与文化机制发生千丝万缕的联系。后两章着重探讨的是大学英语文学的教学和研究中同性恋文学和酷儿批评不受重视的状况。

辛菲尔德发现，虽然有些大学开设了有关同性恋研究的通识课程，但是异性恋读者有意规避文学作品中的同性恋倾向，拒绝承认经典作品中的同性恋元素。辛菲尔德指出，在奥登1955年发表的诗歌《"至诚之诗必藏大伪"》中，他所说的"改变代词的性别"（re-sex the pronouns）[1] 即表明了奥登尚未出柜的同性恋身份（转引自 Sinfield, *Cultural Politics—Queer Reading*: 60）；在权威力量的控制和威胁之下，奥登不敢言说自己的性取向，只得通过诗歌中的隐喻表达自己的真实想法。

许多卫道士看到这本书后，开始抨击辛菲尔德破坏道德，曲解诗人本意。其中最猛烈的批评来自劳伦斯·勒纳（Laurence Lerner），他认为解读诗歌必须依据作者的生平、自传和所处时代的意识形态："在解读过程中，我们必须尊重作者的写作过程和成果"（60）。其实，勒纳是在批判辛菲尔德的同性恋批评无中生有，掺杂了过多的个人立场："读者必须从诗歌提供给我们的意义中寻找答案……我们没有任何理由相信其中有同性恋的元素"（61）。勒纳认为，尽管奥登的性取向已人尽皆知，人们还是应该着眼于他的作品所表现的意义，而不应该牵强附会，在文本解读中扯上他的个人生活。辛菲尔德则认为，每个人在阅读的过程中都会有自己的立

1　这首诗是奥登写给好友埃德加·温德（Edgar Wind）的，两人于1953年相识，很快情投意合，结成好友。这首诗附在奥登写给他的信之中。奥登诗歌的翻译及上述解释取自《奥登诗选：1948—1973》第140–143页。诗歌的字面意思为新政权当道，诗人不再为新政权信任，通过改换代词的性别，瞒过书刊审查官的眼睛。奥登借以说明在权威力量之下，他不得不隐藏自己的性取向。

场和意识形态，没有哪一位读者能够保持完全中立。勒纳与辛菲尔德的解读不同，正是由于二者在社会处境、政治立场和身份认同上存在差异。辛菲尔德认为，正如少数族裔能够在《威尼斯商人》中发现反犹元素，女权主义者可以在《奥赛罗》中找到歧视女性的因素一样，同性恋自然可以在文学文本中找到被掩盖的同性恋的声音。

在大学内部，同性恋研究依旧不能为大多数人所接受。辛菲尔德主张批评家在分析或者解读文学作品的时候，利用自己的性取向寻找作品中的同性恋含义；在创作过程中正视自己的同性恋倾向，在认同主流的基础上发出自己的声音。

除了发掘文学文本中的同性恋元素，辛菲尔德也关注现实中的同性恋运动。在《后同性恋时代：性别、文化与消费》一书中，他回溯二十世纪的同性恋运动，反思同性恋运动的得失，并针对同性恋面临的威胁与挑战为同性恋未来的发展建言献策。

辛菲尔德认为，在当代社会中同性恋面临三种挑战。第一，群族威胁。同性恋无法生育后代，出现了群体上的断层，无法与下一代建立亲密的血缘联系，成为社会中的孤岛。第二，他们普遍对艾滋病缺乏了解，尚不能高度重视艾滋病的风险，也无力联合国际组织对抗病毒的肆虐。第三，同性恋群体包容程度较低。性别异见者（sexual dissidence）并非只有同性恋，还包括双性恋、变性人、异装癖等类型，同性恋群体理应对他们表示宽容。

著名的酷儿理论批评家伊芙·科索夫斯基·塞吉维克（Eve Kosofsky Sedgwick）曾经谈到两种理解同性恋的方式："集中关注同性恋少数派地位，这种理解同性恋体验的方式被称为小众化（minoritizing）观点；集中关注所有人的同性恋潜质，这种理解同性恋的方式被称为普适化（universalizing）观点"（泰森：359）。辛菲尔德主张按照小众化观点理解同性恋，但是他也认为，小众化的模式会带来一些弊端，即将同性恋视作少数群体。人们就会单纯地认为，同少数族裔等社会弱势群体一样，同性恋需要得到承认和保护，而不再去质疑社会性别系统存在的问题。辛菲尔德对此提出了两点策略：第一，"合理表达自己的需求，争取群体的自由空间"（Sinfield，1998：22），美国旧金山市的卡斯特罗地区就是这一策略的成功案例。那里是同性恋的大本营，同性恋群体能获得言论和行为自由。第二，"通过国家政府的喉舌机关，帮助同性恋群体抵制HIV的传播"（24）。

除此之外，辛菲尔德还提出利用"粉红英镑"（指同性恋的消费能力）和资本主义消费文化抵制社会的恐同情绪，减轻社会对同性恋的压制。正如辛菲尔德所说，恐同情绪不尽相同，同性恋群体本身尚未达成一致，遑论同性恋的文化策略。

虽然辛菲尔德提出了许多建议和策略，但是总体来说，他对同性恋未来的发展持悲观态度，对理论指导现实的作用持怀疑态度。辛菲尔德说，"或许本书没有解决任何问题"（199）。在该书末尾，辛菲尔德呼吁社会给予同性恋群体更多的空间和更大的包容性。

在《舞台内外——二十世纪的同性恋戏剧》这本书中，辛菲尔德将同性恋与剧院联系在一起。他声称剧院与同性恋密不可分，是同性恋发展的成熟之地；戏剧能够更加直接地将事物呈现在公众的眼前，影响力非同凡响，这也是国家机器和各种政治机构喜欢赞助或审查剧院的原因。同性恋在社会中不见天日，他们只得小心谨慎地伪装自己，这种行为恰恰与戏剧演员的做法有异曲同工之处——他们都必须在两种角色中灵活变换。辛菲尔德认为，剧院中的同性恋数不胜数，绝对超出人们的想象。在十九世纪晚期，剧院一般毗邻酒吧和咖啡馆，因此成为同性恋会面的地方。而剧作中的人物塑造、创作观念和创作主体的性取向等，都值得反复推敲。作家的性取向与他们作品中表现的同性恋人物和角色可能并没有任何直接联系，异性恋作家有可能表现同性恋形象，同性恋作者也可能表现同性恋的负面形象。辛菲尔德的研究集中关注从王尔德风化案发生的十九世纪末到二十世纪末这一阶段。其中剧院与审查制度、剧院与意识形态之间的关系、波西米亚风格与同性恋、同性恋主题在文学中的起源、一战对同性恋文学的影响，等等，都是辛菲尔德在书中讨论的内容。

通过分析伦敦西区（London's West End）和美国百老汇（Broadway）上映的同性恋戏剧，辛菲尔德试图勾画二十世纪同性恋戏剧的发展进程，揭示同性恋群体如何在夹缝中生存，在角落里成长。然而，这本书也存在一定的瑕疵，作为饱受歧视的弱势群体，同性恋不被社会接受的原因十分复杂，辛菲尔德仅仅从艺术和文学的视角去探讨他们在社会上的接受程度实为不妥。

在《论性态与权力》一书中，辛菲尔德认为性别、年龄、阶级、种族的差异构成了社会最主要的层级秩序，因此很难从我们的日常生活中消除。辛菲尔德声称他在此书中使用文化唯物主义的方法，关注同性关系中的权力和等级。辛菲尔德称，他在论证过程中"第一，强调经济、社会和政治因素对于意识的塑造作用；第二，重视意识形态的作用；第三，关注主导意识形态的压迫"（Sinfield, *On Sexuality and Power*: 58）。他试图厘清主流文化和非主流文化之间的关系，揭示主导的男性意识如何控制女性意识，表明亚文化群体如何通过文化来建构自我。在社会主导意识形态的渗透之下，人们认为适合的伴侣应该有相似的背景、年龄、阶级、种族，这种相似性预示了一种互补的关系。但是在现实生活中，性别、年龄、阶级、种族的差异无处不在，在这些差异的背后，权力是人类关系最深层的本质。辛菲尔德力图考察权力如何存在于社会中并统摄着同性关系。

辛菲尔德首先发掘同性恋寻找相似伴侣的理论根源。他认为在弗洛伊德思想的影响之下，人们理所当然地认为同性恋应该寻找与自己相似的另一半。按照弗洛伊德的说法，其一，"男性同性恋多具有女性气质，女性同性恋具有男人气概"（11）。其二，"同性恋大多在幼年时候发育受阻"（12）。例如，男同性恋在年幼时期都对自己的母亲有着强烈的依赖，克服依赖之后，他们会将自己想象成女性，将自己视作性对象。其三，

"同性恋多存在自恋倾向"（Sinfield, *On Sexuality and Power*: 13）。同性恋将自己视作自己的性对象，由此产生了自恋情结。在弗洛伊德理论的影响下，人们理所当然地认为应该寻找与自己相似的另一半。但实际情况并非如此。

辛菲尔德分别从性别、年龄、阶级、种族等角度入手，探讨文学作品和历史现实中权力之间的差异如何影响同性恋关系。下面以阶级差异为例，说明辛菲尔德如何论证它对同性关系的重要影响。辛菲尔德认为，财富、收入、地位、教育背景、文化水平以及穿着打扮和生活方式都是阶级差异的表现形式。上层阶级的社会地位和财富优势很容易对下层阶级人士产生吸引力，而下层阶级的弱势地位也容易勾起上层阶级人士的征服欲望。究其原因，辛菲尔德认为或许弗洛伊德的理论可以作出解释："男性需要寻找一个低等的性目标，一个社会地位比他低下的女人，因为这样的女性对他的社会关系一无所知，难以在审美和行为上对他作出评价"（139）。同性关系亦是如此。在现实生活中，不同阶级的伴侣容易相互吸引；在许多通俗小说中，这种情况也屡见不鲜。杰伊·奎恩（Jay Quinn）的小说《餐桌》（*The Kitchen Table*）中就有类似的情节。小说中，菲尔（Phil）曾身陷囹圄，他受雇于崔斯（Trace）做打扫房间的工作。在这个过程中，出身上层阶级的崔斯吸引了菲尔。虽然在社会地位和财富上存在巨大的差异，但是二者依旧相互尊重，产生了一段同性恋情谊。辛菲尔德试图说明的是，阶级差异的背后是权力关系的不平等，对更高权力的向往或者对弱势群体征服的渴望是寻找伴侣的动因。

辛菲尔德在2006年出版了《莎士比亚、权威和性态：文化唯物论未竟的事业》一书。在该书收入的11篇论文中，辛菲尔德将文化唯物主义批评与同性恋研究结合在一起，研究对象包括莎士比亚的戏剧《皆大欢喜》《威尼斯商人》《仲夏夜之梦》《两贵亲》，本·琼生（Ben Jonson）的《打油诗人》（*Poetaster*）以及克里斯托弗·马洛（Christopher Marlowe）和锡德尼的部分作品。辛菲尔德在批评中揭示了莎剧中的性别构建及隐含的同性恋倾向，令人读来耳目一新。例如，辛菲尔德从同性恋批评的角度解读了《威尼斯商人》中巴萨尼奥（Bassanio）、安东尼奥（Antonio）以及鲍西娅（Portia）三者之间的关系，他认为巴萨尼奥和安东尼奥的感情已经超越了友谊的界限。首先，二者的感情十分亲密，巴萨尼奥在接待朋友葛莱西安诺（Gratiano）和罗兰佐（Lorenzo）时语气相对正式，而当安东尼奥前来拜访时，他的语气由正式转向亲密。与巴萨尼奥分别时，安东尼奥紧紧握住他的手，眼含热泪，依依不舍："他转过脸，双眼已满噙泪潮，/只侧身紧握着巴萨尼奥之手，/人别意难调"（莎士比亚，《威尼斯商人》：49）。其次，安东尼奥不但为巴萨尼奥举贷，还不止一次声称要为巴萨尼奥牺牲。他说自己心甘情愿为巴萨尼奥而死："愿上帝让巴萨尼奥亲眼见/我替他还债，我死而无憾！"（72）第三，如果两人并非同性恋关系，为何鲍西娅三番五次阻止二者的交往？在辛菲尔德看来，鲍西娅察觉到了安东尼奥和巴萨尼奥非同寻常的关系，而这种关系有碍于她和巴萨尼奥的感情乃至婚姻。所以她要尽早斩断巴萨尼奥和安东尼奥的联系，结束二者的债务关系。鲍西娅看出二者交往的异常痕迹后，对此表现出不满，因而迫切声明自己对巴萨尼奥的控制权以及对同性情谊的否定。

戏剧以巴萨尼奥回归婚姻和家庭而告终。辛菲尔德认为，巴萨尼奥和安东尼奥感情的无疾而终，归根结底是莎士比亚时代以血缘为纽带的财富继承关系作祟。同性恋无法繁衍后代，不能通过婚姻传承财富和家产（Sinfield，2006：66）。他们不得不在此止步，屈从于现存的社会秩序。

在《莎士比亚、权威和性态：文化唯物论未竟的事业》一书的开篇，辛菲尔德回应了尼克·格鲁姆（Nick Groom）对文化唯物主义批评的质疑。格鲁姆在论及辛菲尔德的著作《战后英国的文学、政治和文化》时发出疑问："文化唯物主义是否还具有生命力？是否还属于马克思主义理论？"（Groom：xxiii）针对这种质疑，辛菲尔德解释说，文化唯物主义依然属于马克思主义理论，在当代有更多的学者从事文化唯物主义研究，赋予了文化唯物主义强大的生命力。然而，文化唯物主义批评由莎士比亚及文艺复兴时期的研究转向同性恋研究，历史意识逐渐减弱，往日的追随者由于无法认可同性恋现象而纷纷离去。虽然辛菲尔德极力强调同性恋研究是文化唯物主义批评的一部分，但是他的诸多著作却偏离了文化唯物主义批评的轨迹，失去了往日的鲜明特色，如《后同性恋时代：性别、文化与消费》《舞台内外——二十世纪的同性恋戏剧》《论性态与权力》等书既没有逸闻轶事的开篇引路，也缺乏与社会历史的互动和参照，作者仅仅强调同性恋群体在异性恋社会中的颠覆和反抗力量。

2.3　批评案例（一）

文化唯物主义者历来认为，在历史语境的影响之下，文学作品成为主导意识形态的载体，以潜移默化的方式统摄人心，维护现存的社会秩序。换句话说，在他们看来，历史塑造文本，文本教化人心，二者水乳交融，难以割裂。在文本和历史形成的互动关系中，辛菲尔德考证历史，钩隐抉微，大量征用生僻的文献资料，探寻文本背后国家权力的展布和意识形态的运行机制，发掘与主导意识形态相对立的因素，力图以古论今，针砭时弊，在文学批评中寻求改造资本主义的救世良方。下面以《麦克白》为例，说明辛菲尔德的文化唯物主义批评的具体手法和特色。

这里先简单地介绍一下《麦克白》的剧情。苏格兰大将麦克白和班柯（Banquo）平定叛乱，凯旋归来，他们在途中遇到三个女巫，女巫预言麦克白不久将会跻身高位，成为"葛莱密斯爵士"（Thane of Glaims）、"考多尔爵士"（Thane of Cawdor）和"未来的君王"（King hereafter）。麦克白本身即为葛莱密斯爵士，回到朝廷后，因战功显赫被册封为考多尔爵士，前两个预言相继实现。麦克白夫人听闻丈夫的奇遇和女巫的预言之后深信不疑，鼓动丈夫弑君篡位。在夫人的协助之下，麦克白杀死了国王邓肯（Duncan），成为苏格兰国王，至此预言全部实现。他登基后视班柯为肘腋之患，为巩固自己的统治，麦克白又杀死了班柯。麦克白夫人利欲熏心，屡次害人性命，最后死于精神错乱。邓肯之子马尔康（Malcolm）为了报仇雪恨，在英格兰贵族麦克杜夫（Macduff）的帮助下杀死麦克白，成为新一代苏格兰国王。

在《〈麦克白〉：历史、意识形态和知识分子》（"*Macbeth*: History, Ideology, and Intellectuals"）一文中，辛菲尔德强调说，这出戏剧有维护现行统治的一面——它为国家政权背书，将国家暴力合法化；与此同时，其中也有颠覆国家意识形态的因素。莎士比亚写这出戏的本意是迎合詹姆士一世的集权思想，为君王专制保驾护航，但他在字里行间又流露出对暴力统治的不满。我们可以说，《麦克白》既拥护詹姆士一世的专制政体，同时也在暗中批判它。

十六世纪，欧洲正在从封建主义向绝对主义过渡。在封建主义时代，国王并非一家独大，有时候其他大贵族的势力与国王不相上下，极易出现尾大不掉的局面，此外王权还会受到教会、议会和城镇等非国家机构的掣肘。也就是说，国家权力不仅受到传统的贵族和农民势力的威胁，也被新崛起的乡绅和城市资产阶级所觊觎。因此，辛菲尔德认为，"绝对主义国家在英国从未真正建立"（Sinfield，1992：96）。伊丽莎白一世和詹姆士一世都曾与分裂王权的势力尤其是贵族势力做斗争，例如，在平定1569年的北部动乱后，诺桑伯兰伯爵（Earl of Northumberland）和威斯特摩兰伯爵（Earl of Westmoreland）被处决；1571年，诺夫克伯爵（Earl of Norfolk）因密谋拥戴玛丽女王（Mary, Queen of Scots）取代伊丽莎白一世而被处死（96）。

辛菲尔德认为，为了维护自己的统治，统治阶级必然要使用国家暴力打击异己。但是，如何让国家暴力得到民众的认同？这就需要极力地宣扬绝对主义意识形态，即任何破坏现存权力关系和社会现状的行为都是违背天意和民心的，而任何有利于维持社会现状的行为都是合法的。这样一来，什么是国家合法暴力、什么是国家非法暴力就一清二楚了。按照这种区分，

81

剧中的麦克白就成了倒行逆施、胡作非为之流，他试图破坏现存秩序的行为与当时的意识形态背道而驰，也因此在这出戏的最后受到了严厉惩罚。

既然君王可以为了维护自己的统治使用合法暴力打压异己力量，那为何麦克白成为国王之后，麦克杜夫的弑君行为就是大快人心之举呢？辛菲尔德发现，为了让这一结果具有合法性，首先，作者故意在整部剧中制造出宿命论和超自然的气氛，为麦克白的悲惨下场埋下伏笔。女巫的预言最终实现，麦克白罪孽深重，顺应天意而亡。其次，麦克白在剧中并没有被看做"君王"，即便在篡位夺权之后，他也并没有得到臣子和属地的效忠，在位期间的功绩也被一笔勾销。这样一来，麦克白就成了篡位夺权的邪恶暴君，因弑君夺权而受到惩罚是民心所向、顺应天意的结果，而麦克杜夫的弑君行为是为了帮助合法统治者邓肯之子马尔康夺回王位，合情合理。由此可见，《麦克白》字里行间都在为詹姆士一世时期的国家绝对主义意识形态鸣锣开道。

辛菲尔德写道："有的批评声称，解读《麦克白》应以詹姆士一世时期的历史为依据，莎士比亚的同时代人不可能信奉其他国家意识形态"（Sinfield，1992：100）。然而事实并非如此，火药案[1]的策划者显然没有盲从詹姆士一世鼓吹的意识形态。辛菲尔德认为，当时还存在着相对立的意识形态，从苏格兰人乔治·布坎南（George Buchanan）的著作中就可以看出这一点。布坎南的《苏格兰史》（*The History of Scotland*）是《麦克白》的情节来源之一。在这本书中，布坎南为1567年被推翻的苏格兰的玛丽女王"正名"：玛丽依法继承王位，算得上合法统治者，但她也是一名暴君。她的许多特质与麦克白如出一辙：烧死忠良、轻信巫术、滥用国外雇佣军、威胁贵族。布坎南试图证明，合法的君王也有可能倒行逆施，成为祸害苍生的暴君。这样一来，詹姆士一世的绝对主义意识形态所制造的合

1　1605年，盖伊·福克斯（Guy Fawkes）因不满詹姆士一世的暴政，带领一批天主教徒，试图用火药炸毁英国议会，阴谋败露后被处决。

法明君和篡位暴君之间的二元对立就难以成立。

在《麦克白》中，辛菲尔德发现了两种相互对立的观念：一边是詹姆士一世的绝对主义意识形态，利用合法君主和篡位暴君的二元对立为绝对主义国家摇旗助威；另一方面，布坎南的理论也在潜移默化中瓦解前者，暗示合法君主也有可能成为暴君。因此，文本既可以用于宣扬国家意识形态，也可以对其口诛笔伐。

为使自己的批评言之成理，逻辑通顺，辛菲尔德在《麦克白》中发现这两种相抵牾的观念之后又提出两个问题：第一，引入布坎南的观点会对解读《麦克白》产生何种干扰？第二，如果坚持詹姆士一世的绝对主义意识形态解读会得出什么样的结论？（Sinfield，1992：104）这两个问题关注对非主流文化作用的认知，恰是文化唯物主义批评的命脉所在。文化唯物主义批评可以发现并揭示异见力量的存在，但是这些颠覆性的力量到底能发挥多大的作用仍然是难以估量的。

布坎南的理论暗藏于《麦克白》中，其作用不可忽视。一旦读者在历史和文本的参照中发现了布坎南的理论，詹姆士一世的绝对主义意识形态就难以笼络人心了；而坚持詹姆士一世绝对主义意识形态的解读，则阻碍了读者对当时社会中存在的多元意识形态的认知。或许莎士比亚曾试图掩盖绝对主义意识形态的矛盾，但是他在不经意之间添加的内容将读者引向了另外一种截然不同的解读方法。读者意识到，詹姆士一世的绝对主义意识形态本身并非是"唯一"且"正统"的思想。后人的确难以揣度到底有多少人信奉布坎南的理论，但是从文学作品和历史事件中，读者能够发现蛛丝马迹，几乎可以认定当时一定有人反抗詹姆士一世式的解读。也许在历史的真实面目中，布坎南的理论才是社会的主流思想。

针对《麦克白》的政治批评有很多，辛菲尔德根据其立场将这些批评分为两类。其一为保守派，这一派的批评家渴望恢复保守社会秩序，他们认为《麦克白》是表现"邪恶"力量的戏剧。"整部剧表现了毁灭；展示了莎士比亚的善恶观念"（106）。这些说法只不过是詹姆士一世绝对主义观念的延伸：麦克白弑君篡位的犯罪行为打破了现存的社会秩序，最终导致了自身的毁灭。其二为自由派，他们能够在麦克白身上发现人性的闪光点，在他们眼中，麦克白是反抗教条和权威的先驱。自由派不愿从政治角度深入分析麦克白的行为，他们还不遗余力地为麦克白的谋逆正名。在辛菲尔德看来，二者皆不可取：前者试图阻挡现代国家进程，一味抱残守缺，留恋守旧的国家形态，不去揭露绝对主义国家必然衰亡的命运；后者对政治避而不谈，企图在麦克白谋逆毁灭的行为中发现人生真理，即人类的一切行为皆为徒劳。在辛菲尔德看来，保守派和自由派均没有探究绝对主义国家衰落的根源，未能揭露《麦克白》剧中深层的矛盾和冲突，也没有看到各种意识形态之间的相互碰撞和斗争。

辛菲尔德的文化唯物主义批评在参照历史的基础上，寻找文本中隐藏的观念的对立和冲突，揭露国家暴力的本质。辛菲尔德承认"文学知识分子对国家暴力的影响无足轻重，他们的治愈力量也十分有限"（Sinfield, 1992：108），但是文本对于促进国家或者社会观念的形成大有裨益，对于揭露国家意识形态、反抗社会暴力和不公功不可没。这也是文化唯物主义的初衷和目的。

2.4 批评案例（二）[1]

辛菲尔德不仅关注莎士比亚戏剧创作时代的意识形态冲突，而且热衷于探讨莎士比亚戏剧在当代英国社会中的文化政治用途。他认为，莎士比亚的戏剧被英国教育系统赋予了强烈的意识形态色彩，成为右翼保守势力的发声筒。辛菲尔德指出，教育其实是复制社会关系的重要工具，是统治阶级用来

---

1 辛菲尔德对莎士比亚教学的批判体现在《政治莎士比亚：文化唯物主义的新论》一书收录的《莎士比亚戏剧的文化政治用途》一文中，对皇家莎士比亚剧团政治倾向的分析体现在该书收录的《皇家莎士比亚剧团：剧院和意识形态的形成》一文中。

巩固现存秩序的工具和手段，它有助于维护社会的不公和等级制度。

作为英国文学的代表，莎士比亚在英国的教育和考试中占据了举足轻重的地位。英国教育系统重视莎士比亚原本无可厚非，但是，在教学和考试过程中，教育部门对莎士比亚戏剧文本的考察模式已经彻底僵化。他们要求学生阐释莎士比亚戏剧文本，但问题在于，文本阐释受到读者阶级、性别和种族等身份政治的影响，本应多姿多彩、各具特色；而在英国学校的课堂上，教师们的机械灌输剥夺了学生尝试将戏剧联系实际的机会，仅仅指导学生为了能够进入大学学习而给出大同小异、千篇一律的答案。

在CSE（Certificate of Secondary Education）考试和GCE[1]（General Certificate Education）考试的O级考试中，学生必须具备基本的读写能力，并且要善于解读文学作品。GCE考试委员会曾经说，"那些能力低人一等的学生，就不要接触莎士比亚的作品了"（转引自Sinfield, "Give an Account of Shakespeare and Education, Showing Why You Think They Are Effective and What You Have Appreciated About Them. Support Your Comments with Precise References": 160）。能够从O级考到A级的学生，并不是因为在能力上得到了提升，而仅仅是因为拥有出众的答题能力，能够默写出相差无几的答案。

这些考试一贯关注戏剧中的人性和价值，试题集中于考察莎士比亚戏剧中的人性和价值观念，并不要求考生联系莎士比亚创作时期的历史背景和社会环境进行解读。例如，考试中会出现这样的题目：请联系《李尔王》说明什么是"人"？请探讨莎士比亚如何在《麦克白》中表现"善"？

1　CSE考试指的是英国中等教育证书考试，始于1965年。英国大学没有统一的招生考试，普通学校也没有毕业会考。CSE考试是为社会招工提供的一种学业评价资料，是一种就业性质的考试（专门针对能力稍差的学生）。除了CSE之外，还存在GCE即普通教育证书考试，这是对即将进入大学学习的毕业生进行的考察，考试分为O级（Ordinary）普通水平和A级（Advanced）高级水平（此种考试专门针对能力稍强的学生）。通过CSE考试的学生就相当于GCE考试中的O级水平，若这些学生想升入大学，可以在两年之后参加A级考试。1965—1988年，CSE考试与GCE考试并存。

甚至"女性"也成为特殊的话题，例如，"论述《冬天的故事》中如何表现女性的美德、远见和忍耐？""《第十二夜》中称'女性才是拥有常识的人'，请对此予以评价"（Sinfield, "Give an Account of Shakespeare and Education, Showing Why You Think They Are Effective and What You Have Appreciated About Them. Support Your Comments with Precise References": 162）。这些题目尽量回避主观讨论，即便涉及"是否同意，请说明理由"之类的内容，答案也都在规定的范围之内。有些题目表面上需要考生的判断与批评，但是形式十分机械。这种考试形式剥夺了学生自由阐释莎士比亚文本的权利，阻碍了学生认知能力和批判意识的发展。

不仅如此，辛菲尔德还注意到，二十世纪六七十年代，英国的教育和课程改革如火如荼，整个教育系统都在大动干戈。校园内出现了摇滚等亚文化，这表明社会开始接受和容纳新的文化力量。但是，莎士比亚等经典作家的作品反倒更加频繁地出现在考试中。试卷上出现了一些看似进步的考题，但实际上它们只是以另一种方式堂而皇之地剥夺考生对文本进行政治解读的权利。例如，"请描述凯列班与屈林鸠罗和斯蒂潘诺初次相遇的情形，你认为它有趣吗？如果你还有其他感受，请予以说明"（172）。这道题前半部分要求考生释义，考察考生对文本的理解程度，后半部分则强制考生说出个人感受——如果考生在回答过程中联系了殖民掠夺，那就跑题了。出题者用这种办法巧妙地避开了政治和意识形态议题，将文本解读限制在个人感受的范畴，束缚了考生的想象能力和联系现实的思辨能力。

辛菲尔德对英国莎士比亚教学的现状非常不满，他发现学生阅读莎士比亚只是为了应付考试（研究表明，在英国的 A 级考试中，约有三分之一的内容涉及莎士比亚戏剧），平时很少涉猎莎士比亚的作品。考试内容仅限于考察作品的审美价值，很少涉及莎士比亚作品与社会现实之间的关系、社会历史冲突、戏剧的政治寓意等敏感话题。对于这种现象，辛菲尔德尖锐地讽刺道：

　　这种训练造就的考生，尊崇莎士比亚和高雅文化，习惯于欣赏教育部门提供的文化产品。教师训练他们发表见解——当然是在预定范围之内；训练他们搜集证据——虽说不训练他们质疑证据价值的高低，也不去辨析问题的真伪；训练他们叙述文本中发生的事情——却不训练他们辨析此事是否应当发生；训练他们观察文本如何产生效果、逻辑自洽和达到目的，却不去训练他们发掘文本内部的冲突（Sinfield，"Give an Account of Shakespeare and Education, Showing Why You Think They Are Effective and What You Have Appreciated About Them. Support Your Comments with Precise References"：166）。

　　究其原因，保守主义的教育思想和利维斯式的批评传统应是罪魁祸首。利维斯主义强调，只有少数文学感受力很强的人才有权力阐释莎士比亚的作品，这些精英式的阐释者要有稳定不变、大体相同的价值观和信仰。传统的人文主义批评的领军人物、剑桥大学的文学教授亚瑟·奎勒-库奇爵士（Sir Arthur Quiller-Couch）则主张，学生和老师应该大声朗读杰弗里·乔叟（Geoffrey Chaucer）、莎士比亚、弥尔顿和柯尔律治的作品，以便沉浸其中，受其熏陶，提高文学鉴赏品味。这种照单全收、机械生硬的阅读方法忽略了经典文本产生的历史和社会条件，无视文本中的斗争和冲突。这种源于十九世纪的古典人文主义教育方法严重影响了二十世纪英国CSE考试和GCE考试的形式和内容。

　　辛菲尔德认为，莎士比亚作品有着丰富多样的意义，甚至可以说是歧义纷出，绝不能对它们作出单一的解释；他更反对用唯美主义的方法进行形式上的解读。按照他的分析，莎士比亚作品在英国考试中屡屡出现有着深远的政治和社会用意。英国教育系统长期受到右翼势力的把持，传统的人文主义批评一家独大，这些人正是看中了莎士比亚巨大的文化符号力量：如果控制了莎翁作品的解读模式，就可以建立普世价值，向民众持续灌输保守主义意识形态，维持国家和现有社会系统的稳定。然而，这样做必然会限制青少年的想象力和思辨能力。在他们的积极运作下，莎士比亚作品被奉为神龛中的圣像，成为众人顶礼膜拜的对象，完全不具有批判社会的潜力。这种做法显然与文化唯物主义者的主张大相径庭。辛菲尔德认为，文学作品只有联系现实才能有生机和活力，文学批评和文学教育也不例外。在讲授莎士比亚作品的过程中，教师应该引导学生发挥个人能动性，注重培养他们的思辨能力，揭示出莎士比亚戏剧批判社会现实的政治功能，并允许他们呈现不同的观点和解释。

辛菲尔德的莎士比亚研究涉及范围广泛，不仅阐释莎士比亚的作品、探讨莎士比亚戏剧教学的得失，也关注莎士比亚戏剧的演出和意识形态之间的角力。辛菲尔德以著名的皇家莎士比亚剧团（Royal Shakespeare Company）为例，以剧团导演的政治和理论倾向为线索，追溯了这家剧团的意识形态变迁，探讨了它与各个时代社会背景之间的联系。他观察到，如今炙手可热的皇家莎士比亚剧团，在战后初期曾经营惨淡，票房收入微薄，在艺术、文化和政治领域也都无足轻重。但是，从二十世纪八十年代中期开始，它却一飞冲天，万人瞩目。这种反差说明，八十年代起英国社会开始应时代之需重建莎士比亚形象，注重其文化符号的社会功用。

二十世纪六十年代，彼得·霍尔执导了《玫瑰战争》[1]（The War of the Roses）等剧。他宣称要摈弃莎士比亚的保守主义，为皇家莎士比亚剧团塑造激进的社会形象。但实际上《玫瑰战争》并没有彼得·霍尔本人宣称的那样激进。彼得·霍尔声称他执导的《玫瑰战争》深受两种观点的影响（Sinfield, "Royal Shakespeare: Theatre and the Making of Ideology": 184）。其一是蒂利亚德在《伊丽莎白时代的世界图景》中的观点。蒂利亚德认为"莎士比亚戏剧中的思想、宗教、政治都建立在中世纪性质的宇

---

1 《玫瑰战争》是约翰·巴顿（John Barton）根据莎士比亚的《亨利六世》和《理查三世》改写而成的（Sinfield, "Royal Shakespeare: Theatre and the Making of Ideology": 184）。

宙秩序的基础上：人高于兽，王贵于民，上帝凌驾于王之上"（Sinfield, "Royal Shakespeare: Theatre and the Making of Ideology": 184）。毫无疑问，彼得·霍尔是在运用保守的政治观念改编戏剧。上下尊卑有序、各安其位的秩序理念固然能够促进社会的和谐安定，但这种鲜明的等级制的秩序是建立在边缘群体受压迫的基础上的。他自己也声称，任何违反秩序之人都会受到天意的惩罚。彼得·霍尔改编的戏剧不经意间成为英国保守主义意识形态的共谋，他暗中宣扬的伊丽莎白时期的秩序、等级等观念无疑都是为英国右派势力发声。其二是简·科特（Jan Kott）在《当代莎士比亚》（*Shakespeare, Our Contemporary*）中宣扬的悲观主义。科特认为："二十世纪的历史重现了莎士比亚式的政治暴力——他让我们从格罗斯特公爵理查引诱安妮夫人的场景中看到了'纳粹占领之夜、集中营、大屠杀。我们肯定可以从中看到礼崩乐坏、互相残杀的残酷时代'"（转引自Sinfield，"Royal Shakespeare: Theatre and the Making of Ideology": 185）。彼得·霍尔在《玫瑰战争》中也暗示了纳粹当道、集中营以及残暴无情的大屠杀等现实。在混乱的社会中，统治者们相互残杀，弱肉强食。剧中没有为任何社会中的不公提供解释，也没有展现任何人性的希望。蒂利亚德的秩序观念与科特的"人的兽性本质"理念的结合，反映了彼得·霍尔的政治保守主义立场。在改编《玫瑰战争》时，他借鉴的都是莎士比亚评论中的保守成分，完全没有体现他自己声称的激进立场。彼得·霍尔既没有深入分析社会背景，也没有批判历史现实，他所谓的政治分析只不过是远离时代背景的纸上谈兵。

《玫瑰战争》也影响了剧团的另外一位导演彼得·布鲁克（Peter Brook）。与塞缪尔·贝克特（Samuel Beckett）一样，他执导的《李尔王》向我们展现了一个分裂、腐化和荒诞的世界。服装破旧，原野空旷，整部戏充满了虚无主义色彩，没有给人性以任何希望。这正是二战之后人们普遍的世界观——对战后断壁残垣的世界充满了沮丧和绝望。辛菲尔德称，布鲁克同样忽视了戏剧的政治批判效用，强调世界的幻灭性而否定人类的主观能动性。彼得·霍尔和布鲁克的政治观点代表了皇家莎士比亚剧团二十世纪六十年代保守主义的政治立场。

辛菲尔德对皇家莎士比亚剧团的分析一直与社会政治现实相联系。他认为皇家莎士比亚剧团在二战之后的繁荣也与英国的社会状况休戚相关。二战之后，皇家莎士比亚剧团得到国家的支持，获得了一定的财政补贴；随着福利资本主义的出现，大批中产阶级有了更高的精神需求和更强的文化消费能力。此时，皇家莎士比亚剧团在某种程度上恰恰可以满足中产阶级的保守主义文化需求。而随着左翼文化主义[1]兴起，霍加特和威廉斯等人要求满足工人阶级的精神需求，重视大众文化在社会中的复兴，提倡文化要为大众服务。在左翼势力的强烈要求下，皇家莎士比亚剧团也转变成为广大民众服务的文化机构，迎合了工人阶级的文化需要，从而大获成功。

莎士比亚戏剧不仅是冰冷的文化符号，也会被用于政治斗争。随着国家政策和意识形态的变化，皇家莎士比亚剧团忽而偏左忽而偏右。从战后到六十年代，这个剧团始终是传播意识形态的工具。八十年代之后，撒切尔大力资助剧团，竭力使其变为保守势力的传声筒，莎士比亚剧中的保守元素与其政治宗旨不谋而合，剧团再次右倾。文化机构与政治动向密切相关，文化产品也永远因时而动，成了为某派政治势力和意识形态鸣锣开道的工具。

辛菲尔德的批评既有历史的维度，也有现实的政治关怀。他通过历史研究揭露国家意识形态的矛盾和冲突，还原社会观念的真实面目；在现实中则力求改变边缘群体的地位，将批评的矛头直指以撒切尔为代表的保守主义，揭示莎士比亚戏剧的教学和演出在国家权力的诱导之下所呈现出的政治倾向。

---

1 文化主义认为社会财政支出和公共事业支出要保证高雅文化在社会上的传播（Sinfield，"Royal Shakespeare: Theatre and the Making of Ideology"：188）。左翼文化主义指的是社会主义者应该重视他们在社会中的生活质量（189）。

多利莫尔这样评价辛菲尔德，"与其说他是一名教授，不如说是一位知识分子"（Dollimore，2016：1034）。辛菲尔德以莎士比亚的文本为研究对象，在文本和历史的交融之中，钩沉出与主流意识形态相抵牾的成分，并试图以此提高边缘群体的地位，挑战社会不公。在辛菲尔德和多利莫尔之后，文化唯物主义批评圈内极少出现如他们一样关怀时政的学者。当时的轻狂少年已经垂垂老矣，一代公共知识分子如萨特、威廉斯等人也已驾鹤西去。虽然仍有一些批评家在文化唯物主义的影响之下尝试去解构莎士比亚的戏剧，但他们的批评始终远离政治和社会。九十年代，在社会背景、国家政策和身份认同等因素的共同作用之下，辛菲尔德转向了同性恋研究，力图在异性恋为主流的社会中提升同性恋的地位。垂暮之年的辛菲尔德已疾病缠身，虽笔耕不辍，但是同性恋批评受众较少，难以找到真正的传人，文化唯物主义批评也大有衰颓之势。

第三章　文化唯物主义批评（二）：乔纳森·多利莫尔

多利莫尔是英国当代著名的文学批评家、理论家，是威廉斯文化唯物主义的重要传承者和实践者。他在文艺复兴时期的戏剧、性别研究、酷儿理论、文化理论等多个领域均颇有建树，在当代英国左派批评界享有盛誉。

1948年，多利莫尔出生在英格兰贝德福德郡的一个工人家庭。多利莫尔在六个孩子中位列最末，家中本有两个姐姐，但均幼年夭亡。多利莫尔的母亲终生难以释怀，她很少言说此事，却无时无刻不沉浸在丧女之痛中。丧失至亲带来的阴郁和伤痛同样影响着多利莫尔，他甚至认为，两个姐姐的死才带来了自己的新生，"如果她们还活着，母亲甚至不会想要第四个、第五个甚至第六个孩子"（Dollimore，2017：28）。两个女孩夭折的阴霾笼罩着这个家庭，多利莫尔一直被这种情绪左右，这也是他成年之后性格阴郁多思的原因之一。

多利莫尔一直认为，在最后三个孩子中，母亲一直想要一个女儿。1945年，多利莫尔的父亲还在皇家空军服役，母亲在信中写道，她正在努力克服失去孩子的伤痛，但是坚信有一天会有一个女儿来到她身边。多利莫尔出生之后，他的母亲一直将他当作女儿抚养，多利莫尔在回忆录中这样说："我长大后逐渐意识到，或许我是母亲女儿的'替代品'，由此才产生了我们亲密无间的关系。有人会说，这是我同性恋的主要原因，我认为这言过其实，但如果真实原因如是，我乐意如此"（29）。

　　与多数工人阶级子弟一样，多利莫尔念的是职业中学。英国中等职业教育的目标就是培养实践型的人才。多利莫尔一入学便被告知："你们将会成为国家未来的栋梁，只有你们才能保证国家的正常运转，在语法学校获得的知识只是纸上谈兵"（转引自 Dollimore，2017：15）。多利莫尔一度鄙视那些从事脑力劳动的人，为自己具备实践技能而踌躇满志、自豪无比。他十五岁毕业后到汽车工厂谋生，然而当时英国的汽车工业已日薄西山，走上了不可逆转的下坡路。工厂的生活枯燥、繁忙、单调：多利莫尔每天早晨七点半上班，他五点钟就得起床，中途多次换车，几经辗转才到工厂。工作环境又极为糟糕，到处都是肮脏、难闻和滑溜溜的机油。这样的工作远远不能满足多利莫尔的精神追求。

　　后来他决定离开工厂，到家乡的报社做一名记者。记者生涯使他开始真正认识这个社会。凭借记者这个身份，多利莫尔亲眼目睹了金钱、阶级与名望如何在社会中大行其道；他知道了商界大贾如何投机钻营，巧妙地躲开新闻报道；也曾经历过警察人员登门来访，以回报好处为交换要求隐藏对他们不利的证据。总之，四年的记者生涯让多利莫尔尝遍了社会的酸甜苦辣，看遍了世间的阴险狡诈，同时他也成长为一个粗通文墨之人（half-literate）。然而，升职在望、高薪诱惑都没能阻止多利莫尔前进的脚步，他始终认为在穷乡僻壤做记者并不是他的人生目标。

　　1964年，多利莫尔参加了普通教育证书A级考试，随后入读基尔大学，主修哲学。多利莫尔极其向往校园生活，但是不久之后他便大失所望。在他看来，许多有关生死的哲学问题具有非凡的意义，但在同学们眼里却无聊至极，认为讨论这些问题纯属浪费时间。在多利莫尔看来，多数教师的课程也乏善可陈。第一学年结束后，他就从哲学系转到了社会学系。虽然短暂的哲学系生涯并不愉快，但是他在回忆录中承认："《传道书》和塞涅卡、蒙田、叔本华、尼采、马克思、弗洛伊德等人的著作的确对我产生了莫大的影响……我之后所写的一切的确都建立在哲学的基础上"（Dollimore，2017：45）。多利莫尔在其批评实践中屡次假借各类哲学术语；他显现出与社会格格不入之态，甚至敢于面忤权威，揭露社会不公，这都与他在哲学系形成的独立思辨能力和批判精神有关。

1977年，多利莫尔在萨塞克斯大学觅得教职，这是他学术生涯的转折点。在此期间，他结识了人生中一位至关重要的人物——辛菲尔德。二人在学术上通力合作，共同致力于文化唯物主义批评。辛菲尔德不仅是多利莫尔学术上的搭档，也是他的同性恋伴侣。"辛菲尔德是我人生中最好的伙伴，我至今也无法理解他为何对我如此宽容。倘若我是他，我决不会如此宽以待人。我的父兄对我也尚未如此，虽然他仅仅年长我七岁"（Dollimore, 2017: 92）。寥寥数语，道出了辛菲尔德在他人生中的重要地位。

由于当时的社会严重歧视同性恋，辛菲尔德和多利莫尔在职业生涯中屡遭白眼；但他们并没有退缩，反而在学术合作中找到了应对歧视的思想力量。多利莫尔认为文学批评可以帮助人们在现实中心怀希望："马尔库塞认为艺术的作用在于帮助人们在水深火热的社会现实中依旧保持最强烈的愿望……我认为政治批判也是如此。辛菲尔德的文学批评即有此意，这也是我爱上他的原因之一"（Dollimore, 2016: 1035）。文学批评不仅帮助他们驱散现实中的黑暗，也成为二者情感的桥梁，为他们的合作提供了契机。1983年圣诞节前后，辛菲尔德和多利莫尔在什罗普郡的一所乡间小别墅内度假，在思想的冲击和碰撞之下，两人合编了文化唯物主义批评的首部论文集《政治莎士比亚：文化唯物主义的新论》。

《政治莎士比亚：文化唯物主义的新论》出版之后，他们又有了新的想法：有必要将同性恋这一边缘群体引入文化唯物主义的研究范围，引导更多人关注同性恋的历史文化和现实处境。于是，他们在萨塞克斯大学开设了一门选修课——"同性恋文学"。这在当时绝对是大胆之举，遇到的阻力之大可想而知。多利莫尔回忆说："我记得，当时一位美国的同性恋学术同仁劝告我，讨论同性恋不仅不会引起关注，而且有可能毁掉你的学术之路"（1033）。到了二十世纪九十年代，同性恋理论成为一门独立的研究方法，出现在文学批评的舞台之上，多利莫尔与辛菲尔德不甘落后，紧随潮流。1991年,多利莫尔、辛菲尔德与他人合作,在萨塞克斯大学开设了硕士课程"性别异见与文化变迁",讨论英国文学中的同性恋文学作品以及同性恋在历史上的地位,"这是一个具有高度跨学科性的研究领域,而其对文化材料的倚重远超过文学材料"(巴里:134)。这一创举为后来萨塞克斯大学的性别异见研究中心(Center for the Study of Sexual Dissidence)的成立奠定了基础,该中心目前已经成为重要的同性恋文化研究机构。

1984年,多利莫尔在伦敦大学获得博士学位,他先是返回萨塞克斯大学执教,后来又就任于约克大学。1988年,他前往位于澳大利亚堪培拉的人文研究中心(Humanities Research Center)从事研究工作。得到美国梅隆基金会(The Andrew W. Mellon Foundation)的资助后,他又到北卡罗来纳州国家人文中心(National Humanities Center)访学。1991年至1992年,他到马里兰大学文艺复兴与巴洛克研究中心(Center for Renaissance and Baroque Studies)访学。1996年和2002年多利莫尔分别到英属哥伦比亚大学和美国的利哈伊大学讲授哲学。多利莫尔至今仍笔耕不辍,时有新作问世。

3.1 文艺复兴时期的戏剧与同性恋研究

多利莫尔共出版了七本书,其中有四部专著:《激进的悲剧:莎士比亚与同时代人戏剧中的宗教、意识形态和权力》、《性别异见:奥古斯丁到王尔德,弗洛伊德到福柯》、《西方文化中的死亡、爱欲与失落》(*Death, Desire and Loss in Western Culture*)、《性、文学与审查》(*Sex, Literature and Censorship*),两部与辛菲尔德合作的编著:《约翰·韦伯斯特戏剧选》(*The Selected Plays of John Webster*)和《政治莎士比亚:文化唯物主义的新论》,以及一部回忆录:《欲望:人生回忆录》(*Desire: A Memoir*)。

二十世纪八十年代，多利莫尔的文学批评以英国文艺复兴时期的戏剧为对象，喜欢在看似保守的悲剧中寻找其中暗含的激进元素。九十年代以后，多利莫尔成为英国同性恋批评领域的领军人物，为争取同性恋的合法社会地位而摇旗呐喊。

《激进的悲剧：莎士比亚与同时代人戏剧中的宗教、意识形态和权力》是他的首部文学批评著作，甫一出版即震动学界。此书的草稿是他在伦敦大学的博士毕业论文。他在书中的许多批评案例中已经开始使用文化唯物主义的批评方法，按照多利莫尔自己的说法，"我将综合女性主义、性别研究和文化研究的方法称为文化唯物主义，文化唯物主义旁采以上理论之精华，也生发出一套自己独特的批评方法，去研究文艺复兴时期和莎士比亚的作品"（Dollimore，2010：xlviii）。

一般来说，悲剧通常立意宏大高远，着力表现贵族家庭的衰落或者是英雄末路。一些比较传统的人文主义批评家认为，十七世纪悲剧主要表现人类的永恒真理，展示伊丽莎白时期神学统治之下和谐的社会秩序。多利莫尔则认为，十七世纪的悲剧中已经含有抵抗神意、反对宗教等因素。伊丽莎白时期的世界图景不是天赋神启，而是人为美化现存统治的表征，目的是掩盖前所未有的社会动荡与变革，因而格外强调秩序和神意。当时的理论家也已认识到意识形态和文化的复杂多变性，例如托马斯·霍布斯（Thomas Hobbes）、尼可罗·马基雅维利（Niccolò Machiavelli）和蒙田等人在各自的著述中已经开始描述当时社会中形色各异的意识形态，他们的许多论断深刻影响了当时的戏剧创作。多利莫尔在文中力图推翻本质主义的神话，解构基督教神学意识形态，在历史和文本的互动中寻找悲剧内部存在的矛盾，揭露当时的社会冲突。

在这本书中，多利莫尔的主要分析对象包括约翰·马斯顿（John Marston）的《安东尼奥的复仇》（*Antonio's Revenge*）、莎士比亚的《特洛伊罗斯与克瑞西达》《李尔王》《安东尼与克莉奥佩特拉》、马洛的《浮士德博士的悲剧》、福尔克·格雷维尔（Fulke Greville）的《穆斯塔法》

（*Mustapha*）和琼生的《赛扬努斯》（*Sejanus*）等经典悲剧，通过对这些作品的解读解构了"本质人文主义"（essentialist humanism）[1]的批评方法。本质主义是西方哲学思想史上的传统思维方式。自柏拉图和亚里士多德起，哲学家们就热衷于追求永恒的真理和事物发展的普遍规律。他们抛开历史的语境，将寻找事物表象之下的不变真理作为认识事物的目标。一些批评家秉承本质主义的认识论，着力探索戏剧中永恒的人性或者神学意义。例如，二十世纪初，著名的莎士比亚评论家布拉德利从审美的角度分析莎士比亚悲剧的实质，他的文学批评脱离历史现实、社会条件等外部因素，是典型的本质主义批评。他认为"悲剧最后能够指向——即使不能够完全展示——某种终极的事物秩序，这是一种神秘、单一的秩序，它到底是什么？我们无法用语言来说清楚，它充满了悖论，我们只能把它理解成'一种预感似的东西，它无影无形、但无时不在并且非常深刻'"（Bradley：38）。布拉德利在他的莎剧研究中细致入微地分析人物性格，寻求背后的道德法则。他的做法远离戏剧产生的历史语境，从文本中的道德标准出发，为分析人物而分析人物。多利莫尔认为，这种本质主义的批评方法不可取，批评家应该抛弃个人高于社会、个人身份由天定神赋的观念，将主人公的个人命运置于历史和社会的语境之中进行分析。个人命运不是生来有之，而是与其所处的境遇和个人行为息息相关。例如，在《安东尼与克莉奥佩特拉》中，安东尼（Antony）认为美德和荣誉是与生俱来的；他无视其中的权力政治关系，没有认识到美德、荣誉甚至爱情都是权力关系网中的重要棋子。因此，安东尼在战争中盲目自信、傲慢轻敌，狂妄自大的个人主义和自我中心主义最终导致了其个人命运的悲剧。

1　多利莫尔认为本质人文主义的批评方法有两种表现形式：其一为基督教的解读方法（Christian view），即认为人处在以神意为主导的世界中；其二为人文主义的解读方法（humanist view），认为人处在混乱世界的中心，这个世界不再呈现出基督教所创造的和谐、有序的图景（Dollimore, 2010：189–190）。二者殊途同归，都是本质主义和唯心主义批评。多利莫尔认为本质人文主义的对立面即文化唯物主义批评，后者重视文本的历史语境，强调多重意识形态对人的塑造和约束作用。

　　《政治莎士比亚：文化唯物主义的新论》是多利莫尔和辛菲尔德同心协力的成果，他们在书中明确提出了文化唯物主义的批评方法。在序言以及该书收录的《莎士比亚、文化唯物主义和新历史主义》（"Introduction: Shakespeare, Cultural Materialism and the New Historicism"）一文中，多利莫尔第一次详细阐述了文化唯物主义的来源及批评方法等。多利莫尔声明，文化唯物主义与以往批评方法的不同之处在于，首先，文化唯物主义批评打破了文本与语境之间的界限，坚持文学和历史无法分割，必须在历史进程中解读文本。文化唯物主义反对唯心主义脱离历史语境、在文本中寻求普遍真理的批评方法。其次，文化唯物主义批评拒绝寻求单一的主导意识形态，主张在文本之中发掘多元的声音。蒂利亚德在《伊丽莎白时代的世界图景》中提出，等级秩序观念是伊丽莎白时期和詹姆士一世时期的社会主导观念，但他忽略了当时存在的其他思想潮流。当时正值社会历史的变革时期，中世纪的社会支柱业已倒塌，新的社会秩序亟待建立，处于转型时期的社会必然存在着多种思想和意识形态。讲究等级秩序、上下尊卑的所谓"伊丽莎白时代的世界图景"掩盖了社会思想的多样性，只突出了符合统治阶级意志和利益的主导意识形态。第三，文化唯物主义批评力图揭示社会观念和社会实践如何将占据主导地位的社会秩序合法化，如何将某个阶级的利益打造成全社会的共同利益，从而达到抹杀社会矛盾、掩盖社会分歧的目的（Dollimore，1994：6）。

　　多利莫尔解释了文化唯物主义为何将戏剧作为主要的批评对象："戏剧具有社会职能，它的演出能够产生强烈的社会效果"（7）。关于戏剧的效果存在两种观点：一种观点认为戏剧可以对观众产生影响，以此教育大众，或者说愚化臣民；另一种观点认为，戏剧可以颠覆权威力量。简而言之，戏剧可能巩固权威力量，亦可能挑战权威力量。文艺复兴时期盛行的做法是，完全忽略戏剧中的意义，单纯注重演出效果。例如，1601年，埃塞克斯伯爵（Earl of Essex）在发动叛乱之前不止一次在公开场合上演

《理查二世》[1]。伊丽莎白女王对此表现出极度的恐慌，她甚至认为，"理查二世暗指的就是她本人"（Dollimore，1994：8）。该剧产生的社会效果和隐藏的政治内涵让女王深感忧虑。虽然埃塞克斯伯爵的叛乱最终流产，伯爵本人也被处决，但是这部戏剧被用于政治目的，并且还公开演出，难免让她忧心忡忡（9）。可以说这部剧对王权构成了挑战，产生了强烈的社会效果，因此它成为文化唯物主义最合适的批评对象。

虽然多利莫尔在《莎士比亚、文化唯物主义和新历史主义》一文中将文化唯物主义与新历史主义并置，但他没有解释二者的区别与联系，仅仅探讨了二者在文艺复兴研究方面的共性。《政治莎士比亚：文化唯物主义的新论》甚至还收录了格林布拉特的名篇《隐形的子弹：文艺复兴的权威及其颠覆，〈亨利四世〉与〈亨利五世〉》。多利莫尔和辛菲尔德并没有和新历史主义划清界限，这也是后学诘难文化唯物主义的原因之一。后来的文化唯物主义批评家们不得不费心费力地解释文化唯物主义到底是新历史主义的英国分支，还是一种独立的文学批评方法。

《性别异见：奥古斯丁到王尔德，弗洛伊德到福柯》是多利莫尔的同性恋研究著作。作者开篇就讲了一段逸闻趣事。1895年，安德烈·纪德（André Gide）来到阿尔及利亚的一家旅馆，在登记簿上看到了王尔德和阿尔弗雷德·道格拉斯勋爵（Lord Alfred Douglas）的名字。纪德顿感羞愧难当，飞快地抹去了自己的名字，迅速离开阿尔及利亚。在纪德的作品中，他曾两次提到了这次经历，第一次是在1910年所著的《奥斯卡·王尔德》（Oscar Wilde）中，第二次是在1926年出版的自传《如果种子不死》之中。纪德在其中解释了他为何会对王尔德的名字感到畏惧，因为在1891年二者在巴黎的数次会面中，王尔德鼓励越界行

---

1 《理查二世》是莎士比亚的一出历史剧。剧中主要描写了理查二世专断独裁，放逐博林布鲁克，在一系列倒行逆施的行为之后，博林布鲁克发动政变，夺取王位，成为亨利四世。此剧意在说明残暴君王咎由自取。埃塞克斯伯爵上演《理查二世》，是为了影射伊丽莎白女王的暴政，暗示女王最终会被取代。

为，引诱纪德打破宗教和道德禁锢，对纪德产生了消极的影响。这段经历改变了纪德的写作风格和人生命运，也对现代文学产生了深远的影响（Dollimore，1991：3）。

纪德和王尔德二人皆为同性恋，但是前者代表本质主义同性恋，后者代表非本质主义同性恋。1924年，纪德发表《牧童》（Corydon），捍卫同性恋者的声音，呼吁人们包容同性恋，因为这是自然赋予人类的特征。纪德是本质主义的代表，认为同性恋生而有之。以王尔德为代表的非本质主义者则认为，人类应该形成真正的自我意识，反抗现有的社会秩序，自由地表达欲望和自我。王尔德的非本质主义不服从于社会道德，他宣扬的僭越式美学（transgressive aesthetic）必然难以在主流文化中大肆宣扬，只能偃旗息鼓。王尔德也因而遭到了主流社会的排斥。他从阿尔及利亚回国之后便被昆斯伯里侯爵起诉，之后在贫困潦倒和声名狼藉中死去。然而，依附主流文化的纪德却得到了社会的承认，后来获得了诺贝尔文学奖。在本质主义和非本质主义的对峙之中，多利莫尔厘清了主流文化和非主流文化之间的联系。

多利莫尔在书中再次声明，他延续文化唯物主义的批评脉络，融合社会史、心理分析、女性主义和同性恋研究等方法，力图发掘现代西方文化中尤其是性取向中的二元对立，打破主流文化和非主流文化的对立局面，为非主流文化和异见的力量提供颠覆和反抗的理论依据。

《西方文化中的死亡、爱欲与失落》是多利莫尔为读者呈上的一场哲学盛宴。作者大体上以时间为序，审视了从古希腊至文艺复兴时期、再从近代社会到当代社会的相关著述，探究死亡与爱欲之间的关系。死亡和爱欲之间的联系自古有之，苏格拉底（Socrates）认为获取知识的唯一途径就是"摆脱肉体，让灵魂独立思考"（Dollimore，1998：9）。柏拉图也认为欲望与死亡始终紧密联系。多利莫尔发现，死亡与爱欲之间的复杂关系在《传道书》（The Book of Ecclesiastes）之中体现得尤为突出。《传道书》强调人类努力的虚无性和欲望的空洞性，其中"虚无"（vanity）一词出现了四十多次。"生命中的每一件事情都充满了空洞、无力"（Dollimore, 1998: 36），唯有信神，人生才能获得满足。

文艺复兴时期，生命的无常性将死亡和爱欲联系在一起。一方面，生命的无常瓦解人生的希望，另一方面也激励人们享受生命的过程。雷利爵士则意识到死亡的内在矛盾：在死亡面前，人的努力毫无意义，因为没有什么东西是永恒的，但是死亡带来的宿命感和绝望又激励人们继续前进。多利莫尔认为，这些作家都意识到"死亡不只是生命的终结，而是生命的内在动力"（76）。莎士比亚的诗歌和戏剧最能体现生命的无常对于死亡和爱欲的意义。《罗密欧与朱丽叶》开篇即提示读者，两个年轻人之间的爱情是"带有死亡印记的爱情"（death-marked love）（转引自 Dollimore, 1998: 108）。生命中的无常和意外一直在故事的发展中发挥着关键作用。罗密欧本意是在舞会上寻找罗瑟琳（Rosaline），却与仇家的女儿朱丽叶一见钟情。二人原本可以沐浴在爱河之中，自由自在，无忧无虑，可是罗密欧却因刺死朱丽叶的堂兄提伯尔特而被放逐，一对苦命情侣就此分开。神父给朱丽叶喝下"毒药"，设计让罗密欧与朱丽叶远走高飞，但是罗密欧以为朱丽叶已死，自己也自杀殉情。多利莫尔认为，死亡和爱情成为剧中的主线，二者互为因果，成为故事发展的内在动力。

在哲学史上，将死亡推到至高无上地位的是黑格尔和叔本华（Arthur Schopenhauer）。叔本华曾表示"没有死亡即没有哲学"（xxxii），黑格尔也认为"死亡冲动不仅是生命的本质，也是思想的本质"（155）。在以上两位现代哲学家的影响下，多利莫尔分别探讨了弗洛伊德、路德维希·安德列斯·费尔巴哈（Ludwig Andreas von Feuerbach）、马克思、赫伯特·马尔库塞（Herbert Marcuse）、尼采（Friedrich Nietzsche）、威廉·理查德·瓦格纳（Wilhelm Richard Wagner）、乔治·巴塔耶（Georges Bataille）、D.H. 劳伦斯（D. H. Lawrence）、保罗·托马斯·曼（Paul Thomas Mann）以及福柯等人对死亡与爱欲的观点和看法。

《西方文化中的死亡、爱欲与失落》除了探讨康拉德《黑暗的心》、莎士比亚的十四行诗和两部戏剧以及邓恩和托马斯·曼等文学人物的观点之外，其余部分均是哲学上的深思。虽然多利莫尔期望在历史中理出一条关于死亡与爱欲的清晰的线索，但是他在具体行文过程中并没有严格按照时间顺序。

《性、文学与审查》成书于2001年。多利莫尔认为，西方文艺审查的传统由来已久，从柏拉图时代就开始形成了。柏拉图在《理想国》中声称，诗（文学）无法表现真理，它所论及的只是事物的表面，而非事物的本质；更糟糕的是，它已成为削弱理性、腐化人心之渊薮。在柏拉图看来，人类已经陷入理性和激情之争，而他心目中的理想社会应当由哲学家当政，对人类的激情严格控制，如此一来，"驱逐、控制和审查就成为社会生活中不可或缺的组成部分"（Dollimore，2001：151）。在柏拉图之后，虽然有锡德尼等人为诗辩护，但也仅仅着眼于文学的社会责任和教化作用。多利莫尔认为，当今时代对艺术和文学的审查实属柏拉图的"余毒"。文学中的"性厌恶"（sexual disgust）、危险知识（dangerous knowledge）、邪恶欲望（daemonic desire）等因素展现人类欲望，一直都被认为与文明相对立，在历史上不断被压制。多利莫尔以利维斯和马克斯·诺尔道（Max Nordau）的评论为例来说明批评家如何挤兑和批判所谓的"色情文学"。利维斯认为雪莱、丁尼生和艾米莉·勃朗特（Emily Brontë）等人在作品中宣扬的堕落情绪、色情元素和有害的失落感远离了现实，阻碍人类追求纯洁的情感，是极为不可取的。诺尔道的观点与利维斯如出一辙，他认为在文学作品中表现性欲和激情是堕落的表现，所以必须严格控制文学描写性欲和激情。诺尔道还将艺术家比作罪犯，说他们传播淫荡色情之物，危害社会。

虽然利维斯和诺尔道等人对文学作品存在明显的误读，但是这种艺术的审查机制却在不经意间宣传或者介绍了作品，使它们名垂千古。但是，也有一些批评家认为"作品中的内在潜力、危险知识都有可能释放出改变社会的力量"（96）。

除了批判历史中的文学审查制度，多利莫尔还关注现当代社会语境之下酷儿理论受到的挑战。酷儿理论内部存在两种声音，一种为激进主义，这拨人认为同性恋是西方文化中的变革性力量，他们可以颠覆异性恋统治的社会；另一种为保守派，他们认为同性恋和异性恋可以和谐相处，同性恋应该消除自己头上的"另类光环"，成为理智的普通公民，因而无需彻底变革社会，只需消除保守过时的偏见。多利莫尔声称自己属于激进一派，并希望通过强硬的手段取得同性恋的解放。另外，多利莫尔还呼吁，无论保守派还是激进派，在讨论性取向的时候必须结合具体的历史语境。

2017年，多利莫尔总结了自己的人生经历，出版了回忆录《欲望：人生回忆录》。这本回忆录对多利莫尔的学术生涯涉及较少，对其学术著作也鲜有提及，主要描述的是他的心路历程。它勾勒了多利莫尔由欲望主导的多样人生：求知的欲望促使多利莫尔离开工厂，到大学继续深造；压抑和忧郁使他不止一次想要轻生；对性的渴望驱使他不断寻找和体验新的对象。多利莫尔以时间为序，向读者展现了他从英国到美国，从美国到澳洲的人生路线。其中不乏细致入微、生动传神的心理描写，也有入木三分、鞭辟入里的人生感悟，但更多的则是他对自己"异见"人生旅程的客观描述。

3.2 批评案例（三）

多利莫尔的研究对象主要为文艺复兴时期的戏剧和同性恋文学。多利莫尔在行文当中多采取立论先行的方法，继之以清晰详尽的文本细读。他的批评言论精警，见解透彻，以尖锐的笔触揭示出十七世纪悲剧中隐含的权力和政治因素。

蒂利亚德的莎士比亚研究往往努力证明莎士比亚的戏剧体现了某种

天定的秩序观以及和谐融洽的社会目的论，展现出以秩序和等级为基础的神学图景，也就是所谓的"伊丽莎白时代的世界图景"。但他的研究忽略了复杂多变的社会关系，将十六、十七世纪之交的英国社会描述成一幅完全由神学支配的景象，从而掩饰了当时社会思想文化的丰富性和多样性。

前文已经提到，马克思主义文化理论家威廉斯认为，任何一个时期的文化均由三种成分构成：主导成分、新生成分和残余成分。这种文化成分的划分为多利莫尔的文化唯物主义批评提供了重要的理论依据：威廉斯的文化成分划分暗示，在主导文化之外还存在着其他的声音。换句话说，任何时期、任何社会的文化都不是铁板一块，非主流意识形态与主导意识形态也不可能总是安然相处：前者可以挑战、修正后者，后者也可能吸收、遏制甚至毁灭前者。在多利莫尔看来，伊丽莎白时期和詹姆士一世时期的英国戏剧中就存在着复杂、对立的意识形态和社会关系。多利莫尔的批评解构了文本中的主导意识形态，探究了社会中的矛盾和冲突，提供了对历史进程的多元解读。

意识形态在多利莫尔的文化唯物主义批评中发挥着关键的作用。毫不夸张地说，多利莫尔文学批评的实质就是意识形态批评，他在批评中使用的就是阿尔都塞的意识形态理论。阿尔都塞认为，意识形态不是一系列虚假意识，也不是某一阶级的政治思想，而是一种无意识的东西，它在潜移默化中指引人们如何看待世界。"意识形态展现了个人同其真实存在情况的印象关系"（阿尔都塞[1]：181）。在意识形态的指引下，人们可以意识到哪些行为合理，哪些不合理。统治阶级和神职人员通过意识形态实现对人民的压迫、役使和剥削，使人们自觉认同现存的统治而毫不自知、不能自拔。意识形态通过教会、法庭、学校、家庭等发挥教化作用，保证统治阶级在国家机器中的地位。多利莫尔的文学批评深受阿尔都塞意识形态理论

1　该引用作品又译为阿图塞。

的影响，他认为戏剧在某种程度上再现了历史现实，揭露了主导意识形态对民众的压迫。

在十六、十七世纪的理论家中，弗朗西斯·培根（Francis Bacon）、霍布斯、马基雅维利和蒙田等人对意识形态的理解非常深入，尽管当时还没有出现意识形态这个术语。他们深刻地影响了十七世纪的悲剧思想。马基雅维利认为，宗教就是一种政治工具。蒙田解构了享有权威地位的法律的本质，他认为法律只不过是一群无用之人利用权势制造出来的于己有利的规约："法律之所以正确、公平，不是由于它本身的特质，而是因为它是法律。它们建立在权威的基础上；更可笑的是它们是由一些憎恨公平的傻瓜所制定。没有比法律更加荒唐、令人厌恶之物了"（转引自 Dollimore, 2010: 15）。这些理论家在不同程度上认识到了意识形态的政治功能。这些言论为多利莫尔解构统治阶级的主导意识形态，发掘历史中反抗和颠覆的声音提供了切实的依据。

多利莫尔认为，伊丽莎白时期和詹姆士一世时期的悲剧尤为引人瞩目，因为剧中表现的激进主义和颠覆性力量为英国革命提供了思想的源泉。早在《激进的悲剧：莎士比亚与同时代人戏剧中的宗教、意识形态和权力》成书40多年之前，威廉斯就发现伊丽莎白和詹姆士一世时期的戏剧是"一种全面危机的形式：以戏剧的形式揭露当时真正的社会关系……"（3）英国著名社会学家劳伦斯·斯通（Lawrence Stone）也认为英国革命与十七世纪悲剧之间存在着联系："在内战爆发前两年，为何国家机构、教会、法庭、皇权机构和军队等都纷纷腐败瓦解？我们大可以推测出十七世纪初的戏剧中表现的怀疑主义和颠覆性力量与这些机构的衰落之间的关系"（4）。多利莫尔立足于社会历史和意识形态，从十七世纪的戏剧中揭露文学与历史现实之间的复杂联系，找出戏剧中的混乱失序与反抗性元素。

本节以多利莫尔对《特洛伊罗斯与克瑞西达》和《安东尼与克莉奥佩特拉》的分析为例，展示多利莫尔的批评特色和治学路径。通过分析这两部戏剧中的人物性格和行为特点，多利莫尔分别解构了他的两个主要批驳对象——神学意识形态和本质主义。许多批评家认为，莎士比亚在剧作中体现了他生活的那个时代的共识，即在动荡失序的社会环境背后，还存在着某种"秩序"。这种秩序以上帝的统治为基础，每个人都在上帝的安排之下各就其位，各司其职。"通过布道灌输给人们的神定论，目的是为了确认现存秩序的合法性。反抗秩序就是质疑上帝"（Dollimore，2010：87）。多利莫尔认为，在《特洛伊罗斯与克瑞西达》中，莎士比亚并没有盲从神学意识形态，剧中没有表现融洽和睦的社会秩序，反倒彰显了战乱和失序。剧中人物也没有高贵的品质，人们受到欲望和权力的驱使，在局势和环境的压迫之下，作出了有利于自我的行为选择。在反抗神学意识形态的过程中，他们趋利避害，遵从自己的七情六欲，审时度势，因时而动。

诸如英美新批评这样的本质主义文学批评往往脱离历史语境，追求事物内在的永恒真理和普遍规律。多利莫尔反对这种批评方法，认为应该从现实和政治环境入手，坚持从唯物主义的角度理解戏剧冲突和人物性格。在《安东尼与克莉奥佩特拉》中，安东尼和克莉奥佩特拉（Cleopatra）无视社会关系和政治环境的风云变幻，冥顽不化、不知变通，最终牺牲在盲目的自我想象之中。相比之下，凯撒[1]（Caesar）和艾诺巴勃斯（Enobarbus）却能够揣时度势，及时认识到权力关系在战争乃至社会中的重要作用，他们没有被形而上的虚无观念蒙蔽双眼，最后成为时代的赢家。

《特洛伊罗斯与克瑞西达》取材于《荷马史诗》。这出剧开始的背景是，希腊人与特洛伊人已交战多年，此时希腊人内部出现纷争，阿喀琉斯（Achilles）傲慢自大，拒绝出战。尤利西斯心生一计，他假意逢迎埃阿斯（Ajax），将他捧为英雄，希望他出征与特洛伊英雄赫克托耳（Hector）决斗，以此激发阿喀琉斯的斗志。与此同时特洛伊内部也矛盾重重，他们

1　指屋大维·凯撒。

开始争论是否要继续为海伦（Helen）而战。埃阿斯出战与赫克托耳打成平手，战事依旧在拖延。此时特洛伊将领特洛伊罗斯（Troilus）深深迷恋上了克瑞西达（Cressida），无心出战。克瑞西达的父亲本为特洛伊人，后来叛逃至希腊军营。在和特洛伊罗斯一夜春宵之后，克瑞西达被特洛伊人送到希腊军营，用来交换重要战俘。克瑞西达背叛了特洛伊罗斯的感情，恋上了希腊将军狄俄墨得斯（Diomedes）。特洛伊罗斯得知真相后心灰意冷，在赫克托耳被阿喀琉斯杀死之后幡然醒悟，扛起特洛伊的大旗，立志为赫克托耳复仇。

在莎士比亚出生前的一百年中，英国经历了前所未有的社会动荡，战争频仍，民不聊生。到莎士比亚时代，人们普遍渴望安定的社会秩序。当时英国社会弥漫着秩序和等级的观念：社会应该"有一个权力中心和一个从上至下的尊卑制度，构成一种至为重要的秩序"（王佐良、何其莘：4）。"这种'秩序'观念的核心是，不论是整个宇宙还是某一个物种内部都有其特定的排序方式。在宇宙中以上帝为首，星系间以太阳为首，五大元素中以火为首，一个国度中以国王为首，人体中以头为首，动物间以狮子为首，鸟类中以鹰为首，鱼类中以海豚为首"（何其莘：84）。对于伊丽莎白时期的人们来说，这种秩序是建立在上帝统治世界的基础之上的。世间万物按照上帝的引导，等级分明，井然有序。

许多批评家认为，莎士比亚也深受这种秩序观念影响，他的戏剧中很多地方都体现了基督教神学意识形态支配下的秩序观念。蒂利亚德就认为，莎士比亚的秩序观念和层级观念明显地体现在《特洛伊罗斯与克瑞西达》之中："宇宙是个整体，每个事物在其中都有自己的位置，这是上帝的完美作品"（蒂利亚德：11）。然而，通过文本细读，多利莫尔却得出一个新的结论：莎士比亚笔下人物的性格及其行为颠覆了当时的主导意识形态——基督教神学的秩序观念。在《特洛伊罗斯与克瑞西达》中，两大对立阵营都陷入混乱和失序，没有任何一个人物遵循神学秩序行事。他们在自我意识被唤醒后作出了于己有利的选择。多利莫尔极力展示神学秩序观念之下的失序社会，抨击基督教神学对人类的魅惑作用。

在剧中，莎士比亚用"自然法则"（natural law）指代神学意识形态之下的秩序观念。"按照自然法则，世界是秩序、价值和目的的有序排列。人经过理性思考，在神学思想的指引下寻找自己内心的道德法则"（Dollimore，2010：42）。自然法则是社会和谐秩序的象征，社会上发生的一切都受到秩序、道德和法则的指引。

特洛伊罗斯目睹了克瑞西达的背叛，精神开始崩溃，决意向希腊人发起进攻。众人无意安慰和劝阻，反倒出言嘲讽。特洛伊罗斯遭到感情上的背叛，希望自己亲手复仇，却招来大家的揶揄。这是因为，在神学秩序观念的引导之下，人们认为失序和混乱需要以自身的美德（virtue）去忍耐，而不应凭借自身的力量打乱和颠覆秩序。多利莫尔认为，特洛伊罗斯没有按照法则的指引，却在由爱生恨的过程中，成长为一个能够自由思考和自由反抗的成熟个体，在残酷的社会里找到了自己的立足之地。

多利莫尔分析了剧中两场精彩的辩论，一场是发生在希腊军营里关于秩序的讨论，另一场是特洛伊将领之间关于价值的辩论。两场讨论紧密围绕着自然法则秩序展开。

在希腊军营的讨论中，尤利西斯对希腊主将阿伽门农说：

> 啊！秩序乃一切宏图伟业之阶梯，/秩序动摇，事业必遭殃！/失去秩序，则社区团体，/学校学位，城市行会，/不同口岸的贸易往来，/还有长子继承权和与生俱来的万般权利，/以及年长者、王冠、权杖、桂冠的种种特例/将如何立于合法之地？/秩序一旦废除，琴弦失去调和，/听吧！会有多少嘈杂之音鼓噪出，/每件事只会相互抵触……（莎士比亚，《特洛伊罗斯与克瑞西达》：34）

尤利西斯认为，如果失去了秩序，整个社会将不堪一击，混乱随之而至。秩序是希腊军营的立身之本，希腊军营中对秩序的漠视和不屑导致的士气不振，是特洛伊久攻不下的主要原因。阿伽门农也承认，整个军营都陷入失序状态，这种状态违背了自然法则："我们最雄心勃勃的军事行动／遇到了障碍和祸灾；／比如树瘤，因浆液淤积／使健康的松树受染，纹路扭曲／妨害了它正常的生长和发育"（莎士比亚，《特洛伊罗斯与克瑞西达》：30）。

在特洛伊军中，赫克托耳反对再为海伦劳民伤财，伤及无辜，他认为"自然的法则要求／所有东西都要物归其主：现在，／在人伦之中，把妻子归还丈夫／岂非天经地义？／如果这条自然法则／被欲望所腐蚀，／伟大人物的心灵因为一己私欲／受蒙蔽，对之公然违背，／那么，每一个法纪严明的国家都会制定法律／抑制这种悖逆妄为／和人欲横流的行为"（59）。赫克托耳认为，在自然法则要求的秩序观念之下，将妻子归还丈夫是天经地义的。但是特洛伊罗斯却无视自然法则，他认为海伦事关荣誉和声望，特洛伊人应该齐心协力，同仇敌忾，继续战斗。

希腊军营和特洛伊城都已陷入失序和混乱状态，剧中的人物也没有谨从上帝的自然法则。多利莫尔认为，克瑞西达就是反抗秩序和权威的典型代表（Dollimore，2010：47–49）。她违背了自然秩序所规定的美德和高尚品质，到了希腊军营之后转身即投入狄俄墨得斯的怀抱，将特洛伊罗斯送给她的信物转赠给狄俄墨得斯。在她的身上，美德已经荡然无存，只留下因时应势的投机。从之前的忠贞不渝到随后的无情背叛，克瑞西达的所作所为代表着她对基督教禁欲主义和神学意识形态的背弃。

《安东尼与克莉奥佩特拉》是莎士比亚的著名悲剧。安东尼与凯撒、雷必达（Lepidus）同为罗马"三巨头"之一，但他却沉溺美色，拜倒在埃及女王克莉奥佩特拉的石榴裙之下。罗马帝国受到庞培（Pompey）叛乱的威胁，三巨头不得不再次结盟，此时安东尼的妻子富尔维娅（Fulvia）刚刚去世。为巩固与凯撒的关系，安东尼迎娶凯撒之姊屋大维娅（Octavia）为妻。在交战前夕，安东尼和凯撒、庞培达成了和解。不久之后，安东尼听闻凯撒撕毁三巨头盟约，背弃了雷必达，便向凯撒开战。他将屋大维娅遣返之后，与克莉奥佩特拉一起在亚历山大加冕称王。消息一传到罗马，凯撒随即攻打埃及。在海战中，克莉奥佩特拉的战船掉头逃遁，安东尼不顾战局，追随而去，埃及军队大败。随后，凯撒与克莉奥佩特拉签订密约，安东尼的爱将艾诺巴勃斯也投降凯撒。盛怒之下，安东尼痛斥克莉奥佩特拉背叛自己。因惧怕安东尼的暴怒，克莉奥佩特拉躲进坟墓，谎称自己在悔恨中死去。安东尼万念俱灰，以身殉情。克莉奥佩特拉因不愿做凯撒的俘虏，也自杀身死。

多利莫尔试图用文化唯物主义的批评方法探究《安东尼与克莉奥佩特拉》这一悲剧的根源。此剧表面上洋溢着英雄主义和浪漫主义的基调，但多利莫尔细读文本之后却发现，权力政治才是剧中的主线。美德、爱情以及荣誉等并非孤立地存在于个体身份之中，它们与权力关系和意识形态有着深刻的联系。只有立足于社会关系和历史环境之中，才能深刻理解作品的内涵。

多利莫尔首先指出，C.L. 巴伯（C. L. Barber）在研究英国戏剧时发现，自十七世纪起，军人的荣誉感开始减弱。巴伯将这种衰落归结于贵族阶级性质和职业的变化。十七世纪末期，战争的专业化和军队国家化促成了效能提高，这种变化降低了个人参军的热情，削弱了军人的荣誉感（Dollimore，2010：205）。也就是说，荣誉感已经不是单纯的个人美德，而是受到多种因素的影响。默文·詹姆斯（Mervyn James）也认为，荣誉的观念在1485年到1642年间发生了巨大的变化，市民社会兴起之后，国家进一步强化了它对荣誉和暴力的垄断（205）。荣誉感这个概念的变化与社会环境和时代氛围息息相关。多利莫尔认为，《安东尼与克莉奥佩特拉》中也体现着这一变化，即荣誉感是由外部权力和政治关系塑造而成的。剧中的主人公安东尼和克莉奥佩特拉都没有认识到这一点，他们无视政治语境和权力关系，认为美德和荣誉都是天生而来且恒定不变的，最终成为政治的牺牲品。

剧中所有的英雄主义和美德都是为权力关系服务的，然而，主人公安东尼却始终都没有意识到英雄主义和个人美德都是社会建构的产物。

在剧中，安东尼的三段婚姻都是政治的产物：第一段是他与富尔维娅的婚姻，第二段是他与凯撒之姊屋大维娅的结合，第三段是他与克莉奥佩特拉的爱恨纠葛。表面上看，只有第二段是政治联姻：安东尼为了组成三巨头联盟、打败庞培，与屋大维娅结合。多利莫尔认为，实际上安东尼的三段情感都与政治权力休戚相关，他与三者的结合都带有强烈的政治含义。

听闻富尔维娅离世，安东尼非常伤心："一个伟大的灵魂去了。我曾经是那样地期盼它发生：/旧时的种种怨恨，一朝人去身故，/又引起深深的悔忏；/现今的样样欢愉，一旦时过境迁，也变成浓浓的悲怆。/因为她死了，我才感念到她生前的好；/推拒过她的这只手又想把她拽回来"（莎士比亚，《安东尼与克莉奥佩特拉》：22）。然而，随后他立刻想到还要去解决尚未完结的政治问题。"可她在国内干下的那些事儿，/我不能不去处理"（24）。富尔维娅之前曾攻打安东尼之弟卢基乌斯（Lucius），后来二者转而捐嫌修好，共同抵抗凯撒的进攻，但随后遭遇惨败，被赶出意大利。安东尼在这里指的是他需要回国处理后事，了结心愿，还要响应罗马盟友的呼唤，征服庞培。富尔维娅的死不仅激起了安东尼的硬汉柔情，而且唤醒了他对权力的渴望以及对国家的责任。

第二段为安东尼与屋大维娅的政治联姻。安东尼为了与凯撒联盟，违心娶了凯撒之姊屋大维娅为妻，只为了"让兄弟的友爱萦绕我们的心头，/支配我们宏伟的将来"（49），二者的婚姻完全是安东尼为了与凯撒结盟的权宜之计。在安东尼和凯撒达成和解之后，安东尼听闻凯撒背弃雷必达向庞培开战并公开嘲讽自己，便毫不犹豫地将屋大维娅遣返。

第三段与克莉奥佩特拉的感情，则完全是权术、财富和征服的产物。安东尼似乎从开场就沉沦在克莉奥佩特拉的温柔乡里，纵欲享乐："生命的荣光就在于能够这样：/相互爱恋的一对，两个有情人能如此/心心相印，我要向世界宣告/我们是天造地设的一双"（15）。

权力和性不可分割。然而被激情冲昏了头脑的安东尼并没有意识到这一点，他相信爱情能够在战场上赋予他勇气和力量。反观克莉奥佩特拉，她否认权力的力量，相信在两性关系之上略施小计便能引得安东尼驻足倾心。她没有意识到，爱情本身是无法脱离现实的物质基础的，权力关系才是主导两性关系的重要因素。克莉奥佩特拉和查米恩（Charmian）有过一段有趣的对话：

> 克莉奥佩特拉："我还有什么招数没用上呢？" / 查米恩："事事都顺着他：别跟他闹别扭。" / 克莉奥佩特拉："傻瓜，你这是个馊主意，那才是要叫我失去他。"（莎士比亚，《安东尼与克莉奥佩特拉》：26）

安东尼和克莉奥佩特拉都是从本质主义的角度出发，认为美德、荣誉和爱情是神定的先天赋予之物，与权力政治和社会环境毫无关涉。多利莫尔认为在《安东尼与克莉奥佩特拉》中，这表现为"超验的自足性"（transcendent autonomy）（Dollimore, 2010: 209），即本体的存在凌驾于现实物质之上，并能在某种程度上完成自我实现。超验的自足性和本质主义都带有唯心主义色彩，它们都认为自我能够脱离社会环境和社会关系而存在。例如，在最后与凯撒决战时，安东尼认为克莉奥佩特拉的爱情以及他自身的勇气可以帮助他赢得决战。安东尼说道："来吧，我的女王 / 我们的元气尚在。这一次上阵杀敌，/ 我要让死神爱上我，因为我甚至要跟他那瘟疫般的 / 镰刀一决高下"（莎士比亚，《安东尼与克莉奥佩特拉》：118）。正是安东尼的极度自恋和个人主义倾向将他引向了毁灭和坠落。

凯撒得知安东尼与克莉奥佩特拉以及他们的儿女加冕称王之后，随即准备攻打埃及。安东尼听说此事，对凯撒表示极端鄙视："他有何非凡之处：他的钱币、舰船、军队，/ 也许只是归一个懦夫所有；他的阁僚部下 / 辅佐凯撒，就如同服侍一个 / 乳臭未干的毛头小子"（109–110）。安东尼没有注意到，凯撒获胜的原因在于他能够认识到人与社会之间复杂纠葛的关系，能够深刻理解政治权术。

多利莫尔认为，与安东尼形成强烈对比的还有其随从艾诺巴勃斯。艾诺巴勃斯认为外在的德行、个人的荣耀与社会环境密切相关，他敏锐地觉察到政治的现世性，认为理智和勇气是战争中必不可少之物（Dollimore，2010：214-215）。勇气和激情战胜理智之时，即是国家政权倒台之时。艾诺巴勃斯首先劝说安东尼不要沉溺于美色，应积极备战，后来进谏安东尼不要向凯撒挑战，最后，他审时度势，在安东尼必将大败之际向凯撒投降，以求自保。

艾诺巴勃斯深谙政治权术之道，但他的谋略只是为了自保而已。他的所作所为酷似凯撒，这与安东尼和克莉奥佩特拉的师心自用恰成对比。凯撒与艾诺巴勃斯能够审时度势，伺机而动，成为时代的赢家；后两者则盲目自信，脱离实际，必然成为时代和政治的牺牲品。

多利莫尔坚持唯物主义的批评方法，认为理解文本不能撇开产生它的历史语境。他反对唯心主义和本质主义将文本置于远离社会和时代的真空中的做法，坚持厘清社会环境、权力关系和个人情感之间的关系。爱情、美德、荣耀等抽象之物都不是天定神赋，它们的存在与社会环境和现实关系有着不可分割的联系。总之，多利莫尔总是根据社会历史，透过错综复杂的权力关系分析文本中个人悲剧命运的根源。

多利莫尔的批评具有强烈的政治色彩，他反对本质主义、基督教的神学意识形态等，重视权力、意识形态在社会历史中对人的塑造作用，将人置于社会关系之中，强调个人的能动性和历史性，具有强烈的现实批判意义。莎士比亚的戏剧本身就具有消极感受力（negative capability），时常一语多义，其意义莫衷一是。对于莎士比亚戏剧这种开放和多元的文本，我们也可以有多种解读方法：安东尼和克莉奥佩特拉既可以被视作自我主义和本质主义的牺牲品，也可以被看作反抗理性、追求自我解放的典范。

《芭巴拉少校》的文化唯物主义分析

十九世纪八十年代，英国的工业生产总值首次被美国超过。在此之后，英国的经济地位就开始缓慢下滑，到了二战之后，它的工业产值又落在了德国和日本的后面。在西欧资本主义普遍繁荣的六十年代，英国却饱受"英国病"（British disease）的困扰：经济停滞，通货膨胀，生产下降，失业激增。整个七十年代，政府苦无良方，朝野一片恐慌；探究病因、寻求对策，成为当务之急。

在这个背景下，保守党在1979年末赢得大选，撒切尔夫人及其团队上台执政，迅速启动了新保守主义革命：摈弃施行多年的凯恩斯主义，重申自由市场理论，强力推行国有企业私有化，大幅削减社会福利，压缩公共事业开支，打击工会势力，镇压煤矿工人大罢工，以此挽救日渐衰颓的英国经济。这一整套市场优先论的思路和举措就是所谓的"撒切尔主义"。它完全背离了战后工党政府主导的福利国家政策，忽略了下层民众的利益，严重影响了教育、科学、文化、卫生事业的发展。虽然新保守主义革命在经济上取得了短期成效，但长远来看，它的私有化举措实际上削弱了英国的工业制造能力。也正是因为这些缘故，无论在当时还是现在，撒切尔夫人都遭到了一些左翼人士的激烈批评，甚至于她去世的消息传出后竟有人上街庆祝。八十年代初，曾有人愤怒地指责她摧毁了社会，撒切尔夫人则反唇相讥：你告诉我，到底什么是社会？这一反诘让人感到十分突兀，因为它听起来有违常识——难道社会真的不存在吗？但细想之下，撒切尔夫人的否定并不新鲜，十九世纪英国的功利主义者就持有类似的观念：在他们眼里，"社会"不过是个体的集合而已，而不是所谓情感投契、价值观一致、利益休戚与共的人们组成的共同体——也就是伯克等老派保守主义者所声称的"有机社会"。因此有人认为撒切尔革命（Thatcherite Revolution）标志着十九世纪功利主义的卷土重来，这种说法是有一定道理的。

就在这位铁娘子饱受舆论攻击之际，有一位名叫马丁·威纳（Martin Wiener）的美国学者写了一本书，帮她解了围。这是一部别开生面的文化史著作，名为《英国文化与工业精神的衰落：1850—1980》，甫一问世即产生巨大的社会反响，在政学两界引起广泛争论，时至今日仍余音不断。它对英国经济衰落的诊断剖析暗合保守党政府重申市场竞争、削减社会福利的理念，得到了保守党政客们的高度推崇。不过，威纳写这部书绝非出于政治动机，他在六十年代读到一些英国新左派学者对英国文化保守主义的论述后就开始酝酿这本书的写作了，只是他的一些观点与新保守主义者多有契合，一些论据也为后者提供了丰富的例证。虽说威纳没有提出解决经济问题的良方，然而，他的诊断中所暗含的新自由主义经济学理想足以引起很多右翼人士的思想共鸣，尤其得到内阁大臣的欢心。他们将此书视若珍宝，人手一册，悉心研读，从中寻找保守党政府所施行措施的依据。就某种程度而言，这本书对于二十世纪八十年代撒切尔夫人推行的新自由主义经济政策起到了推波助澜的作用。

威纳在书中提出，十九世纪五十年代之后，英国社会逐渐形成了一股强劲的反工业主义思潮，迅速左右了公共舆论，在整个社会营造出反对资本主义工业的思想氛围。书中援引了十九世纪以来的大量文学作品来证明现代英国文学如何与工业文明背道而驰，从柯尔律治、卡莱尔、阿诺德、查尔斯·狄更斯（Charles Dickens）到劳伦斯，这些批判工业资本主义的文学巨擘成为此书着重分析的对象，他们的作品为威纳提供了鲜活的例证。然而，百密难免一疏，威纳还是忽视了工业资本主义的另一位重要批判者萧伯纳，他没有看出，萧伯纳的名作《芭巴拉少校》虽然表面上描写了资本主义制度的无所不能、坚不可摧，体现了作者的政治悲观主义，但它实际上异常隐秘地预示出英国工业资本主义必然没落的历史趋势；更有意思的是，甚至萧伯纳本人都没有意识到这一点。

《芭巴拉少校》写的是这样一个故事。安德鲁·安德谢夫（Andrew Undershaft）是欧洲军火巨头，他的祖先是伦敦圣安德鲁·安德谢夫教区的一个私生子，被一个制造盔甲和火枪的工匠收养。这个私生子长大成人后继承了养父的事业，后来他也收养了一个弃儿(私生子)当接班人，死后把产业传给了他。这种独树一帜的产业继承制度代代相传，每一代厂主都取名"安德鲁·安德谢夫"，每一代安德谢夫都给自己的亲生儿女买房买地，让他们衣食无忧，但不让他们继承家业。安德谢夫们总要收养一个弃儿(私生子)，对其悉心培养，以便继承家业。然而，每一代安德谢夫的妻子都想让自己的亲生儿女继承家产，为此，她们都和自己的丈夫大吵大闹，如今到了第七代安德谢夫当权，这个家族依旧在重复昨天的故事。

与以往不同的是，这一代安德谢夫的妻子并非出身于资产阶级家庭，而是来自社会最顶层——她是大贵族斯蒂文乃支伯爵家的千金小姐。由于其贵族身份，她被称为薄丽托玛夫人（Lady Britomart）而不是安德谢夫夫人。她和安德谢夫育有两女一子。在孩子幼年时他们就因为工厂继承权问题发生争执，导致夫妻分居，安德谢夫负责出抚养费，薄丽托玛夫人负责养育孩子。如今二十多年过去，孩子们都已长大成人，该到成家立业、大笔花钱的时候了。儿子斯蒂文（Stephen）时年24岁，还未找到合适的工作。大女儿芭巴拉（Barbara）是虔诚的基督教徒、理想主义者，她放弃了上层社会的生活方式，加入基督教慈善组织救世军，担任少校，一门心思拯救人的灵魂，解决社会贫困问题。她的未婚夫阿尔杜斯·库森斯（Adolphus Cusins）是澳大利亚出生的英国人，虽然是个穷学者，但凭借自己的希腊文教授身份得到了薄丽托玛夫人的认可。小女儿萨拉（Sarah）

为人轻浮，无所事事。她的男朋友名叫洛马克斯（Lomax），此人系纨绔子弟，百无一能、游手好闲，但为人随和，喜欢插科打诨，是喜剧中不可或缺的"活宝"。他继承了一笔遗产，但遗嘱规定他得十年后才能拿到现钱，目前只能依靠女友家的接济。为了解决日益严峻的家庭开销问题，薄丽托玛夫人派人请安德谢夫回家议事，让他追加抚养费。在母亲的教导和环境的影响下，安德谢夫的子女都带有贵族式的成见，他们对安德谢夫所从事的工商业不屑一顾，对他开办的杀人工厂更是深恶痛绝。他们原以为家中开支都是外祖父的资助，自己花的钱都是干净的；如今一听到家庭财务的真相，尤其是听说父亲要回家，不禁愕然，面面相觑。只有芭巴拉非常大度地表示欢迎他的归来，她的理由是，安德谢夫也有灵魂，也需要拯救。

多年未见，安德谢夫一进门就闹了好几个笑话，先是把未来的女婿当成了儿子，后来又把儿子误认为女婿，费了好一番周折才把儿女认全。但安德谢夫为人精明强干，举手投足落落大方，十分自信，绝无商界大亨惯有的骄横和粗俗。在三个儿女当中，他唯独欣赏大女儿芭巴拉，他发现这个女儿精明干练，见识独到，与自己有相似之处，很想把她争取过来做自己的帮手。但是，安德谢夫批判基督教虚伪，芭巴拉则坚持唯有基督教才能拯救人的灵魂。父女俩舌剑唇枪，互不相让，最后两人达成协议：口说无据，眼见为实，明天安德谢夫到救世军的救济所考察，后天芭巴拉到安德谢夫的工厂参观，看一看谁会被对方感化；到底是安德谢夫放弃大炮、投奔救世军，还是芭巴拉放弃救世军而投奔大炮。

救世军设在西汉姆（West Ham）的救济所相当简陋、寒酸。由于经费有限，这里为穷人提供的饮食也相当菲薄，都是些普通的面包、人造黄油、掺水的牛奶。不过，芭巴拉和助手简妮（Jenny）还是满怀济世的宗教情感，为拯救穷人的灵魂而忘我地工作，成果堪称可观。好逸恶劳、藏奸耍滑的年轻无赖泼赖斯（Price）和满脸沧桑、生活无着的中年妇女老密（Rummy）就是她们新近发展的信徒。为了凸显对人性的再造之功，救世军鼓励他们使用自污手法，编造自己入伙前的"罪恶"历史，比如如何打爹骂娘、淫荡下流，等等。他们为了混口饭吃，也就努力配合，在人前使劲地糟蹋自己。勤劳朴实的舍里（Shriley）仅仅因为年过45岁便惨遭解雇，在饥饿的驱使下也来寻求救济。他刚坐下，一个喝得醉醺醺的年轻人就闯进来寻找他的女友。这个流氓无产者叫窝客（Walker），他的女友加入救世军后就把他甩了，如今在另一个救济所服务。他借着酒劲儿来此撒泼，指责救世军破坏了他的姻缘。他扇了简妮一记耳光，打倒了老密，吓退了胆小如鼠的泼赖斯。这个流氓无产者固然嚣张凶悍，但他一听说这里主事的芭巴拉是斯蒂文乃支伯爵的外孙女，气焰顿时减少了八分；他被芭巴拉的贵族门第给镇住了。就在此时，安德谢夫也如约而至。芭巴拉让男朋友库森斯向安德谢夫介绍救济所的情况，自己带领工作人员去参加募捐大会。安德谢夫和库森斯开始深入交谈。安德谢夫指出，他本人、芭巴拉和库森斯在阶级和地位上都高于普通老百姓，言外之意是芭巴拉不应该和这些下等人混在一起。在他看来，芭巴拉像古代的圣徒那样热爱肮脏，像护士和慈善家那样热爱疾病，热衷于受苦受难，这简直是违反人的天性的一桩罪恶。他还一针见血地指出，所有的宗教团体都只有靠把自己卖给有钱人才能生存，救世军虽然号称是穷人的教会，但其实际作用就是充当资本家的帮凶，麻痹和安抚穷人，不让他们起来反抗。他对基督教持有强烈的鄙视态度，对趋痛避乐、安于贫困的行为满怀厌恶，这与十九世纪功利主义者的立场是一致的。

两人说得正热闹，芭巴拉带着工作人员从募捐大会上回来了。为了这次募捐，芭巴拉费尽心力，甚至让泼赖斯这样的流氓无产者在台上大打悲情牌，谎称自己以前如何打爹骂娘，如何在加入救世军之后思想受到感化，灵魂获得拯救，如今痛改前非，重新做人。但是，她一数募捐款项，距离预定目标还差几个铜子儿。安德谢夫要自己掏钱补上，却被芭巴拉严词拒绝，她认为这位军火商的手上沾满了罪恶的鲜血，他的钱来得不干不净。窝客也从另一处救济所归来，他受到芭巴拉的感化，为此前的暴行颇感歉疚。窝客执意要捐出一英镑，但也被芭巴拉拒绝了，她对窝克说，救世军要的是他的灵魂，别的不要。就在此时，救世军的高级专员贝恩斯夫人（Mrs. Baines）上场了，她一见安德谢夫就向他邀功买好，直言不讳地道出救世军工作的性质，那就是替大资本家政权维稳。她声称要不是救世军的慈善工作提供了缓冲余地，伦敦的穷人在那年冬天就揭竿而起了。正因为救世军这类慈善组织向底层民众施以小恩小惠，才平息了他们对大资产阶级的怨谤，缓解了阶级矛盾。她还兴奋不已地宣布：烧酒大王包杰（Bodger）准备向救世军捐款五千英镑，但包杰有一个条件——另外有人肯出五千。安德谢夫当即答应出这笔钱。芭巴拉坚决反对救世军拿包杰的捐款，因为他的烧酒和连锁酒馆毁掉了很多人的健康和家庭，他一直是救世军抵制的对象。然而，捉襟见肘的财务窘境最终让芭巴拉无话可说，她只能黯然神伤，扯下救世军的徽章，将它别在了安德谢夫的衣服上——军火大亨未能收买芭巴拉少校，却如愿以偿地收买了救世军。就在这混乱的局面中，泼赖斯偷走了窝客准备捐给救世军的那一英镑。芭巴拉想自己出钱弥补窝客的损失，然而窝客不但拒绝了她的好意，还以其人之道还治其人之身，用嘲讽的语气回敬说，他可不愿意被人"收买"。芭巴拉心灰意冷，黯然告别了救世军。安德谢夫和库森斯则留了下来，继续参加鼓乐喧天、热闹非凡的募捐大会。

　　第二天，在薄丽托玛夫人的客厅里，宿酒未醒的库森斯告诉大家，募捐大会取得了空前的成功，安德谢夫在大会上异常兴奋，将乐器吹得震天响。事后，他还和安德谢夫喝了一夜酒，彻底被后者的思想征服了。这时候，安德谢夫来到客厅，当薄丽托玛夫人提出他该给子女追加生活补助时，他痛痛快快地答应了下来，但他坚决不同意由自己的儿子斯蒂文继承军工厂。他坚持遵循家族企业的传统，找一个私生子当接班人。但是，他答应帮助斯蒂文找一个新闻记者的工作；在当时的英国，新闻出版业是上层子弟就业的主要去处。夫妻两人都认为，斯蒂文肯定会成为一名好记者，因为他知道如何使用那些毫无意义的废话。接下来，安德谢夫提醒芭巴拉，该去参观他的工厂了。

一家人怀着沮丧的心情来到他们心中暗无天日的"死亡工厂"，结果眼前的景象让他们目瞪口呆，彻底改变了他们对军工厂的成见。安德谢夫的工厂简直就是人间乐园，它坐落在绿草如茵的山谷中，整洁干净，秩序井然，各项福利设施应有尽有，甚至还有一个以劳工领袖莫里斯命名的教堂。工人福利好，工资高，工作尽心尽力，对安德谢夫感恩戴德。在这个环境优美的工厂园区内，学校、图书馆、舞厅、餐厅、建房互助会及各种合作组织应有尽有。安德谢夫将苦难转移到国外，发了战争财，在这里建立了人间乐园。所有人都被安德谢夫征服了，无不对他刮目相看。薄丽托玛夫人再次提出，应由斯蒂文继承这份遗产，安德谢夫却还是坚持家族传统。薄丽托玛夫人反驳说，芭巴拉一样有继承权。安德谢夫则答复，除非她的丈夫是私生子。说到这里，库森斯突然站了起来，毫无愧色地说他自己就是私生子。薄丽托玛夫人对此大惑不解，因为她曾经向澳大利亚人打听过库森斯的身世，库森斯的父母的确是按照规矩结婚的一对夫妇。库森斯解释说，他父亲在结发之妻去世之后继娶前妻的妹妹，生下了他本人；他们的婚姻在澳大利亚合乎法律，在当时的英国则属于乱伦，因此他在英伦三岛可以算作私生子；另外，库森斯在澳洲长大，没有接受过公学教育，这一点也和英国的弃儿相同。就这样，库森斯成了安德谢夫的继承人，芭巴拉决定为安德谢夫的兵工厂效力，去拯救那些已经解决了生存需求、生活舒适的人们的灵魂。她已折服于安德谢夫的思想：只有解决了人的物质需要，才能解决人的灵魂问题。继承人问题圆满解决，家庭矛盾得到和解，全家戮力齐心经营军工厂，安德谢夫最终获得全胜。

4.1　主题与内在矛盾

《芭巴拉少校》是萧伯纳思想成熟时期的作品，他也着实为这部剧下了一番工夫，创作时间历时六个月之久（Holroyd：vii）。很多人都认为，它是萧伯纳最有原创性也最出色的一部剧作（Bentley: 50），这几乎成为公论。温斯顿·丘吉尔（Winston Churchill）对它的评价更高，在初演20年后依然对它盛赞不已："在这个世界经历了最精彩的20年后，在《芭巴拉少校》中，没有一个人物需要重新刻画，没有哪一句话、没有哪一条见解落伍过时"，他甚至说，这部剧堪称"现代文学的顶峰"（转引自 Hill: 95）。一部强烈批判现实的喜剧居然得到这位政治保守派如此高的评价，个中缘由可堪玩味，恐非艺术价值之一端使然。这部剧弥漫着人们无力改变社会现状的悲观和绝望，间接显示出资本主义的强大生命力和不可替代性，这很可能是丘吉尔心仪此剧、为之击节赞叹的重要原因。

读过萧伯纳大部分剧作的读者会发现，他的创作有一个明显的特征：他不大喜欢写波澜壮阔、意义重大的历史和现实题材，而是"以描写具体的社会问题为主，例如医生、父母和儿女、婚姻、宗教迫害"（West: 142）。《芭巴拉少校》也不例外，它和萧伯纳的另外两部名作《鳏夫的房产》和《华伦夫人的职业》一样，探讨的都是具体的社会经济问题。《芭巴拉少校》与它们的不同之处在于：后两者将贫困归咎于社会，《芭巴拉少校》则暗示，穷人也是有过失的，因为他们太能容忍贫困了（Hill: 92–93）。这里显示出十九世纪的拉马克进化论的影响：根据拉马克的理论，长颈鹿不会努力让自己的脖子变长，除非它感觉自己现在的脖子实在太短了；而只有在个体强烈地要求提高自身的情况下，生活才有可能进步，因此有必要让人意识到提高自我的需要（Wisenthal: 81）。无论贫困是由社会还是个人造成的，它本身就是一种罪恶，这是萧伯纳在剧中力求表现的主题，他在剧本的《前言》中已有明确交代。当然，"贫困即罪恶"的观念倒不是萧伯纳的原创，而是来自他所崇拜的小说家塞缪尔·巴特勒（Samuel Butler）。基督教圣徒保罗有句名言"热爱金钱是万恶之源"，巴特勒的小说《埃里洪》（*Erehwon*）则反其意而为之，将其改为"没钱才是万恶之源"（Hill: 90）。与大多数内容轻松愉快、结局皆大欢喜的喜剧不同，《芭巴拉少校》的结尾充满了忧伤和幻灭色彩，这也是萧伯纳喜剧的一大特色。它表现出一种对未来的绝望情绪：资本主义制度无孔不入，极具腐蚀性，甚至能把慈善事业变成邪恶势力（Watson：15）。例如，救世军被用于维护不合理的社会制度，成为防止底层革命的社会解压阀。资本势力的可怕之处在于，它可以让任何阶层的人俯首帖耳，丧失反抗的意志，从而使"世人皆为资本主义社会中的成员"（West：141）。

稍作思考即可发现，以上所述并非精深见解。如果联系萧伯纳所处时代的社会语境和其他相关文本深入思考，我们就会发现《芭巴拉少校》实际上是一部政治隐喻剧，它暗中预设和回答了十九世纪以来英国思想界和文学界热衷于探讨的一个重大政治问题，即未来的英国应该由谁来统治。安德谢夫军工厂的继承人问题，其实就是英国未来统治阶级的人选问题。

萧伯纳以讽刺、幽默的笔法表现了以薄丽托玛夫人为代表的没落的贵族阶级的褊狭无能，以舍里、窝客为代表的衣食无着的无产阶级的麻木和顺从，和以安德谢夫为代表的睥睨一切的资产阶级的无往而不胜。资产阶级将按照自己的意愿，找到自己中意的接班人，继续掌控政权。除此之外，这种政治隐喻性质还体现在安德谢夫军工厂的管理方式与大英帝国的治理策略之间明显存在着的一种结构上的对应关系。安德谢夫利用悬殊的阶梯工资和工头制故意制造出明显的等级体系，将雇员与资本家的矛盾转移到劳动者的内部，让他们互相猜忌、彼此不和，从而坐收渔人之利。

> 师傅们对学徒就摆架子，呼来喝去；开车的就瞧不起扫地的；技术工人就看不起壮工；工头是连技术工人和壮工一道整，一道欺侮；助理工程师挑工头的毛病；总工程师又让助理工程师日子不好过；车间主任整工头；职员们呢，到星期天就戴上礼帽，拿着赞美诗的经本，绝不和任何人平等往来，好保持他们的社会优越感，结果是庞大的利润，最后都落在我手里。（萧伯纳：283-285）

　　这种挑拨分化的策略既是大英帝国治理英国社会时的常用手法，也是统治海外殖民地时惯用的策略，它与英国在欧洲大陆的外交政策中所奉行的势力均衡（balance of power）一样成为当时的基本国策。正如英国马克思主义者拉尔夫·福克斯（Ralph Fox）在《大英帝国主义的殖民政策》（ *The Colonial Policy of British Imperialism* ）一书中描述的那样，英国殖民者总是在不同教派、不同民族和不同地区之间制造差异，挑拨离间，鼓动冲突，从而将殖民者与被殖民者之间的矛盾转移到被殖民者内部，达到分而治之、坐收渔人之利的目的。

　　在选择继承人的问题上，安德谢夫力排众议，征服了所有对手，最终找到了理想的人选；对于安德谢夫全家而言，这是一个最完美的结局，既没有违背传统，又没有让遗产外流。但是，对于社会主义者萧伯纳和绝大多数观众（读者）而言，无良资本家获胜的结局当然是令人忧伤的，它预示着英国工业资产阶级的统治将持续下去，无产者翻身无望。这在一定程度上反映了萧伯纳本人对社会主义和无产阶级的悲观态度。然而，令安德谢夫和萧伯纳始料未及的是，像库森斯这样的人选其实是不合格的接班人。作为标准的人文知识分子，库森斯有的是哲思，缺的是"狼性"——白手起家的资本家所具有的那种奋发有为、罔顾道德、利润至上的工业主义精神——安德谢夫军工厂三百年来之所以财运不辍，靠的就是历代厂主身上这种自强不息、力争上游的精神，因此像库森斯这样人文知识分子出身的继承人是无法承担英国工业资本主义的历史使命的，十九世纪末以来的英国资本主义发展史已经证实了这一点。因此我们可以说，萧伯纳在无意中写出了英国资本主义当时就已经暗含、后来逐步得到印证的重大危机——工业精神的衰落。

4.2　安德谢夫的原型与形象

　　二十世纪三十年代，英国马克思主义文论的创始人之一福克斯在其代表作《小说与人民》中猛烈抨击现代英国小说，说它们内容狭隘，专注个人琐事而忽视英雄人物，从而丧失了史诗性质。他发现，从十九世纪三十年代开始一直到二十世纪三十年代，英国小说家不再着力描写英雄人物，而是专门刻画日常环境中的普通人。这一时期的小说杰作中，主人公的种种遭遇大都来自作者本人青年时代的人生经验，他们的人生轨迹大致遵循如下套路：先和社会抗争，后被征服，进而幻灭。然而，资本主义时代真正的英雄人物——大科学家和大资本家，却遭到了小说家的严重忽视，他们的形象没有在现代英国小说中得到充分展现。福克斯的说法是有道理的，在现代英国小说中，我们的确看不到西奥多·德莱赛（Theodore Dreiser）小说中气焰熏天的工业大亨，或是巴尔扎克（Honoré de Balzac）笔下炙手可热的金融财阀。按照福克斯的看法，造成这种现象的原因在于英国小说家既不熟悉科学，也不敢揭露黑暗现实。随着英雄人物的消失，小说的史诗性质毁灭了，情节冲突也消失了，取而代之的是主观的挣扎、两性的纠葛或抽象的议论。不过，福克斯没有看到，现代英国小说的这个缺憾在萧伯纳的戏剧中得到了补偿。

　　从安德谢夫身上，我们看到了一个屡战屡胜、"超人式的"大工业家形象：此人崖岸自高，以大众为庸人、奴隶，自命为救世主，企图凌驾于芸芸众生之上。萧伯纳明里引经据典，暗中含蓄影射，把安德谢夫写成了狄奥尼索斯（Dionysus）式能够按照自己的意图改变他人信仰的神祇人物。他不但是一个锐意进取、无比精明的实干家，也是一个目光如炬、精于反思的思想家，他洞悉一切社会奥秘，在政治、经济和宗教方面都有自己的一套理念。这个人物的成功塑造是这部戏剧最出彩的地方，适时填补了现代英国文学中"英雄式"大工业家形象的空白。

　　虽然本剧名为《芭芭拉少校》，但核心人物是安德谢夫，无论是情节展开还是主题深化都是围绕他进行的，相比之下，芭巴拉这个人物的形象反倒很苍白，她的作用也是次要的。萧伯纳原想采用"安德鲁·安德谢夫的职业"这个标题，但"职业"这个词在他的作品标题中已经出现过两次了，一次是《华伦夫人的职业》，另一次是在《卡谢尔·拜伦的职业》这本小说中；为了避免重复，他才用了"芭巴拉少校"这个名字（Ganz: 155; Morgan: 50）。

按照萧伯纳的说法，安德谢夫的形象最初来自他的朋友兼戏剧同行的父亲。此人面相和善，举止文雅，绅士风度十足；而这位慈眉善目、苍髯皓首的老者，居然是一位美国军火商、一家军工厂的老板，专门制造和销售鱼雷与烈性炸药等大杀器，这种反差让萧伯纳吃惊不小（Smith: 134–135）。当然，文学原型的来源从来不是唯一的，在安德谢夫的身上，也时常闪现一些欧洲军火巨头的影子，安德谢夫的一些言论就出自于他们之口。英国威克斯军火公司的销售大王巴希尔·扎哈罗夫（Sir Basil Zaharoff）曾经说过，不管买家是谁，给钱他就卖，为了两边卖军火，他还鼓吹战争；军火商威廉·阿姆斯特朗（William Armstrong）提出了军火商无罪论——杀人的责任在于武器的使用者而非供应者；普鲁士枪炮大王阿尔弗雷德·克虏伯（Alfred Krupp）为工人提供丰厚的工资和各种福利设施，他的工业园区正是安德谢夫的花园式军工厂的原型；还有炸药大王阿尔弗雷德·诺贝尔（Alfred Nobel），他说过一句名言，比起和平会议，他的武器能够更早地结束战争（Holroyd: x）。经过报刊的大肆宣扬，这些人的言论和事迹早已为当时的观众（读者）所耳熟能详，他们在听到安德谢夫那些惊世骇俗的言论时自然心领神会，深知其渊源所自。

"安德鲁·安德谢夫"本是伦敦市内一所教区教堂的名字。早年间，每逢暮春时节，这家教堂就会在塔顶竖起一根五月柱，人们聚集于此，载歌载舞，庆祝五旬节。然而，清教运动兴起后情况大变，五旬节由于带有异教色彩而遭到清教徒的敌视。在一些宗教狂热分子的鼓动下，教堂被拆毁了。因此，"安德谢夫"这个名字就有了这样一层强制他人改变信仰的含义。剧中的安德谢夫就是这样对待芭巴拉的。由于夫妻早早分居,安德谢夫离家二十多年,回来后发现女儿的福音派思想与自己的"金钱教"截然对立,于是便想方设法改变女儿的信仰,一如当年狂热的清教徒(Smith:141)。为了进一步突出这个名字的宗教内涵,萧伯纳还特意给安德谢夫安排了一个名叫拉杂路斯(Lazarus)的合伙人。这家伙始终没有出场,也无助于剧情的发展,似乎是作者信笔闲出、剧中可有可无的人物,但实情并非如此。他的名字来自《圣经·约翰福音》中的同名人物。拉杂路斯是耶稣的朋友,在他病危之时,没能等到耶稣赶到就死掉了,但耶稣断言他一定会复活。几天之后,耶稣施展神迹,让已经下葬的拉杂路斯活了过来。作者借用这个著名的复活典故,暗指安德谢夫让女儿告别过去的自己,放弃旧有的观念,获得思想上的新生(Ganz:156)。

萧伯纳在剧中还多次引用欧里庇得斯(Euripides)的名作《酒神的伴侣》中的台词,有意把安德谢夫比作神祇一样的强势人物,赋予他一种宗教般的力量,让他拥有改变他人信仰的法力,随时准备操控他人的身心。《酒神的伴侣》讲了这样一个故事。酒神狄奥尼索斯来到亡母的家乡忒拜城,宣扬他的教仪,炫耀他的天神身份,结果遭到了忒拜人的嘲笑,他们根本不承认他是宙斯之子。狄奥尼索斯一怒之下让忒拜城的妇女都发了狂,她们成群结队地逃到城外,载歌载舞,狂欢滥饮,放纵情欲。国王彭透斯(Pentheus)闻讯大怒,急欲制止这些伤风败俗的行为,并将狄奥尼索斯绳之以法。狄奥尼索斯施行法术,让彭透斯的母亲和其他忒拜妇女们陷入迷幻之境。当彭透斯站在树上窥视她们的教仪之时,她们误认为他是野兽,于是一拥而上,扯碎了他的躯体。直到后来头脑清醒之后,这位一度发狂的太后才恍然大悟,终于明白自己因为不敬神而遭此厄运和惨祸(Smith:139–140)。在《芭巴拉少校》中,安德谢夫又化身为狄奥尼索斯,推翻了女儿原有的信仰,让她站到军火商这一边(143)。作者藉此暗示,这位当代的狄奥尼索斯、信奉个人主义的大资本家占有欲极为强烈，不达目的绝不罢休。这位不可一世的安德谢夫体现了十九世纪英国资本主义的主导意识形态——功利主义精神，尤其是边沁主导的早期功利主义[1]。

与汲汲于改革旧有的法律、道德和经济制度的边沁一样，安德谢夫也看出了英国社会思想的滞后性，力求革除老旧过时的东西。当然，他要求改造的绝不是现有的经济基础，而是上层建筑。

> 今天，凡是过了时的蒸汽机、发电机都可以报废；可就是那些老掉牙的偏见、道德规范、政治体制绝不肯报废。结果呢？机器生产方面我们很出色；但是在道德、宗教、政治方面，我们节节败退，越来越接近破产了。不要再坚持这种荒唐的做法了，既然你旧的信仰昨天垮台了，那么为明天找个新的、更好的信仰就是了。（萧伯纳：333）

显而易见，他特别要求革除的是当时基督教所宣扬的自我牺牲的伦理。这种道德观认为，穷人之所以贫困无助是上帝的意志，他们应当安于贫困并以之为美德。与此针锋相对，安德谢夫提出贫困才是最大的罪恶。在蔑视基督教方面，他与无神论者边沁如出一辙，而他以贫困为罪恶的思想命题与边沁主义的标配——快乐优先论——是一致的。既然贫困带来的是巨大的痛苦，那它就不应成为人的行为准则。

> （贫穷是）最坏的罪恶。别的罪恶和贫穷相比，都是美德；别的耻辱和贫穷相比，都是光荣。贫穷污染了整个城市，贫穷散布着令人毛骨悚然的瘟疫，无论是谁接触到贫穷，看到它，听到它，闻到它，马上就会心灰意冷。你们平常说的犯罪算什么……这不过是生活当中出了岔子，出了毛病。在整个伦敦你也找不出五十个真正的专业罪

1　关于边沁式功利主义的核心内容，参考"新历史主义视角下的《艰难时世》"中的第二节。

犯。但是伦敦有几百万穷人，几百万走投无路的、遢遢肮脏的、缺衣少吃的穷人。他们从精神上到物质上毒害我们，他们扼杀了社会上的幸福，他们逼得我们放弃我们自己的自由，逼得我们组织各种违反天性的残忍手段，因为我们怕他们起来造我们的反，把我们也拖到他们的赤贫的绝境里去。（萧伯纳：337）

既然贫困是最大的罪恶，给社会造成了极大的危害，那么，个人就有理由采取任何手段去摆脱它，哪怕为此盗窃和杀人也在所不惜。

我对贫穷和饥饿比谁都关心，你们那些道德家对这两样都毫不关心；不但如此，他们把这两样都吹捧成美德。我宁愿当小偷也不当乞丐，我宁愿杀人也不当奴隶，两者我都不愿意当；可是，老天在上，你要是逼我非选一样不可，那我就还是选更勇敢、更道德的一个。我痛恨贫穷和奴役，比什么罪恶都恨。（343）

这种个人利益至上、不为良心留下一丝空间的理念是符合边沁的利己主义伦理学的。安德谢夫不折不扣地践行了边沁伦理学的人性论：自私自利是人类行为的唯一动机。另外，这段话也显示出与边沁主义相关的其他内容，例如维多利亚时代盛行的丛林法则和中产阶级最为推崇的自助精神。

从安德谢夫和库森斯的对话中，可以看出这个家族企业历代掌门人那种不问是非、唯利是图的极端功利主义思想，他们为追逐利润而不择手段，摈弃传统宗教、无视社会道德、毫不掩饰自私自利的动机。

无论什么人，只要价钱公道，你就必须把军火卖给他，不管他是谁，信奉什么主义，贵族还是平民，虚无党还是沙皇，资本家还是社会主义者，基督教还是天主教，强盗还是警察，黑人、白人还是黄种

人，不管他们品质和处境如何，是什么国籍、信仰、主张，干了什么
荒唐事，犯了什么罪行。（萧伯纳：323-325）

至于基督教所宣扬的道德，在安德谢夫看来绝对是发家致富的障碍，
他信奉的是自由资本主义时代残酷的丛林法则。

> 我当年就是东城的贫民。我当年就是满脑子仁义道德，肚子里空
> 空如也，一直到有一天我赌咒发誓，不管付出什么代价，我一定要做
> 一个肚子吃得饱饱的自由人——除非是一颗子弹，不然，什么理论，
> 什么道德，什么别人的生活，都休想拦住我。我说："与其我饿死，
> 不如你饿死"；就凭这一句话，我成了自由的人，伟大的人。（341）

在这个典型的十九世纪的资产阶级人物身上（虽然故事发生在1905
年），还体现出当时这类人物的思想标配，也就是他们最为推崇的个人主
义自助精神："没有拿定这个主意以前，我是个危险的人物，现在呢，我
成了个有用的人，行善的人，可亲的人。我想，所有靠自己发财的百万富
翁的经历大概都差不多，如果每一个英国人都有这样一番经历，那英国就
成一个可以安居乐业的地方了"（341-343）。严格说来，这位安德谢夫虽
然出身底层，但并非完全靠自己打拼而获得成功，他的家业主要是继承而
来的；但他依然自居为白手起家之人，并把个人奋斗精神当作国家繁荣的
必要条件，这是典型的边沁式功利主义理念。

安德谢夫的社会理念是庸俗粗糙的，有着金钱万能论色彩：他认为如
果一个人能够摆脱贫困，他就算得救了；解决了贫困问题，就解决了一切
问题。正是基于这种理念，他改善了工作环境，提高了工人待遇，将工人
彻底纳入资产阶级意识形态体系，消除了一切反抗的潜能。

> 我不靠花言巧语，不靠什么梦想；我靠的是每星期三十八先令的

收入，让他在一条体面的街道上住上一所结结实实的房子，还有个终身的职业。到了我这儿三个星期，他就要买一件时髦的背心，三个月以后，他就要买一项礼帽，在教堂里买下固定的座位，用不了一年，他就会在一个高级场合跟某一位公爵夫人握手，而且成为保守党的党员。（萧伯纳：339）

他没有看到，除了物质改善之外，人还需要别的东西（Wisenthal：85），在这方面，他与边沁一样，专注于人的肉体舒适和物质需要，而忽略了人的情感需要和精神需求。

正如边沁主义是上升时期的资产阶级意识形态，安德谢夫体现了上升时期工业资产阶级的精神风貌和社会人格。不过，当英国工业资本主义在十九世纪中期达到顶峰之后，安德谢夫所代表的工业精神和功利主义开始遭到猛烈的攻击和质疑，阿诺德就是其中最典型的批判者。

4.3　英国社会各阶级分析

自从十七世纪光荣革命（Glorious Revolution）以来，英国一直处在土地贵族和工商业资产阶级联手共治的状态之中，前者居于绝对的主导地位，后者则甘居附庸地位，惟前者马首是瞻。但是，随着资本主义的发展，双方的实力对比发生了变化。1832年，英国国会通过《改良法案》（Reform Act 1832），重新划分选区，土地贵族在国会中的势力骤然下降，大批代表工商业资产阶级利益的政客进入下议院。在他们的主导下，议会制定并通过了各项改革措施，工商业资产阶级开始真正执掌政权；相形之下，土地贵族的政治影响力日渐式微。随着英国资本主义的高速发展，资产阶级执政带来的各种弊端也日渐凸显：残酷的经济剥削，严重的贫富分化，举国上下交相争利的市侩风气以及社会矛盾的日趋激化。资产阶级统治因此遭到了严重质疑，那么，未来最适合统治英国的将是哪一个阶级？莱昂内尔·特里林（Lionel Trilling）曾经指出，无论是狄更斯以来直到E.M. 福斯特（E. M. Forster）的英国小说家，还是十九世纪和二十世纪的文化批评家，都经常在他们的著作中探讨这个问题。文化批评家阿诺德还专门著书探讨这一问题。

在出版于十九世纪六十年代的《文化与无政府状态》一书中，阿诺德分析了英国社会各阶级的特性，对英国未来统治阶级的人选这一问题给出了一个颇具人文主义色彩的答案。在阿诺德看来，自十八世纪以降，英国贵族的社会影响力开始下降。他们失去了前辈贵族的诸多美德，对文化和思想兴味索然，无心亦无力担当整治社会的重任，转而重视仪表的修饰，好田猎，尚武力，很像欧洲古代的蛮族，所以阿诺德称其为"野蛮人"（barbarians）。而英国的中产阶级（资产阶级）因长期受到清教思想（希伯来精神）的影响，以务实、克制、节欲为生活原则，为人行事循规蹈矩，缺乏自主意识，重视工作胜过重视思想；到了十九世纪，他们更是崇尚实利，一心赚钱，对于知识和美毫无热爱之情，因此阿诺德说他们是"市侩"（philistines）。而对于平民（工人阶级），阿诺德表现出相当矛盾的态度，有时认为他们粗野无文、面目可憎，有时又认为他们比上述两个阶级更有同情心，但总的说来，他们属于"劣等阶级"，只是一伙"群氓"（populace）而已。虽说工人阶级欠缺文化资质，无法领会文化的精髓，但是对于工人阶级还得利用文化加以调教，培养其理性和良知，只有这样，工人阶级才能获取知识和真理，在此基础上迈向完美。

既然以上三个阶级都有一定的缺陷，无力领导国家，那么又有谁能肩负这一重任？按照阿诺德的说法，尽管贵族、资产阶级和工人阶级内部的大部分人都有这个阶级固有的缺陷，但是，他们当中还是有少数"异己分子"（aliens）没有受到那些坏思想、坏习惯的污染。他们充满人性，热衷于追求人类的完善。这些人来自各个阶级，同时又游离于各个阶级之外。他们拥有最佳自我（best self），有着超越阶级利益的理性，胸藏良知，可以利用教育、诗歌以及文学批评等手段感化世人，唤醒理性和良知。阿诺德对这些异己分子寄予厚望，希望他们对20年后的英国政治产生重大影响。这些异己分子实际上就是人文知识分子，他们所担当的社会角色类似于柏拉图理想国中的哲学家，柯尔律治所说的知识阶层（clerisy），与阿诺德同时代的卡莱尔笔下的精神贵族（spiritual aristocracy）。阿诺德的答案当然有虚妄不实的一面，他过度夸大了人文主义和知识分子的社会引导功能，但是，英国人文知识分子在十九世纪末的政治和社会生活中的确发挥了一定的作用，这也是不容否认的。因此，阿诺德的看法有一定的前瞻性。

其实，在阿诺德等人之后，还有一位文学大家有意或无意地触及了这个问题，只不过他的行文非常隐晦，不易为人觉察，甚至他本人可能都没有意识到。更有意思的是，他提供的答案也与阿诺德高度相似，此人便是萧伯纳。在《芭巴拉少校》这部政治隐喻剧中，他讽刺了贵族阶级的没落和无能，批评底层阶级麻木不仁、安于贫困，最后安排希腊文教授库森斯——一个典型的人文知识分子——成为安德谢夫的事业继承人。凡此种种，无不显示出萧伯纳在这个问题上与阿诺德遥相呼应，尽管萧伯纳本人可能都没有意识到这一点。

4.3.1 英国贵族阶级的没落

和亨利·菲尔丁（Henry Fielding）、狄更斯等前辈一样，萧伯纳在给人物命名时也喜欢别出心裁，使其暗含褒贬。《芭巴拉少校》中，薄丽托玛夫人的名字就带有强烈的影射和讽刺意味。一般认为这个名字出自埃德蒙·斯宾塞（Edmund Spenser）的史诗《仙后》，诗中这位神话人物是英格兰的伟大母亲，剧中萧伯纳用它来代表英国。这种说法不无道理，薄丽托玛夫人的言谈举止恰恰体现出英国最有代表性的社会群体——贵族阶级——的典型特征。当然，我们也可以从另一个角度理解这个名字和它的内涵：这个名字相当于brit、to和mart这三个词的合写，字面意义为"走向市场（化）的英国"。因此我们也可以说，萧伯纳用它来暗指1688年光荣革命以来英国独特的资本主义发展道路——土地贵族的市场化，也就是说，土地贵族与资产阶级互相渗透，形成了稳固的政治联盟，而薄丽托玛夫人与安德谢夫的婚姻就是这一历史过程具体而微的体现。

在第一幕当中，薄丽托玛夫人对儿子说："怎么，你总不会以为你外公还有钱给我吧？我们斯蒂文乃支家族也不能对你有求必应啊。我们提供的是社会地位。安德鲁总也得做点贡献吧。照我看，他在这笔交易当中一点也没有吃亏"（萧伯纳：35）。这位精明的当事人心里很清楚，他们的这场婚姻就是贵族世家的门第和资产阶级的财势的对等交易；而她之所以降尊纡贵、甘心下嫁自己所鄙夷的资产阶级，无关于感情上的依恋，而是家道衰微所致，正如她对儿子所说的那样："你很清楚我父亲多么穷；他现在一年的收入将将才七千镑，说实话，要不是他还有斯蒂文乃支伯爵的头衔，他连社交活动都没办法参加了"（17）。斯蒂文乃支家族的没落是十九世纪中叶之后英国贵族阶级失势的缩影。贵族不但失去了政治统治权，还失去经济支配地位，繁华已去，内囊渐空，只好依靠空洞无物的门第意识为自己撑腰打气。

作为资产阶级化的贵族，薄丽托玛夫人既有旧式土地贵族傲慢、武断的癖性，也有新式资产阶级坦诚、随意的习性。萧伯纳在介绍这个人物的时候采取了欲抑先扬、陡然下降的手法，不动声色地挖苦讥诮："她穿着讲究，但又好像对服装并不在意，很有教养，但又似乎对教养毫不在乎，她很懂礼貌，但对和她交往的人又坦率得吓人，毫不尊重别人的意见，叫人下不来台。她态度和蔼，但同时又主观、武断，固执己见到令人难以承受的地步"（3）。这个满脑子贵族阶级门第意识的人物，很喜欢拿资产阶级的主导意识形态——自由主义——来自我标榜："至于她在图书室里的藏书，墙上挂的画，存放的乐谱，报纸上的文章，这些都是很开明、自由派的"（5）。为了凸显她自由派贵族的政治倾向，剧中还特意提到她在书房中摆放了一本《演说家》（*The Speaker*），这是当年有名的自由派杂志，当时的观众不难领会其中暗含的反讽意味。

不过，总的说来，在她的身上旧式贵族的做派要远远多于新式资产阶级的习性。她极为推崇贵族惯有的心闲气定、处变不惊的风度："斯蒂文，只有那些没出息的中产阶级才这样，他们一旦发现世界上的确有恶人，就吓得六神无主，一句话也说不出来。在我们这个阶级，我们必须决定怎么处理这些恶人；我们不能叫任何事影响我们的冷静沉着"（萧伯纳：23）。这种镇定自若的做事风格，往好了说叫做老成持重，往坏了说就是迂重迟缓，它已经落伍于个体主义盛行、经济竞争激烈的现代社会。这种举重若轻、优哉游哉的做派是养尊处优的贵族生活的产物。长期浸淫其中的贵族子弟往往不谙世事、眼界狭窄，但因血统尊贵又自视甚高、看轻世事，不了解创业之艰难、守成之不易；这种缺陷非常明显地体现在薄丽托玛夫人身上，也正因为这个缺陷，她坚决反对安德谢夫在家族成员之外遴选继承人："当初这种做法也可能还有点道理，那时候的安德谢夫只能找到他们本阶级的女人，那些女人生的儿子没有资格管理这么大的产业。可是现在没有任何借口不考虑我的儿子"（27–29）。当他们的儿子表示自己并无经营才能之时，遭到她一顿训斥："你可以雇一个经理，给他工资就是了，容易得很"（29）。在剧本的开头，萧伯纳讥笑她说："在她眼里整个宇宙不过就是威尔顿新月街的一所大房子"（5）。这种讥笑是有道理的。

他们夫妻两人长期分居，不仅因为双方在遗产继承问题上有分歧，还因为双方的价值观相互矛盾。安德谢夫是高度务实的生意人，不尚虚文，一心谋利——他就是阿诺德所看不起的"市侩"。但他有一个极大的优点——为人坦诚，他从不掩饰自己好利忘义的商人本色。薄丽托玛夫人并非不好利，在第三幕中，她对军工厂里的豪华设施垂涎三尺，可见她也是贪婪之辈，但她总想用贵族式的虚伪道德掩饰资产阶级利益至上的各种行径，换句话说，她想让安德谢夫当伪君子，而安德谢夫偏要当真小人。

本来嘛，有些人尽管干的是不道德的事，可是只要他们宣扬道

德，也就是承认自己干的是错事，大家也就无所谓嘛。我呢，正因为
安德鲁嘴里宣扬的是不道德的事，而他干的又是道德的事，所以我不
能原谅他。要是他一直呆在家里，你们长大成人后，一定是毫无原
则，根本不明白什么是对的，什么是错的。(萧伯纳：31)

　　对于安德谢夫的唯利是图(她所谓"道德的事")，她高度认同；她唯
一反对的是安德谢夫将它们公之于众，从而"误导子女"。这种冲突本质
上是虚伪、繁缛、雅致的贵族阶级价值观和坦率、务实、粗俗的资产阶级
价值观之间的矛盾。

　　长子斯蒂文是才具平庸的青年贵胄，既无作恶之能，也无行善之心。
在强势母亲的管教之下，性格有些懦弱，缺乏主见，对于自己的前程一片
茫然，毫无规划。这是一个多少有些厌世情绪的人物，对什么职业都不太
上心，用他自己的话说，无论在能力上还是气质上，他都与文艺无缘，对
于哲学也没有一试身手的野心，从事律师行业又感觉太庸俗，当然，他也
不屑于当演员(267)。正如多数贵族子弟那样，他极度鄙视工商业，对于
军火生意更是深恶痛绝(265)，虽说母亲一再撺掇他子承父业，但他向安
德谢夫坦承：他对工商业既无才能，也没有兴趣，他打算走当时大多数贵
胄子弟的必由之路——从政(261)。而安德谢夫对这个选择充满了鄙夷：
"他自己选择的职业恰如其分。他什么都不知道；他又认为他什么都知道，
这显然是干政治的好材料。推荐他去给某位大人物去当私人秘书，只要这
位大人物能保他当上个次长，你就再也不必为他操心了，他最后一定能自
自然然地、稳稳当当地当上财政部长"(271)。一方面，安德谢夫批评贵
族政客不了解社会实务，无能透顶；另一方面，他也反感贵族政治中固有
的裙带关系。安德谢夫毕竟是在资产阶级自助精神熏陶下成长起来的，正
如他后来所说的那样，他真正欣赏的是个体主义的自我奋斗精神。由于缺
乏这种白手起家的精神和必要的社会历练，斯蒂文不可能成为合格的继承
人："他可能学会写字间的那套例行公事，可还是不懂怎么办企业，就像

那些家族的儿子一样；企业呢，开头就靠老习惯维持着，直到有一天，真正的安德谢夫出世了——多半是个德国人，或是意大利人——发明一套新办法，就把他挤垮了呗"（萧伯纳：253）。

正如其名字Lowmax（意为"最低"）所暗示的那样，安德谢夫未来的女婿洛玛克斯可谓百无一用。他为人处世缺乏原则，凡事都喜欢瞎掺和，属于活宝型人物。虽说家族境况不佳，但他满脑子贵族意识，讲究排场，看重身份。当安德谢夫开来一辆没上漆的新汽车带他们去军工厂参观，洛马克斯"想起要坐在不上漆的汽车上经过威尔顿新月街，不禁一惊"（279），于是，他匆匆忙忙地将库森斯打发到汽车上，自己急忙去马车上占位置了。在这里，工业资产阶级不拘小节、看重实效的人格特征与没落贵族子弟繁文缛节、注重形象的阶级癖性形成了鲜明对比。

"芭巴拉"这个名字来自于中世纪传说中的著名圣徒，她的故事有两个版本，内容大致相同：一位名字叫做芭巴拉的年轻美女生长在一个信奉异教的富人家庭。她父亲外出之前将她禁锢在家中，不许交接外人，但在此期间，她却偷偷地信奉了基督教。父亲回家后发现了这个秘密，劝她放弃信仰，回归异教，但她坚决不同意。父亲一怒之下砍了她的头。但他最终遭到天谴，被雷电劈死（Smith：136）。

《芭巴拉少校》的这位女主人公也是出身富室的美女，她的父亲信奉"金钱教"。安德谢夫不在家期间，她开始信奉基督教中的福音派，安德谢夫回家后，发现她有了新的信仰，就试图让她改信"金钱教"，只不过他并没有用砍头的办法，而是采取了"诛心"之策——金钱收买（137）。他不但没有遭到天谴，反而大获全胜：既成功地让女儿皈依了自己笃信的宗教，又在家族内部找到了继承人。萧伯纳把悲惨的圣徒传说应用于现代，赋予它一个大团圆式的结局，让经济因素战胜了宗教因素（138）。

芭巴拉颇有乃母之风，有一种临乱不惧、镇定自若的"贵族"风范。她之所以能够镇住前来闹事的流氓无产者窝客，一方面靠的是贵族门第给她带来的光环——"少校可是斯蒂文乃支伯爵的外孙女"（萧伯纳：121），另一方面，她那种高高在上的气势也足以压倒窝客的气焰（Wisenthal：80-81）。

芭巴拉虽然在物质条件优渥的贵族资产阶级家庭中长大，心中却充满了宗教理想主义，一心想改良社会，扶危救困，拯救世人的灵魂，但是她对经济和政治现实了解不多，也不够深刻（McCollom：38）。从老密和势利眼的对话中可以看出，她对救世军本质的认识以及对阶级社会的了解，远远不如这两位接受她救助的下层人士（40）。在强大的资本势力面前，这位贵族理想主义者除了低头认输之外别无出路。

> 我在救世军里有过一段幸福的日子，我逃避了现实世界，找到了一个充满热情、祈祷、挽救灵魂的乐园。可是一旦钱用光了，我们还是得回来找包杰；最后还得靠他来搭救我们的人，靠他，还有黑暗王国的君主，我的父亲。安德谢夫和包杰，他们的手伸得可长呢，我们要是想给一个饿得要死的人弄点吃的，那只能是他们的面包，因为没有别的面包；我们要照料病人，只能是在他们捐钱建立的医院；如果我们不愿意在他们造的教堂里祈祷，那就只好在大街上跪下，可是那大街上的路面也是他们修的。只要这种情形不变，我们就永远摆不脱他们，弃绝安德谢夫和包杰就是弃绝生活。（萧伯纳：371-373）

4.3.2 不合格的接班人

库森斯这个人物的名字也是作者悉心设计的（McCollom：38）。他的全名是Adolphus Cusins，adolphus意为"高贵的狼"，cusins源自cousin（表兄弟）一词，在剧中有戏谑之意。为了继承安德谢夫的军工厂，他向众人透露了一个大秘密：他本人是私生子，因为他母亲是他父亲已故妻子的妹妹，这桩婚姻在英国是不合法的。因此薄丽托玛夫人讽刺说，他使自己成为自己的表弟。

萧伯纳是这样描述他的性格的：这位年轻的学者"身体瘦弱，头发稀疏，说话婉转动听。他的幽默感不比洛玛克斯差，但是要复杂得多，更有书卷气，也更含蓄，其中夹杂着暴躁的脾气……他一生都被这两种倾向所折磨。一方面，他生性善良，有高尚的道德心；另一方面却有不近人情嘲弄人的冲动和烟熏火燎的急躁劲儿"（萧伯纳：43）。显而易见，"生性善良，有高尚的道德心"属于反话正说，是在讽刺这位机会主义者。但他的后一种性格倾向——"不近人情嘲弄人的冲动和烟熏火燎的急躁劲儿"——就有些让人费解，需要仔细分析文本中的一些暗示，再结合当时的历史背景，才能给予比较合理的解释。这种急躁的性格倾向透露出，他心中总有一种挥之不去的焦虑。这种焦虑很可能与他的出身有关。按照剧中交代，他父母是英国人，后来移民澳大利亚，他也在那里出生、长大、接受教育。在当时的英国人眼中，澳大利亚是流放犯人的地方，流放到那里的英国人永远不得回国，回国即是死路一条，就像狄更斯小说《远大前程》中的马格维奇（Magwitch）那样。因此在英国本土人士看来，澳大利亚的英国人是二等公民，身在伦敦的库森斯对此也心知肚明。而他此时又急于跻身上层社会，这种出身让他无法释怀，为之惴惴不安，焦虑之感油然而生。他追求芭巴拉固然有情爱的因素，但也不排除他怀有借此晋身上层社会的动机。

库森斯自称"宗教的收集者"，说自己信奉所有的宗教，萧伯纳以此来暗示他是一个没有原则的机会主义者，他加入救世军就是为了追求芭巴拉。他之所以能得到薄丽托玛夫人的接纳，是因为他具有丰富的象征资本——希腊文教授身份；用薄丽托玛夫人的话说，"说到底，谁也不能看不起希腊文"（15）。文艺复兴之后的西欧社会一直自居为希腊—罗马文化的嫡派子孙；在十九世纪的英国，上流社会对古希腊文化推崇备至，近乎病态。为统治阶级培养后备力量的牛津和剑桥对古典语言的重视程度远远超过母语，古希腊语和拉丁语是常设课程，而英国语言文学直到十九世纪末才正式成为一门独立的学科。崇拜希腊文化本质上就是膜拜上层阶级文化，精通希腊文化有光大门楣和强化阶级区隔的功效，而这正是薄丽托玛夫人之类的没落贵族为了自我证明而急需的东西。

当然，最重要的问题是，库森斯能否成为工业资产阶级合格的接班人？对于这个问题，剧中没有直接回答。但是，根据剧末所描述的库森斯无比欢快的种种畅想，我们可以感受到萧伯纳默认他是合格的接班人，这也符合萧伯纳喜剧的特点：它们总有一个令人忧伤的结尾。不过，如果仔细推敲安德谢夫和薄丽托玛夫人先前的一段对话，我们就会发现，库森斯其实并不是合适的继承人，安德谢夫之所以指定他当接班人，完全是出于不得已。

> 我要的是一个既没有社会关系，也没有受过教育的人，换句话说，如果他不是个强人，他就根本不可能参加竞争。可是这样的人我一个也找不到，现在的那些私生子，刚生下来就叫慈善机关、教育当局、监护人协会之类的组织抢走了；只要他表现出一点点才能，那些中小学校长就要抓住不放；然后就要像训练赛马似地训练他去赢得奖学金；往他们脑子里灌输各种二手货的思想；用纪律和反复的操练叫他们温顺，叫他们文雅；结果这些孩子成了精神上的残废，最后只能去教书。你要是真想叫兵工厂不脱离我们的家族，那你最好找一个符合条件的私生子，叫芭巴拉嫁给他。(萧伯纳：257–259)

由此可见，安德谢夫选中库森斯完全是形势所迫：一方面，他得承受妻子施加的压力，另一方面，社会的变化让他找不到符合标准的私生子。因此，他选择库森斯实际上是打了一个擦边球，这种做法只是在形式上遵守了安德谢夫家族所崇尚的工业主义传统，实际上却严重违背了这个传统。

名扬欧洲的安德谢夫军工厂创始于英国资本主义萌芽时期，原本是一家制造盔甲的小作坊，后来经过数代工厂主的苦心经营，成就了今日的辉煌。它成功的最大秘诀就是，既不搞家族世袭制，也不搞职业经理人制度，而是采取选贤任能制度。每一代安德谢夫都从社会底层寻找一个饱尝生活艰辛的私生子，悉心培养，最终让他继承家业。安德谢夫看中的当然不是这个人的私生子身份，他想要的是这个社会弃儿屡经磨难而养成的那种坚韧不拔的奋斗精神。这样一来，每一代安德谢夫都能保有创业者身上才有的拼搏精神，也就是上升时期的大工业家特有的那种力争上游、奋发有为的思想风貌。然而，与历代安德谢夫不同的是，库森斯出生于中产阶级家庭，只是由于英国本土和澳洲法律界定的不同才算作私生子，其实是徒具私生子的名义而已。事实上，他的成长和教育经历完全是中产阶级式的，他并没有像真正的私生子——历代安德谢夫——那样经历过艰苦的社会磨炼。按照他的自述，他在评教授的过程中也干过不光彩的事情，从他和安德谢夫讨价还价的过程中也可以看出他精于算计的一面。但是，这点心机和狡诈与安德谢夫所需要的"狼性"精神相比还是相差甚远。另外，从剧中也可以看出，与芭巴拉一样，他对救世军和社会本质的认识程度还不如泼赖斯这样的流氓无产者，就此而言，他并不是一个合格的接班人。

由此可见，萧伯纳在描写安德谢夫在商业上的成功的同时，还有意或无意地写出了他后继无人的困境，这也是曾经勇往直前、傲视一切的英国工业资产阶级在十九世纪后半叶所处的历史境遇的真实写照，真实地反映了英国资本主义在鼎盛过后工业精神日渐衰退的历史趋势。在《英国文化与工业精神的衰落：1850—1980》一书中，美国学者威纳从英国的社会文化和独特的资本主义道路入手，有效地解释了英国工业资本主义逐渐走向衰落的前因后果，让我们充分理解了安德谢夫的无奈之举。

4.4　英国工业资本主义衰落的文化起因说

在威纳看来，二十世纪英国工业资本主义的衰落，既不在于经济问题，也不在于政治问题，而在于十九世纪中期之后出现的一股强劲的反工业的社会文化。具体来说，英国资本主义在十九世纪中期达到顶峰之后，英国社会对工业的反对声压倒了赞美声，工业资本家开始推崇保守的土地贵族的价值观：敌视工业、反对逐利、美化乡村、推重传统。这类观念左右了公共舆论，逐渐成为社会共识，延及各个阶层，在整个社会营造出异常保守的文化氛围，从而扼杀了崇尚竞争、重利轻义、热衷发明、注重效率的工业主义，导致二十世纪英国工业落后于其他核心资本主义国家。

英国是现代资本主义的发源地，最早实现了工业化，本应是反封建主义最彻底的国家。然而，英国工业资产阶级却一反常理，痴迷于土地贵族的价值观而不能自拔，原因何在？对这个问题的解答是全书最重要的论证环节，也是支撑其核心观点的理论基础。

威纳将这种诡异的现象归因于英国独有的现代化进程：与欧洲其他资本主义大国不同的是，英国是通过和平妥协而非暴力革命走上现代资本主义道路的。经过1832年议会改革以及1846年废除《谷物法》，土地贵族心甘情愿地向工业资产阶级交出了政治经济统治权，工业资产阶级则心悦诚服地臣服于土地贵族的文化领导权（价值观），并按照后者的形象精心地打扮自己：精神上追求优雅品位，生活上讲究排场阔气；出入政界，热衷仕宦；漠视生产发明，鄙视利润争逐。

如果说发掘出英国文化的保守特质并解释其社会成因是威纳著作的理论基础，那么，展示英国各阶层、各领域对工业主义的批判态度，则是威纳本书论证的思想框架。在威纳所考察的社会群体当中，自由职业阶层是反工业文化最有力的传播者。这个阶层兴起于维多利亚时代，包括律师、医生、公务员、新闻记者、教授和文学家，他们中的头面人物与资产阶级一道成为统治集团的主力。这些人大多毕业于贵族子弟云集的著名公学和名牌大学，在耳濡目染之下欣然接受了贵族式的世界观和人生观。他们对社会舆论和世俗文化的影响举足轻重，在他们的影响下，整个社会对工业充满敌意。

这些人的价值观受到维多利亚时代的精英教育制度的影响。为上流社会教育子弟的公学志在培养文雅绅士，重视人文学科的教学，尤其推崇希腊罗马古典语言文学教育，而轻视实用技能训练，甚至不开设自然科学课程。社会中下层子弟就学的文法学校也如法炮制，只有更低层次的学校才讲授自然科学。这种制度设计使学生早早地绝缘于英国资本主义的立国基础——科技与商业。

上流社会子弟云集的精英式大学也是如此。维多利亚时代晚期，牛津和剑桥的校园文化颂扬人文教养，培养风度仪表，却歧视商业、丑化工业。这不仅让贵族乡绅子弟与工商业脱节，也让资本家子弟远离父辈的职业，从而造成工商业人才的大量流失。即便其中一些人不得不涉足工商业，总体也是持重迂缓、温文尔雅的绅士做派；因此，在工商业界，勤奋工作、追逐利润以及勇于探索的精神呈逐代消退之势。

当时社会舆论界的领袖人物安东尼·特罗洛普（Anthony Trollope）、阿诺德、拉斯金以及约翰·斯图亚特·穆勒（John Stuart Mill），虽然政见不同，立场各异，但他们对工业主义的批判却相当一致，在他们笔下，资本家已固化为目光狭隘、唯利是图、凶暴残忍的形象。同时代的欧洲大陆和美国也有工业主义的批评者，但相比之下，这些英国批评家的社会影响更加广泛、深入和持久，直到二十世纪，他们的历史回响还清晰可闻。

在文艺界，十九世纪末盛行的乡村文学和古建筑保护运动也起到了推波助澜的作用。层出不穷的乡村小说、诗歌和散文，在赞美田野村俗的背后，往往隐含着对往昔"美好英格兰"（merry England）的怀念以及对工业社会的深切忧虑。在建筑领域，中世纪哥特风格的复兴和古英格兰风尚的兴起，吸引了建筑师、艺术家、自由职业者还有贵族；这些政治理念迥异的人士在这里非常罕见地形成了历史大联合。

在学术界，从阿诺德·约瑟夫·汤因比（Arnold Joseph Toynbee）到乔治·麦考利·特里维廉（George Macaulay Trevelyan），许多历史学家都对工业资本主义抱有敌意，进而质疑科技进步和经济增长。他们的理由很简单：工业革命消灭了乡村社会，毁掉了自然的生活方式，破坏了田园美景。即便是经济学家，也普遍怀疑物质进步。牛津剑桥出身的大牌经济学家们从骨子里看不起工商业，从约翰·斯图亚特·穆勒[1]到凯恩斯，无不敌视求财逐利的社会风气。在他们的影响下，后来的主流经济学家也普遍轻视生产扩张、反对追求利润。

二十世纪的英国政府首脑，无论是出身工厂主还是土地贵族，无论是属于保守党阵营还是工党阵营，从斯坦利·鲍德温（Sir Stanley Baldwin）、罗伯特·安东尼·艾登（Robert Anthony Eden）到詹姆士·拉姆齐·麦克唐纳（James Ramsay MacDonald）等人，都由衷地崇敬传统，追念乡村。在他们的心中，理想的英国不应该属于工业与城市，而应属于乡绅与农夫。因此，回避冲突、轻视实利成为政府的行动宗旨。第一次世界大战之后，视工业为必要之邪恶、视革新竞争为不光彩的理念渗透到政府和政治之中。二战之后，执政多年的保守党集团与工业界领袖鲜有接触。

就连政治左翼也受到这种乡村神话的影响，虽然影响要微弱得多。英国社会主义先驱莫里斯和罗伯特·布拉奇福德（Robert Blatchford）四处散布反工业的言论，痛斥工业主义的贪婪残酷。费边社成员也鄙视追求物质富裕。工党政治家的社会思想大多受到卡莱尔、狄更斯特别是拉斯金的影响和塑造，他们抨击经济拜物的思路、编造乡村神话的手法与保守党人并无二致。

在这种氛围之下，工业家得不到社会的尊重，他们一心想摆脱工商业的圈子，跻身于乡绅行列。工商业人才大量流失，公司管理官僚化，进取精神逐渐消沉，企业丧失竞争力，英国工业的没落也就势所必然了。

威纳这番全面、透彻的历史和文化分析，足以解释安德谢夫后继无人的社会原因，也让我们看清了文本中暗含的巨大矛盾。貌似取得最终胜利

1　为与詹姆士·穆勒区分，书中约翰·斯图亚特·穆勒和詹姆士·穆勒均保留全名，以下各处不再另作说明。

的安德谢夫实际上是一个失败者，他找不到合格的继承人，没有意识到当然也无法扭转英国工业资本主义衰落的必然趋势。从社会主义者的角度来看，《芭巴拉少校》的结局并不"忧伤"，虽然作者的本意是营造这样的效果。

马克思主义批评家伊格尔顿曾指出，英国现代主义小说与以往作品的不同之处在于，除了劳伦斯之外，在英国本土出生的小说大家当中，还没有哪一位能够像十九世纪的狄更斯和乔治·艾略特（George Eliot）那样，以博大的胸怀和气魄从总体上审视英国社会（Eagleton: 10）。支配二十世纪初英国小说创作的两个重要流派均思想格局狭隘，社会眼光短浅：以福斯特、弗吉尼亚·伍尔夫（Virginia Woolf）、伊夫林·沃（Evelyn Waugh）为代表的上层阶级小说家囿于精英文化的视野，其思想旨趣专注于伦理学、美学和形而上学，远离现实生活中具体的阶级关系和社会制度；萧伯纳、阿诺德·贝内特（Arnold Bennett）、赫伯特·乔治·威尔斯（Herbert George Wells）和奥威尔等人的下层阶级小说则深受爱弥尔·左拉（Émile Zola）的影响，自然主义气息浓厚，纠缠于小资产阶级的生活细节，缺乏宏观的思想视野，无法呈现英国社会的整体风貌（12–14）。伊格尔顿的这个判断与英国现代主义小说的特征大体相符，但是他没有看到，二十世纪英国现代主义小说的缺憾在《芭巴拉少校》这部戏剧中得到了弥补。萧伯纳通过描写安德谢夫家族挑选继承人的过程，完成了对英国现代历史和社会的总体透视，让我们看到了贵族阶级日渐没落的历史趋势、贵族阶级与工业资产阶级的历史联盟、工业资产阶级的不可一世以及它不可避免的衰落命运，从而完成了二十世纪英国小说所未能完成的任务。如此丰富的历史和现实内容通常只有长篇巨制才能充分表现，如今，它们竟然比较完整地体现在场景屈指可数、人物极其有限的三幕戏剧中，这不能不说是一个异数。

第五章 | 新历史主义视角下的《艰难时世》

　　1859年，名不见经传的英国作家塞缪尔·斯迈尔斯（Samuel Smiles）不声不响地出版了一本通俗读物《自助》，结果一石激起千层浪，引起了巨大的社会反响。它不仅受到本国读者的疯狂追捧，还被迅速译成外文，风行欧美其他国家，掀起了一波又一波"励志学"狂潮。奥威尔回忆说，他父亲一生只读两本书，除了当时人人必读的《圣经》，就是这本《自助》了（斯特龙伯格：352）。由此可见斯迈尔斯在当时的风头之健，影响之大。

　　这是一本面向青年读者的小册子，从风格到内容，处处煽情，时时励志。作者以殷切关怀的口吻绘声绘色地讲述了一大批名人历经艰苦卓绝之后凯歌高奏的人生经历，以此激励年轻人树雄心、立壮志。书中介绍的文学家、科学家、艺术家、发明家和传教士无不声名遐迩，他们大多出身寒微，但秉持自助精神，经过一番艰苦奋斗，终成大名，高居显位，尽享荣华富贵。通过这些生动事例，斯迈尔斯传达了维多利亚时代最重要的一条个人主义社会理念：上到国家的繁荣进步，下至个人的发财幸福，完全取决于自助精神——个人的勤奋、务实、节制、简朴等品性。比起自助精神，其他影响个人成长的因素，不管是社会制度还是政府管理，简直不值一提："即便是最好的制度也不可能给予人积极的帮助。或许最好的制度只能做到让人自由地成长，改善个人的生存环境，仅此而已"（Smiles：1-2）；"政府只会发挥消极和限制作用，发挥不了积极作用和推动作用，政府的功能仅限于保护人身和财产安全，保证人的自由"（Smiles: 2）。

除了大张旗鼓地宣扬个人主义和唯意志论，这种自助话语还体现出极度务实的精神，表露出强烈的反智主义倾向："日常经验表明，活力四射的个人主义对他人的生活和倾向产生了最强烈的影响，实际上构成了最有实际效果的教育。与它相比，大中小学所提供的，只是入门级的东西"（7）。在下文中我们可以看到，这句话和《艰难时世》中庞得贝（Bounderby）蔑视学校教育的言论如出一辙，可以被视为现代读书无用论的源头。

斯迈尔斯熬制的这锅白手起家的心灵鸡汤，香气四溢，食客如云，许多人见之心喜，食指大动，他那句名言"自助者天助"简直成了那个时代的座右铭。到了二十世纪，这锅鸡汤也还没有火尽油干，风靡全球的卡内基故事就是它的正宗嫡传；在中国大行其道的"励志学""成功学"著作，也无时不散发出它的诱人余味；追根溯源，《自助》正是这类著作的鼻祖。这种白手起家的话语貌似正义、高尚，但细究之下不难发现，它所传达的实际上是一种思想浅陋、品味粗俗的极端个人主义。之所以说它思想浅陋，是因为它一叶障目、思想狭隘，只鼓吹个人奋斗的作用，而没有考虑到历史时空和社会条件对个人潜能的制约；之所以说它品味粗俗，是因为它把物质收获当作衡量个人成功与否的唯一标准，在这个过程中过度渲染人的物欲本能，忽略了人的情感和精神需求。

这种市侩气息十足的作品不可能有充分的思想和审美价值，却有一定的历史文献价值。它集中体现并且塑造了维多利亚时期英国中产阶级的社会心理和价值观念，所以，它为社会科学家考察那个时代的思想潮流和社会风尚提供了重要依据，也为批评家深入理解当时的文学提供了重要线索。政治学大家哈罗德·拉斯基（Harold Laski）就很看重这本书，曾为它的第二版写过一篇精彩的序言。历史主义批评大家蒂利亚德也说过："维多利亚时代的人们相信自助这种美德，但我们却无法将丁尼生的诗歌、乔治·艾略特的小说同自助观念联系起来。他们认为这种信念是理所当然的。当然，如果我们牢记这种信念去阅读这些作品，就会发现关于这种观念的大量暗示"（Tillyard：7）。事实上，这种自助精神在时人的头脑中已经根深蒂固，几乎成为作家和诗人的一种无意识。追根溯源，自助精神和它所传递出的白手起家的话语从属于维多利亚时代的主导意识形态——边沁的功利主义，体现了后者的核心理念，即社会的进步源于个人的发展。

5.1　工业小说中的异类

维多利亚时代初期，英国工业资本主义正值上升阶段，自由放任的政策大行其道，残酷的经济剥削骇人听闻，劳资矛盾异常尖锐，各界的批评之声不绝于耳。在这种形势之下，这一时期的英国文学呈现出关心社会现实问题的崭新特征：反映底层悲惨生活、探索救世良方的现实主义小说蔚然成为文学主流，阶级结构、社会运动和道德氛围成为小说家们着力描写的对象（Altick：17）。这种特征明显地体现在十九世纪中叶的工业小说当中，这些批判现实主义色彩浓厚的小说均取材于工业资本主义时期尖锐的劳资冲突，因而被威廉斯称为工业小说。威廉斯在《文化与社会》中列出专章，着重分析了六部著名的工业小说：盖斯凯尔夫人（Elizabeth Gaskell）的《玛丽·巴顿》和《南方与北方》、狄更斯的《艰难时世》、本杰明·迪斯雷利（Benjamin Disraeli）的《西比尔，或两个国家》（*Sybil, or, The Two Nations*）、查尔斯·金斯利（Charles Kingsley）的《奥尔顿·洛克，裁缝和诗人》（*Alton Locke, Tailor and Poet*）和乔治·艾略特的《激进分子菲利克斯·霍尔特》（*Felix Holt, the Radical*）。这几位小说家的政治立场并不一致，有的保守，有的激进，但他们都同情工人阶级当牛做马、衣食无着的悲惨处境，批判资本家唯利是图、残酷无情的工业主义行径。然而，他们却因恐惧社会动荡而拒斥革命，极力反对使用暴力手段改变现状，只想通过社会改良缩小贫富差距，希望资本家良心发现，主动改善劳资关系；凡此种种，都表现出十九世纪中期英国中产阶级异常复杂、矛盾的情感结构（Williams，1960：94-118）。

在上述六部小说当中，《艰难时世》的可读性最强，也最有哲理性，因而显得戛戛独造。其他五部小说都直接描写了劳资冲突，唯有《艰难时世》例外，劳资冲突只是它间接描写的对象，狄更斯着力批判的是导致劳资冲突的思想因素——边沁式功利主义哲学。这是维多利亚时代英国社会的主导意识形态，也是当时工业资产阶级普遍奉行的价值观。在《艰难时世》问世的十九世纪五十年代，边沁的功利主义在英国社会的影响达到了顶峰。在狄更斯的长篇小说当中，《艰难时世》是最有争议性的，对于它的艺术水准历来褒贬不一，然而，对于它的反功利主义立场，却始终无人质疑。

不过，在论述这本小说与功利主义之间的关系的时候，以往的一些研究还是存在一些缺陷。一方面，有的学者过分贬低狄更斯对功利主义的理解，认为他对功利主义的认识不够全面，甚至是错误的。例如，著名学者诺曼·佩奇（Norman Page）就认为，葛擂硬（Gradgrind）的观点不属于功利主义："有人说，葛擂硬这个名字很可能是暗中影射詹姆士·穆勒。然而，将葛擂硬的观点等同于功利主义者的观点是不公平的，因为他们[1]并没有将'功利'这个词最狭隘的意义当作政治和社会原则"（Page：38）。狄更斯研究专家菲利普·柯林斯（Philip Collins）认为，不能把葛擂硬的"事实论"看作功利主义，葛擂硬及其同党的言行只是对边沁思想的片面理解："尽管葛擂硬对事实的痴迷不应被等同于约翰·斯图亚特·穆勒或他父亲的功利主义思想……的确代表了那一时期社会生活和教育中的重要冲动，它们被称为功利主义，实际上它们是对边沁思想的片面理解"（Collins：158）。

另一方面，有人把英国功利主义视作铁板一块，把边沁的功利主义等

1　功利主义者，笔者注。

同于英国功利主义的全部。正因为此，有些研究者只是笼统地论述狄更斯如何反对功利主义，而没有进一步指出他到底反对哪一种功利主义；或者没有注意到，在反对边沁式功利主义的同时，狄更斯在某些方面与功利主义，尤其是约翰·斯图亚特·穆勒的功利主义是有相近之处的。例如，保罗·戴维斯（Paul Davis）写道：

> 有人批评狄更斯说，他的漫画式描写让人看不出这就是边沁、詹姆士·穆勒和伟大的政治学家约翰·斯图亚特·穆勒（詹姆士·穆勒之子）的理性化-经验主义哲学 —— 功利主义……葛擂硬的哲学思想可能不那么严谨……它在构造"现实"的过程中所运用的那些零七八碎的东西，都是通过分析得来的。（Davis: 153）

批评家哈罗德·布鲁姆（Harold Bloom）承认《艰难时世》的审美价值，但他还是认为现代批评对它评价过高，他在字里行间暗示，这是因为该书反对功利主义。另外，他也错误地认为葛擂硬这个形象对边沁的影射不到位，狄更斯对边沁的功利主义的把握不够准确：

> 狄更斯之后的拉斯金和萧伯纳盛赞这本书，因为它可以证明，狄更斯告别商业化和工业化的英格兰，回归到一个所谓更加公正、更加人性化的社会。然而，因为《艰难时世》反对功利主义意识形态而喜欢它，那就把此书与拉斯金和萧伯纳的思想混为一谈了……葛擂硬是个很糟糕的货色，实际上不是对边沁的有效戏仿……我倒是认为，若想明智地研究《艰难时世》，一定不要用马克思主义的阐释方法或其他道德阐释方法。不过，狄更斯的核心内容还是准确无误的，虽说他对边沁的社会哲学的把握不够准确。（Bloom: 5-6）

其实，英国功利主义也有早期和晚期之分，二者之间有着相当大的差异。纵观狄更斯的社会思想及文学创作，他反对的是以边沁和詹姆士·穆勒（James Mill）为代表的早期经典功利主义，而不是以约翰·斯图亚特·穆勒为代表的晚期经典功利主义，他在《艰难时世》中对边沁功利主义的批判接近于约翰·斯图亚特·穆勒对边沁式功利主义的修正。

5.2 边沁式功利主义与《艰难时世》

边沁生于1748年，卒于1832年，他终生未娶，离群索居，勤奋著书，自命为"隐士"。他貌似超然物外，其实心系时局，虽身在江湖而心悬魏阙；只不过他时运不济，赶上了法国革命造成的反动时期，因而未能施展政治抱负，彻底改造英国社会。他一生专注于经世致用之学，提出了很多实用性很强的经济、政治和社会思想，提倡施行自由放任的经济制度，热衷于改良政府机构、修正司法制度、改造监狱、改良教育；他是新兴的工业资产阶级的辩护士，旧式君主制度和贵族阶级的反对者，反基督教的无神论者。他的思想在十八世纪后半叶就已经成熟，但生前出版的著作寥寥可数，影响范围也仅限于部分知识分子。这是当时英国的国内外大环境所致。在法国大革命和拿破仑战争的冲击下，英国统治阶级如惊弓之鸟，他们唯恐肘腋生变，便收紧社会舆论，加强思想控制，致使保守思潮盛行，言论自由严重受限。这样一来，边沁那套激进的社会思想和改造计划也就无从实现了。不过，在他去世之后，形势发生了巨变，他的主张得以大行其道。就在他去世的1832年，英国议会通过了议会改革法案，为工商业资产阶级打开了议会的大门，他们的代表获得了更多参政议政的机会；此后，贵族乡绅在政治上逐渐式微，资产阶级开始真正掌权。经过这次议会改革，一大批边沁主义者进入下议院，操控了各个委员会，发起全方位的社会改革，消除贵族势力在司法、经济等领域的影响，创立了公务员制度，改变了过去依靠裙带关系当官从政的现象。有人说，边沁的思想改造了现代英国的社会制度，这并非夸张之词。议会里的这些边沁主义者也被称为哲学激进派，在他们的鼓噪之下，边沁的社会影响在十九世纪五十年代——狄更斯创作《艰难时世》的时代——达到了顶峰。

虽然边沁的思想产生了很大的影响，但这并没有给他本人带来任何物质利益，反而招来铺天盖地的指责和谩骂。从十九到二十世纪，他一直是左派、右派、激进派和保守派轮番吊打的对象。十九世纪的各路思想家对他均有一定的非议，有的嘲笑他思想肤浅，有的指责他忽视道德。二十世纪的一些自由主义者和左翼社群主义者，例如约翰·罗尔斯（John Rawls）、麦金泰尔、泰勒等人也不放过他，严厉指责他的多数派原则忽视了少数人的利益。而后结构主义者福柯对他设计的全景监控式牢狱的文化考古，更是让人怀疑他是思想控制狂。

边沁的功利主义之所以在十九世纪上半叶盛行一时，是因为它反映了工商业资产阶级在上升时期的强烈愿望和诉求：生产和交易均由那只看不见的手——市场——来决定，政府只负责提供服务，尽量减少行政干预。这种自由放任的经济主张，连同边沁功利主义固有的利己主义伦理观和注重实效的行事方式，为维多利亚时代初期冉冉上升的工商业资本家提供了一种工业主义性质的人生哲学：讲究实际、精于算计、利益优先、罔顾道德、摈弃理想、藐视宗教。这种人生哲学塑造了这些资本家残酷无情、贪婪无度和粗鲁无礼的社会人格。

边沁式功利主义最明显的标志是所谓"最大幸福原则"（the principle of the greatest happiness），也就是上文提到的多数派原则。根据这条原则，衡量法规的好坏就要看它能否给多数人带来最大的利益，衡量一个人行为的对错就要看它能否给当事人带来最大的好处。这条原则集中体现在边沁的代表作《道德与立法原理导论》中。

> 功利是指任何客体的这么一种性质：由此，它倾向于给利益有关者带来实惠、好处、快乐、利益或幸福（所有这些在此含义相同），或

者倾向于防止利益有关者遭受损害、痛苦、祸患或不幸（这些也含义相同）；如果利益有关者是一般的共同体，那就是共同体的幸福，如果是一个具体的个人，那就是这个人的幸福。（边沁：58）

这里所谓的"功利"（utility）（也有人译成"效用"），其确切含义为"获取幸福的工具"，说白了，它就是"物质利益"的委婉表达，也是这个词最狭隘的含义。说到这里，我们可以看出，佩奇的观点——功利主义者并没有将功利这个词最狭隘的意义当作政治和社会原则——是错误的，边沁不但将功利当作政治和社会立法原则，还把它当成了个人行为准则。当然，边沁以"幸福"为国家立法的衡量标准是别有用意的，他实际上在暗示：封建君主制政府给大多数人带来了太多的不幸。

边沁以快乐和痛苦作为衡量幸福的标准，反映出英国经验主义的认识论和人性论的影响，也显示出他在伦理学上明显的利己主义立场。培根、霍布斯、约翰·洛克（John Locke）、乔治·贝克莱（George Berkeley）、大卫·休谟（David Hume）以降的英国经验主义哲学家一直强调，感觉经验才是认识事物最可靠的工具；另外，边沁也继承了传统的经验主义者特别是霍布斯对人性的悲观看法：霍布斯认为人的本性是自私的，人总是本能地追求快乐、躲避痛苦，自私自利是人类行为唯一的动机。这样一来，边沁的功利主义就体现出一种强烈的利己主义特征。

边沁主义的主要倡导者和辩护者纳索·西尼尔（Nassau Senior）直言不讳地说："功利主义对人的武断定义是，利用最少量的劳动和肉体克制，获取尽可能多的必需品、方便和奢侈品，这是人之常情。因此，功利主义……不允许为良心发作留下任何空间，也不必顾及任何人性的冲动：慷慨、怜悯、同情、自我牺牲、仁爱；边沁的伦理学与基督教道德格格不入"（转引自Altick：117）。这种赤裸裸的利己主义是建立在个体主义基础上的。边沁的个体主义有特定的指向，那就是反对贵族阶级的特权和专制，伸张个人的权力和自由。在边沁思想的形成期，贵族保守派才是英国真正的统治阶级，他们要求个人为统治集团的利益作出牺牲，但功利主义者既不教人服从，也不教人谦卑，他们要求人们用利己主义的方式维护自己的权利和利益，从而实现社会的进步（Halévy：314–315）。

说到这里，人们不免发出疑问：在边沁看来，社会利益和个人利益哪一个更重要？显然，边沁更倾向于后者，他在《道德与立法原理导论》中写道："不理解什么是个人利益，谈论共同体的利益便毫无意义"（边沁：58）。这里所说的共同体就是社会。他还作出了一个令人吃惊的论断："共同体是个虚构体，由那些被认为可以说构成其成员的个人组成。那么，共同体的利益是什么呢？是组成共同体的若干成员的利益总和"（58）。根据这个逻辑可以得出这样一个结论：如果个人利益得以实现，整个社会的利益自然就会得到保证。这种看法其实不是什么新见，伯纳德·曼德维尔（Bernard Mandeville）在《蜜蜂的寓言》中有一句名言：个人的失德，有时反而是公共的美德。这种集个体主义和利己主义于一身的理念也可以在英国古典政治经济学中找到源头，亚当·斯密（Adam Smith）在《国富论》中宣称，社会只是个体的总和，每一个个体的行为都出于自私自利的动机，每一个人都是判断个人利益的最好法官，在市场——这只看不见的手——的引领下，只要不违反法律和道德，每个人实现自身利益必然会增加整个社会的利益。斯密为边沁的功利主义学说提供了经济学理论基础。

与斯密的自由市场理论交相呼应的是，边沁在经济上也主张自由放任，反对政府干预经济生活。到了1830年左右，边沁的功利主义与古典政治经济学已经合二为一，几乎成为同义词。狄更斯在很多小说中极力挖苦的"政治经济学家"，指的就是边沁式功利主义者。实际上，在经济制度方面，边沁的立场有时比斯密还要极端。例如，鉴于高利贷对社会危害极大，斯密呼吁政府出手干预，这让边沁非常不满，他写了一系列文章，汇成《为利息辩护》一书，呼吁将高利贷合法化。他在文章中利用斯密的自由市场理论反对斯密本人的主张：人是自身利益的裁决者，如果人自己能够决定生产什么、供应什么、购买什么，那就万事大吉了，立法者不应该干预个体的自由选择，信贷的利率应该由市场自行决定，政府无权过问（Mulgan：15）。斯密看了这部书后心悦诚服，欣然接受了他的批评。

边沁式功利主义也显现出机械、生硬、高度理性化的倾向，主要表现在以下三个方面：蔑视宗教、精于算计、轻视情感和文艺。

边沁本人是无神论者，他深受十八世纪启蒙思想的影响，接受了启蒙哲学家的理性主义，视宗教为文明的诅咒、迷信的渊薮。为了反对基督教赞美自我克制、强调牺牲奉献的理念，边沁强调幸福快乐，宣扬个人优先，容许自私自利。

边沁思想的另一大特征是强调对痛苦和欢乐的数量计算。边沁为不同的快乐明确规定了价值，因此，他的哲学经常被说成是一种计算哲学（15）。在他看来，衡定个人行为是否妥当，判断国家立法是否可行，就看这种行为或这条立法给当事人带来的痛苦多还是欢乐多。幸福计算法的公式很简单，先做加减，再做乘除，用快乐的总数减去痛苦的总数，再乘以人数即可得出结果。当然，在计算过程中还要考虑其他参数，即快乐的几个属性：强度、持久性、确定性、近似性、丰富性和纯度[1]。在计算过程中，数量是唯一的标准，物质性价值是唯一值得考虑的对象（Altick：117–118）。这种幸福计算法并不是凭空提出来的，而是有着深厚的社会基础，它与工业革命息息相关。随着资本逐利逻辑的全面渗透，对社会生产乃至人性的衡量都逐渐走向了数据化。

> 算术是工业革命的基本工具，使用者将算术视为一系列的加加减减：贱买贵卖之间的成本差额，生产成本与销售价格之间的差额，投资与回报之间的差额。杰里米·边沁及其追随者堪称此类理性最一贯的倡导者，在他们看来，甚至是道德和政治都受到这些简单计算的支配……据说，对人性的衡量也会得出其负债和收益数字，就像生意场上的计算一样。（霍布斯鲍姆，2016：79）

---

[1] 指快乐没有副作用。

边沁主义机械生硬的过度理性化特征还表现在崇尚物质进步，忽视精神的重要性，尤其否认情感、同情心、美、诗歌的存在意义，因而招致了很多人的不满和批评。边沁有句名言：如果针戏[1]能够给人带来与诗歌同等快乐的话，它就是与诗歌同样善的东西。边沁把这两种不可比拟的东西相提并论，激起了文人们的怒火，他的功利主义也因此而被贴上了粗俗、市侩的物质主义标签。卡莱尔称之为"猪猡的哲学"，就是因为它以快乐为标准来评判行为有用与否，既然猪可以像人一样感到快乐，那么如果快乐真的像边沁说的那么重要，人完全可以像猪一样心满意足地活着（Mulgan：22）。

以上就是边沁功利主义哲学的基本要义，在下文中我们可以看到，它们在《艰难时世》中或隐或显地有所体现，这足以证明，狄更斯对边沁的功利主义的认识还是比较准确和全面的。其实，早在《艰难时世》问世之前，狄更斯就已经在《雾都孤儿》《古教堂的钟声》和《荒凉山庄》中开始批判边沁式功利主义了；但与《艰难时世》略有不同的是，这几部小说中的批判并不系统、全面，它们只批判了边沁功利主义的某一个方面。

5.2.1 先期批判

在《雾都孤儿》中，狄更斯主要批判的是边沁所设想的贫民习艺制度，这套制度建立在边沁式理性计算原则基础之上。1834年，马尔萨斯主义者与边沁主义者联手，促使议会通过了济贫法修正案，在此之后，贫民习艺制度开始在英国推行。该制度最早是边沁等人在十八世纪末设计的，它按照边沁倡导的"节省、有效和一致"的原则建立，同时遵照选举原则和行政指派原则：由三个政府委员代表中央政府负责制定济贫管理条例，监督实施情况；由地方上的济贫委员会负责实施，这些济贫委员由当地教区的纳税人选举产生（Trevelyan：78）。《雾都孤儿》中那"十来位肥

1　一种粗俗的游戏。

胖的绅士"就是济贫委员（狄更斯，2010：10），他们是奥利弗（Oliver）悲惨命运的重要推手。这个法案一出台便饱受争议。它有一条异常残忍的规定，只有老年人和残疾人才能享受户外救济，凡有劳动能力的穷人及其家属，若想接受救济，就必须住进贫民习艺所，参加繁重的体力劳动。习艺所的生活条件极差，工作环境恶劣，素有"穷人的巴士底狱"之称。它不仅建筑样式很像监狱，管理也像监狱，纪律严、规矩多。关在这里的贫民不但要像犯人那样身穿号服，还不能随意接触外人，连吃饭都不能出声；为了防止贫困世袭，夫妻必须分居，以免怀孕生子。因此，很多穷人宁可在外面饿死，也不愿意进习艺所。奥利弗在习艺所中遭受的种种凌虐貌似夸张，其实是高度写实的。

《雾都孤儿》中有这样一段令人触目惊心的场景：小奥利弗在习艺所里终日不得饱食，离开这里之后，他去了殡葬员家；进了肮脏不堪的厨房，一见到腐烂臭肉的残渣，他立刻冲上去狼吞虎咽、大快朵颐。狄更斯走笔至此，难耐胸中怒火，便开始诅咒边沁主义者。

> 要是有这样一位吃得脑满肠肥的哲学家，肉和酒在他肚子里会变成胆汁，他的血冷如冰，他的心硬如铁；我希望他能看到奥利弗·退斯特捧住连狗也不屑一顾的那盘美味的神态。我希望他能目睹饿得发慌的奥利弗把剩余食物一块块撕碎时那副馋得可怕的样子。而我更希望能看到的是，那位哲学家自己把同样的食物吃得同样津津有味。（31）

这里所说的"哲学家"就是当时所谓的激进哲学家、在议会里呼风唤雨的边沁式功利主义者，他们是这套救济制度的制定者和实际推手（Collins：189）。

在1844年出版的圣诞小说《古教堂的钟声》中，有一个情节讽刺了边沁功利主义的理性计算原则。新年在即，为了改善生活，老脚夫与爱女梅格（Meg）买了一份劳苦大众的食品——煮牛肚，结果遭到了两位绅士的非议，一位是政治经济学家（边沁主义者），另一位是政府参事。政治经济学家利用统计学方法，精确地计算出了煮牛肚的热量损耗，并得出结论说，这足够500名驻军吃五个月的。他厉声斥责这种浪费，把老脚夫吓得两腿直哆嗦，似乎自己让军队挨了饿，成了国家的罪人。这种狄更斯式的夸张令人忍俊不禁，同时也让人为之心酸，它讽刺了边沁主义者利用理性的计算原则与政府联合起来压榨穷人的卑劣行径。

在1852年开始连载发表的《荒凉山庄》中，也可以看到边沁式功利主义者的影子。心狠手黑、贪得无厌的高利贷商人斯墨尔维德（Smallweed）一家，从这个耄耋老头子到他的孙子、孙女，每一个人都是精于算计、贪财好货、讲究实际的功利主义者。

> 斯墨尔维德家的人丁虽然增长缓慢，但在这个时期，他们家的人因为一直是从小出外谋生，到老才娶妻生子，所以，倒也养成了注重实利的性格，而放弃一切娱乐，鄙视所有的故事、童话、小说和寓言，至于放荡的行为，那更是一概排斥和严加禁止。就因为这些原故，他们一家一直也没生过小孩，而只生过早熟的小大人，而且，据说他们因为精神上受到某种压抑，所以都长得像老猢狲一样，但是，尽管如此，这倒是一件可喜的事。（狄更斯，《荒凉山庄》: 374–375）

尤其让人忍俊不禁的是他老婆的一举一动：这个老太婆患有严重的老年痴呆，已经无法正常交流，但即便如此，一听到数字，她还是两眼放光，异常兴奋，大喊大叫，"把数目字和钱扯在一起"（376）。

1850年，狄更斯在《家常话》（*Household Words*）杂志的创刊号中指出，他办这个杂志的目的和方针就是反对功利主义，用温情的幻想去对抗冷酷的现实。四年之后，他在《艰难时世》中践行了自己的主张（Page: 6）。

5.2.2　功利主义在小说中的体现

在同时代人当中，狄更斯最服膺浪漫主义散文家和史学家卡莱尔，后者对他的影响在《艰难时世》和《双城记》两部小说中体现得最为明显。卡莱尔不光为狄更斯创作《双城记》提供了有关法国革命的大量史料，还塑造了狄更斯对这场革命的基本看法。在十九世纪的英国作家当中，卡莱尔堪称工业资本主义最激烈的攻击者，与他的言辞相比，马克思对资本主义的批判都显得温和。卡莱尔对边沁式功利主义的嬉笑怒骂、对古典政治经济学家的深刻批判、对工厂立法和卫生改革的大声疾呼，得到了狄更斯的热情响应和坚定支持，这在《艰难时世》当中均有所反映；这部小说就是题献给卡莱尔的。事实上，它的主人公葛擂硬的名字就来自于卡莱尔的一篇文章。1830年，卡莱尔发表文章挖苦边沁和他的忠实信徒詹姆士·穆勒，指责他们的功利主义无视道德和良知："唉，可怜的英格兰，愚不可及、不长脑袋的英格兰！边沁用他的磨坊（mill）碾掉了（grind）你们的道德"（Rosen：169）。狄更斯受此文启发，为《艰难时世》的主人公起了Gradgrind（有逐步碾磨之意，中文译名为葛擂硬）这个名字，以影射边沁主义者。

作为虔诚的边沁主义者，葛擂硬不仅在社会上宣扬边沁式功利主义，在个人生活中，他也坚定不移地用这套原则来教育子女，从而导致了灾难性的后果：大女儿露意莎（Louisa）与庞得贝的婚姻只有利益交换而毫无情爱，这给露意莎带来了无尽的精神痛苦，她差一点和纨绔子弟私奔，并因之身败名裂；儿子小汤姆（Tom）长大成人后，变成了唯利是图、不择手段的小人，最后因作奸犯科而逃亡国外、身死异乡。对于边沁式功利主义的核心原则，狄更斯用生动形象的讽刺手法、辛辣嘲讽的语言，极尽揭露和批判之能事。

在葛擂硬创办的小学里，"毁人不倦"的边沁式功利主义教师麦却孔掐孩（M'chokeumchild）[1]与班里的学生西丝·朱浦（Sissy Jupe）有一

1　意为"让孩子们窒息"。

段精彩的对话。狄更斯利用这段对话极为形象地攻击了边沁式功利主义的最大幸福原则。麦却孔掐孩先生问道："现在，比方我们的课堂是个国家。在这国家里有五千万金磅。这是不是个繁荣的国家呢？第二十号女学生，这是不是个繁荣的国家，而你是不是在这个兴旺的国家里生活着呢？"（狄更斯，《艰难时世》: 66）从这两个问题中可以看出，痴迷于数字、推崇物质进步的麦却孔掐孩对英国的现状是相当满意的，他期望得到对方肯定的回答。不料，对底层的艰难生活有着切身体验的西丝却回答说："我想我没法子知道这个国家是不是繁荣，或者我是不是生活在一个兴旺的国家里，除非我知道是谁得了这些钱，是不是我也有一份"（66）。最大幸福原则的坚定信徒麦却孔掐孩并不甘心，他继续提问："这个课堂好比一个大都市，在这个都市里有一百万居民，而在一年之中，只有二十五个居民饿死在街上。你对这个比例的看法怎样？"（66）按照最大多数人的最大幸福原则，这个都市的治理应当是非常成功的。然而，西丝却回答说："不管其余的人有百万，有万万；反正那班挨饿的人总一样难堪"（66）。麦却孔掐孩仍然锲而不舍地追问："在某段时期内，有十万人在海上作长途航行，只有五百人淹死了，或者被火烧死了。这个百分比是多少呢？"（67）西丝的回答是："什么都没有了……这就是说对于这些死者的亲属和朋友来说，什么都没有了"（67）。读到这里，我们不难想象麦却孔掐孩满脸尴尬的样子。

在小说中，毕周（Bitzer）被描写成边沁利己主义伦理学的典型代表。葛播硬学校的模范生毕周毕业之后效力于庞得贝的银行，"执掌着包打听和告密者的荣誉职司"（130）。庞得贝也算知人善用，因为此人"头脑清醒，小心谨慎，考虑周密"，"他的所作所为都是极冷静地精打细算的结果"（130）。这种精打细算的做事风格源于毕周极端自私的性格，他对别人"毫无热爱和感情"（130），甚至对自己的母亲也不例外："他父亲死后，他满意地查明了她母亲在焦煤镇有受救济之权，这位了不得的青年经济学家就紧紧地抓住这条原则不放，替她维护这项权利，于是从那时起，她就给关在养老院里了"(狄更斯,《艰难时世》:130–131)。这个头脑冷静的不孝子每年只送他母亲半磅茶叶,但即便这样,他还感觉自己意志薄弱,因为这种行为与个人主义及白手起家的话语背道而驰:"一切赠与都会使(接)受者不肯奋发有为,不可避免地会使他们变成穷光蛋"(131)。这种做法也不符合古典政治经济学和激进派哲学(边沁主义)的市场经济原理和利己主义人性论:"因为他对于那种商品的唯一合理的交易是,买的时候钱花得越少越好,卖的时候价钱要得越高越好;因此,白送礼物未免太不值得了。哲学家已经证明贱价买进高价售出是人的全部天职——不是人的部分天职,而是全部"(131)。

小汤姆从焦煤镇逃走后,毕周为了立功以求升迁,经过仔细盘算,一路追踪,在小汤姆上船出海之前将其当场抓获。葛擂硬斥责他铁石心肠、不念旧情,他的这位得意门生却理直气壮地答复道:"我这颗心只能为理性所左右,老爷,不能为别的任何东西所左右"(314)。不仅如此,他还利用葛擂硬学校传授的个人利益高于一切、人性本来自私等理念,以其人之道还治其人之身,把葛擂硬狠狠地训了一顿:"但我相信你知道我们整个社会制度建筑在个人利益上。个人利益这说法任何人都听得进。这是我们唯一可以掌握的东西。人性本就如此。这番道理我从小在学校里就听熟了"(314)。葛擂硬被顶得无言以对,只好可怜巴巴地提醒毕周,自己曾经花费一番心血帮他念书,乞求他开恩放过小汤姆,毕周则振振有词地答复说:"我实在奇怪你会采取这样一个绝对不能成立的论点,我从前是花了钱念书的,这不过是桩买卖;我离开学校这种买卖关系也就完了"(315)。这种赤裸裸的利己主义思考方式完全从冰冷生硬的理性出发,丝毫不考虑个人情感,将人际关系简化为纯粹的物质利益关系,完全符合葛擂硬在学校和社会中宣扬的边沁式功利主义哲学和古典政治经济学原理。

> 葛擂硬先生哲学的一个基本原则是,什么都得出钱买。不通过买卖关系,谁也决不应该给谁什么东西或者给谁帮忙。感谢之事应该废

除，由于感谢而产生的德行是不应该有的。人从生到死的生活每一步都应是一种隔着柜台的现钱买卖关系。如果我们不是这样地登上天堂，那么天堂就不是为政治经济学所支配的地方，那儿也就没有我们的事了。(狄更斯，《艰难时世》: 315)

小说中并没有出现"功利主义"或"功利主义者"这样的名词，出现较多的是"政治经济学家"和"(激进)哲学家"这样的字眼，不过，正如上文所指出的那样，在狄更斯时代，边沁式功利主义者和政治经济学家几乎是同义词。狄更斯还特意为葛擂硬的两个幼子取名为马尔萨斯(Malthus)和亚当·斯密，以此来象征边沁的功利主义与古典政治经济学之间的联盟。庞得贝在焦煤镇的纺织厂就是自由放任政策的产物，这家不折不扣的血汗工厂工时长，条件差，工资菲薄，仅可供工人糊口，其运作方式完全符合古典政治经济学的自由市场理论和工资理论：劳动力的多寡由市场决定，工人的工资只够维持工人及其家人生活的基本需求，除此之外就没有再多了。从庞得贝的视角来看："这些家伙，叫他们做多少工就给他们多少钱，到此为止；这些家伙必然要受供求律的支配；这些家伙若违反了供求律，就陷入困难"(176)。与宗法时代土地贵族与佃户之间的关系不同，现代工业社会的资本家与工人之间只存在买卖关系，二者之间的供求关系受到市场规律的制约，工人的工资随着市场的变化而上下波动。庞得贝本人既是这种政策的受益者，更是它的坚定支持者。他不但拒绝满足工人改善待遇的合理要求，反而污蔑这些要求就像是"希望坐六匹马的车子，用金调羹喝甲鱼汤，吃鹿肉"(80)。

边沁式功利主义固有的机械生硬、漠视宗教、讨厌文艺的理性主义特征，在小说的很多地方均有体现。小说名字本身就是一例。据传记作者约翰·福斯特(John Forster)回忆，《艰难时世》在取名时颇费一番周章。在狄更斯之前出版的长篇小说中，除了《荒凉山庄》之外，大都是以主人公的名字来命名的。动笔写《艰难时世》之前，狄更斯为它取了十多个名字，斟酌再三，才选取了"艰难时世"这个富有暗示意义的名字（Samuels：19–20）。Hard兼有"坚硬的"和"艰难的"这两层含义，一方面作者用它意指底层生活的艰难，另一方面，用它暗讽葛擂硬所奉行的功利主义思想机械生硬、缺乏人情味。在小说的前两章中，作者多次使用象征和排比等修辞手法，一再暗示葛擂硬的全部生活都因为过度理性化而呈现出机械生硬的特征：他从事的是五金批发，他有着"四四方方"的额头（狄更斯，《艰难时世》：3），"四四方方的外衣"（3），"四四方方的两腿"，"四四方方的肩膀"（4）；他所居住的"石屋"也是"四四方方"（13）的，即便是他家标本柜里的石头和金属，"看起来都是用那些硬邦邦的器具从原来的物体上敲下来的"（14）。

在边沁式功利主义思想异常活跃的焦煤镇，人们的宗教情感十分淡漠，教堂虽然盖了不少，但都建得马马虎虎；各个教派都不够虔诚，他们跑来抢地盘、建教堂，是为了虚应故事，证明自己的存在，而不是传播信仰。结果这些教堂建得不伦不类，很像堆放大宗货物的栈场，也都沾染了边沁式功利主义高度实用的气息。

> 焦煤镇除了单纯的、有实际用处的东西而外，没有其他的东西。如果某一个教派的信徒们要在那儿建筑一座教堂——已有十八个教派的教徒在那儿建筑了教堂——他们就会同样地把它造成一个以敬神为名的红砖堆栈，只是有些时候（只有特别讲究的教堂才有这种情形）在教堂顶上装一个鸟笼式的东西，把钟挂在里面。（28）

葛擂硬和庞得贝是小说中最重要的边沁式功利主义信徒，他们出场次数最多，发言次数也最多；但是，他们的所有言行从没有涉及过上帝和基督教，他们没有做过一次祈祷，没有参加过一场宗教活动。在他们的所有行动中，勉强能和宗教沾点边儿的只有庞得贝和露意莎在教堂举行的婚礼，但这在文中也是一带而过，作者甚至没有让牧师出场。本应感谢上帝安排美好姻缘的庞得贝，在庄严隆重的婚礼上却只顾大谈自己因白手起家而收获美满爱情的经历，对上帝毫无感激之意。不仅富人漠视基督教，大多数穷人对它也是兴味索然。

> 星期天早晨你打街道上走过的时候，就会觉得非常奇怪，礼拜堂的钟在狠命地敲着，有病的人与神经脆弱的人听了简直要发疯，可是没有什么工人被这钟声吸引了去，他们依然在自己住的地方，呆在不通风的屋子里，或者在街角处没精打采地闲逛着，眼睁睁地瞧着别人到礼拜堂去做礼拜，仿佛做礼拜这件事与他们毫不相干似的。（狄更斯，《艰难时世》: 29）

在小说中，只有边沁式功利主义的敌人——利他主义者斯梯芬·布拉克普儿（Stephen Blackpool）和瑞茄（Rachel）——才是虔诚的基督徒。尤其是布拉克普儿，他把基督教视为生命的支柱，掉入废弃的矿井之后，他正是凭借自己坚定的宗教信念才活了下来；临终之前，他又发扬基督教宽容、仁爱的精神，原谅了陷害者，"发出临死前的祷告，希望世界上的人都能更好地相互了解，彼此之间能更接近一些"（299）。通过塑造布拉克普儿这样一个任劳任怨、充满仁爱、反对暴力的角色，作为基督徒的狄更斯表现了他试图以基督教精神调和阶级冲突的意图，这就是"他一直在文章、演讲和通信中重复的核心思想——雇主和雇员之间必须要有一定的相互信任和尊重，因为他们谁也缺不了谁，而且双方的和谐是整个国家繁荣兴旺的全部希望"（阿克罗伊德: 249）。在这种阶级调和论的推动下，狄更斯大力批判边沁式功利主义漠视宗教的高度理性化倾向。不仅如此，这种批判也表现在他对葛擂硬的数字偏好和"事实"哲学的漫画式描写中。

小说一开始，狄更斯就安排葛擂硬来了一段著名的夫子自道，用异常夸张的手法讽刺了边沁对数字计算的迷恋，尤其挖苦了边沁功利主义的核心主张——幸福可以通过数学公式计算出来。

> 先生，我叫汤玛士·葛擂硬。一个专讲实际的人。一个讲究事实、懂得计算的人。我这个人为人处事都从这条原则出发：二加二等于四，不等于更多……我口袋里，先生，经常装着尺子、天平和乘法表，随时准备称一称、量一量人性的任何部分，而且可以告诉你那准确的分量和数量。这只是一个数字问题，一个简单的算术问题。（狄更斯，《艰难时世》：4）

人性也好，幸福也好，本来是极度模糊的东西，只能通过感性体会到，但在葛擂硬这样的边沁主义者那里，却成了能够运用理性精准计算的对象。在小说行将结束之际，狄更斯又通过描写葛擂硬与毕周的讨价还价，进一步揭露后者痴迷于高度理性化的利益算计而忘恩负义的丑态，以反衬葛擂硬自掘坟墓、果报不爽的可悲下场。

> 葛擂硬先生接着说："你想的不过是升级，那么你要多少钱才能抵偿你的升级损失呢？"
> 毕周回答说："……我知道像你这种计算精明的人会提出这办法，我预先在心里盘算过了，可是我觉得接受贿赂，纵放窃贼，即使给价多高，总归不妥当；还不如平平安安在银行里得个升级机会稳当。"（314–315）

前文中曾提到，著名的狄更斯研究学者柯林斯认为，不能将葛擂硬的事实论算作功利主义。此说大成问题。狄更斯在小说中大书特书的"事实"哲学，表面上与边沁式功利主义风马牛不相及，实际上关系极为密切，近乎同义词。首先，"事实"哲学体现了后者注重数字计算的倾向，这是因为"在一个功利主义的时代，'事实'也意味着追崇数据和数字的风尚，这些'事实'甚至被用于概括和剖析城市贫困人口的不幸和苦难"（阿克罗伊德：248-249）。其次，"事实"哲学还影射了边沁主义者理性务实、力求精准的立法精神。1832年议会改革法案通过之后，大批边沁主义者进入议会的各个委员会，他们大兴调查之风，搜集各种事实和数据，然后分门别类，汇编成册，大大推动了社会的司法改革。黄仁宇念念不忘的数字化管理，韦伯批判的工具理性等，它们在政府层面上的大规模实践均肇始于边沁主义者。对于狄更斯时代的英国人而言，说到"事实"这个词，他们会自然地联想到边沁主义者。由此可见，柯林斯的上述观点是错误的，他根本没有看出"事实"哲学与边沁式功利主义之间的相似性和隐秘联系。

前文中提到，边沁式功利主义崇尚物质进步，忽视精神的重要性，尤其否认情感、同情心、美、诗歌的重要性。这种极端理性化的做法在小说中也多有影射和揭露。按照小说中的交代，葛擂硬学校的教学活动就深受这种极端理性主义精神的指导。从第二章可以看出，凡是与艺术、想象、心灵相关的东西，通通被葛擂硬等人排斥在课程内容之外。这所学校里不准学生念儿童歌谣，不准讲童话故事，甚至连读诗也成了一桩罪恶。葛擂硬把偷看马戏的小孩子"押解"回家后，还悻悻地说道："说不定我还会接着发现我的孩子们偷着念诗呢"（狄更斯，《艰难时世》：22）。显然，狄更斯设计这个情节是为了拿边沁打趣，讥讽他贬低诗歌的偏见。葛擂硬在教育自家儿女时，就是按照这种只注重灌输理性化的概念而丝毫不顾情感培育的原则："没有一个小葛擂硬曾经把田野中的牛，跟儿歌中的那只有名的、歪角牛联想在一起……只听说过牛是有几个胃囊的反刍的四足动物"（12-13）。在这一章中，狄更斯设计了这样一个情节：葛擂硬分别考察西丝和毕周这两位小学生对马的认识，结果，按照这里的考核标准，在马戏团里长大的西丝对于马的认识反而比不上毕周。西丝固然了解马的习性，但她并不知道马的定义；后者虽然不怎么熟悉马，却能够流利地背诵马的概念。在这所极度崇尚理性的学校，仅有丰富生活经验的西丝比起满脑子理论和概念的毕周自然是差生。在这一章里，狄更斯还设计了一个滑稽可笑的"桥段"，让一位政府官员发表了一段荒唐的议论，以突出葛擂硬学校敌视艺术想象的立场。此人强烈反对用画着马的花纸来糊房间，反对用带有鲜花图案的地毯铺地，他给出的理由是："在现实生活中，你们看见过马会在房里的墙上走来走去吗？"（狄更斯，《艰难时世》：8）"事实上你们是不能在花儿上面走来走去的，因此也不能允许你们在有花的地毯上走来走去"（10）。按照同样的逻辑，"你们并没有看见过奇奇怪怪的鸟儿和蝴蝶飞来落在碗盏上，因此也不能准许你们在碗盏上画上一些奇奇怪怪的鸟儿和蝴蝶"（10）。人们只能使用不带任何艺术性想象和虚构、完全忠实于生活事实的花纸和地毯："上面是一些拼合而成的、能够证明的并可以说明的几何图案，和略加改变的几何图案（它们的颜色全得用原色）。这是个新发现。这就是事实。这就是口味"（10）。这个小官僚只在这里出现过一次，以后便不见踪影了；但这个人物并不是多余的，狄更斯之所以安排他出场，是为了暗示这种过度理性化的思潮已经弥漫到整个社会，它不但是民办学校的教育原则，更是治国理政的指导方针。

5.3 约翰·斯图亚特·穆勒与功利主义

约翰·斯图亚特·穆勒是名父之子，他的父亲詹姆士·穆勒是边沁的忠实信徒，也是理智万能论者。据说，正是由于边沁的建议，老穆勒早早地开始对儿子严格教育，准备把他培养成功利主义的接班人（Crisp：2）。与葛擂硬学校中的小学生一样，约翰·斯图亚特·穆勒从小就接受高度学理化的训练，没有享受过童年时代应有的任何乐趣：他三岁开始学习希腊文和拉丁文，在同龄人对世事还懵懂无知的时候，他就已经涉足数学、逻辑学和语言学了；待到八九岁时，他已经能够和詹姆士·穆勒对谈希罗多德（Herodotus）和柏拉图的思想了。但詹姆士·穆勒从不让他学音乐和诗歌，正如葛擂硬反对自己的子女看马戏和念诗一样。约翰·斯图亚特·穆勒的这条成长之路实在是超乎常规，难免招致别人的嘲讽，有人甚至说他是"一个被机械制造出来的人"（a manufactured man）（Crisp：2）。到了1826年，也就是他二十多岁的时候，他与小说中的露意莎一样经历了一次严重的精神危机。这次危机的具体原因不详，他在自传中没有交代，总之，他开始严重怀疑自己过去接受的边沁主义。他阅读了大量华兹华斯等人的诗篇，滋养心性，放松大脑，这才安然度过这场危机。此后，他便开始批判和修正边沁的功利主义。

1833年，也就是边沁去世一年后，约翰·斯图亚特·穆勒匿名发表了《论边沁的哲学》（"Remarks on Bentham's Philosophy"）一文，挑战了边沁的人性自私论。在他看来，边沁在人性问题上犯了简单化的错误：人类行为的动机异常复杂，既有物质性因素也有精神性因素；而边沁只看到了物质性因素对人类行为的影响，忽略了人的精神和情感因素，从而对人性得出了非常悲观的结论，认为自私自利才是人类行为的动机。

在1838发表的《论边沁》（"Essay on Bentham"）一文中，他对边沁人性论的批判愈加严厉。他说边沁目光短浅，只看到人对物质利益的需求："相应地，他只是带着最庸俗的眼光去看待人类"（Albee：197），这样一来，他就"把生意当作人类事物的全部内容"，"他在作品中根本不承认良心的存在"（197）。而这一切源于边沁头脑狭隘，看不到人类性格的复杂性和多样性。在后来出版的《约翰·穆勒自传》中，他还写道："我想只有那些不为自己谋快乐而把心力用在别的目的上的人才是快乐的，为他人谋幸福的人，为人类谋进步的人，甚至从事艺术或学问，但不把它们当作谋生手段，而把它们当作理想目的的人才是快乐的"（约翰·斯图亚特·穆勒：87-88），显而易见，他的快乐观与边沁的利己主义人性论是完全对立的。

针对边沁思想的高度理性化特征，他认为，人应该在情感与理性之间取得平衡，甚至可以让情感超越理性，因为人的情绪感觉构成了人的真正自我。

> 这个时期[1]我思想上发生的另一个重要变化就是我第一次把个人的内心修养当作人类幸福的首要的条件之一。我不再把外部条件的安排和对人的思想与行为的训练看作唯一的重要因素……各种能力之间保持一定平衡现在在我看来是头等重要的事情。感情的培养成为我的伦理和哲学信念的重点。(约翰·斯图亚特·穆勒: 88)

边沁的最大多数人的最大幸福原则是非常有争议的，因为这条原则可以推导出这一主张：为了大多数强者的利益可以牺牲少数人。所以有论者提出质疑：如果奴隶的不幸可以给其他人带来经济利益，奴隶制是否是可以保留？(Mulgan: 15)约翰·斯图亚特·穆勒对边沁的多数派统治理念持批判态度，他认为这一理念忽视了少数派的声音，有违民主、公平的原则，他在《约翰·穆勒自传》中写道："把全部权力给予多数派而不是按得票数字给予按比例的权力，因而最强大的政党得以排除较弱小的政党，后者的政见无法在国家议会上陈述，它们只能在各地偶而不平等地分配到的机会发表意见"(约翰·斯图亚特·穆勒: 150)。

在边沁那里，幸福没有层次高下之分，幸福的多寡仅仅与物质财富的多少联系在一起，快乐也没有肉体和精神方面的区别。约翰·斯图亚特·穆勒则不然，他认为幸福具有多元性，人应当尽可能多地追求幸福，但应当追求高层次的幸福，物质财富不是衡量幸福的唯一标准；约翰·斯图亚特·穆勒不反对追求肉体快乐，但他也认为，精神快乐要优于肉体快乐。用他本人的话来说，做一个不满足的苏格拉底要比做一个满足的傻瓜更好。

为了缓和社会贫富悬殊和极度不平等的状况，约翰·斯图亚特·穆勒对古典政治经济学家和边沁的自由放任理论也作了一定程度的修正。他从早年支持边沁、斯密和大卫·李嘉图(David Ricardo)等人的自由放任

1　指的是他精神危机期间，笔者注。

学说，转而认为政府在经济生活中应该起到一定的调节作用。他逐渐认识到，政府是否干预市场要根据实际情况而定。如果国家干预能够促进社会福祉和进步，那就有必要制定法律及政策加以干预，例如，通过立法限制私有财产的数量，施行遗产税累进制，立法济贫，等等。在《政治经济学原理及其在社会哲学上的若干应用》的中译本序言中，陈岱孙对此作出总结说：

> （约翰·斯图亚特·穆勒）在经济理论分析中注入大量的对人类福利的关注和容忍的精神；从而对他先前所服膺的边沁的功利主义和以之为社会哲学基础的李嘉图经济学，作了修正……穆勒并没有完全放弃功利主义，也没有对竞争的资本主义制度的优越失去信心。但他理解到社会现象的复杂性，对于利己主义的自发功利作用发生怀疑。于是在《原理》中就出现了接受对现行制度的某些改革的主张，甚至容忍这些改革所可能带来的政府对于私人经济行为的干预。（陈岱孙：ii–iii）

正是因为这个原因，英国社会史家特里威廉甚至认为，约翰·斯图亚特·穆勒的思想中有一些社会主义成分。

> 穆勒死于1873年，他为后人留下的一份新自由主义哲学自白书，强烈影响了这个时代之后的思想与实践。他的学说是半社会主义性质的。他敦促通过直接税收，通过遗产税来更好地分配财富，通过立法改善人们的生活条件，由国家和地方政府部门来执行；男女均应获得普选权，不仅应该获得跻身于议会的选举权，还应该获得进入地方政府所属机构的选举权。在约翰·斯图亚特·穆勒的思想中，民主制和政府机构应该共同合作。现代英国的社会结构主要是按照这些路线建构的，即便当穆勒本人及其哲学已经过时之后。（Trevelyan: 96）

约翰·斯图亚特·穆勒对边沁主义的这番全方位修正清楚地显示，他的思路与狄更斯对边沁主义的批判非常相似。因此，我们不能像戴维斯那样，将约翰·斯图亚特·穆勒与边沁相提并论，仿佛二者毫无区别；我们也不能像布鲁姆那样，只是笼统地大谈特谈狄更斯如何批判功利主义，从而将狄更斯对边沁功利主义的批判等同于他对整个功利主义的批判，却忽视了边沁与约翰·斯图亚特·穆勒的思想差异。

威廉斯在评论《艰难时世》时认为，狄更斯在塑造和描写焦煤镇的时候，所依据的正是约翰·斯图亚特·穆勒《政治经济学原理及其在社会哲学上的若干应用》中的思想："但可以肯定的是，狄更斯在遣责焦煤镇得以建立和维系的思想时，他心里想到的是穆勒的《政治经济学原理及其在社会哲学上的若干应用》"（Williams，1960：101）。这显然是一种误解，约翰·斯图亚特·穆勒在写作此书时已经告别早期功利主义，而狄更斯在创作《艰难时世》的时候，想到的应当是边沁、詹姆士·穆勒、斯密和李嘉图等人，而不是约翰·斯图亚特·穆勒，他在《艰难时世》中批判的是边沁的而非约翰·斯图亚特·穆勒的功利主义。

5.4　文本内部的三对矛盾

在《艰难时世》的反面人物当中，庞得贝的形象被丑化得最为严重，给人留下的印象也最为深刻。从他的名字可以看出，狄更斯想把他塑造成一个暴发户（bounder）的形象。不过，作者并没有从正面描写他的发迹过程，也没有具体描写他的经营活动，而是借助于他本人的自述，从侧面大写特写他的发家"惨史"，让他现身说法，痛陈"苦难"家史，到处吹嘘白手起家的不凡经历。在一笔又一笔浓墨重彩的铺垫之后，再让他的母亲突然登场，出人意料地交代出他的真实身世，彻底戳穿其谎言，从而制造出巨大的反讽效果。

不同于一般的暴发户，庞得贝绝不向别人摆阔露富，而是四处"炫耀"自己出身寒微。他就像得了严重的强迫症，抓住一切机会，不顾任何场合，不厌其烦地祭出"吹牛式谦虚"大法，宣扬自助精神，把自己打造成白手起家的人物。他一出场便以咄咄逼人的凶悍气势控诉亲人对他的残忍刻薄。

> 我现在还活在这儿，除掉得感谢自己以外，我没人可以感谢……我的母亲把我扔给了我的外祖母……而且，就我所能记得起来的，我的外祖母是世界上最坏、最糟糕的一个老婆子。要是我碰巧有了一双鞋子，她就会拿去卖掉换酒喝。嗯，我知道我那个外祖母会在早饭之前躺在床上一口气喝掉十四杯烧酒！……她开了一爿杂货铺子……把我放在一只装鸡蛋的箱子里面。那个破旧的鸡蛋箱子，就是我的婴儿时代的摇篮。一等我长大得可以逃跑了，自然，我就立刻逃跑了。于是我就成了一个流浪儿；这样，本来打我、使我挨饿的只是一个老太婆，而现在打我、使我挨饿的却是老老少少各式各样的人了。他们做得对；他们没有理由不这样做。我是一个讨厌的东西，一个累赘，一个祸害。我知道得非常清楚……从没有人拉我一把，我也居然挨过来了。流浪儿、小听差、流浪汉、苦工、看门人、小职员、总经理、副董事长、"焦煤镇的约瑟亚·庞得贝"。这就是我的经历和发迹史。(狄更斯，《艰难时世》: 20-21)

后来，他又不断地重复这套说辞。他这样做至少有两个用意：一方面，他以此来反衬个人的勤奋和成功，取悦主流的自助精神，从而自抬身价，赢得人望，攫取象征资本；另一方面，他借此替恃强凌弱的社会现状辩护——既然成功和富裕源于个人的勤奋，那么贫困也就源于个人的懒惰无能，而非由现存的政治经济制度所致；既然现存的政治经济制度没有问题，资本主义的剥削行为也就是天经地义的了。总之，他的这些"吹牛式谦虚"迎合也利用了当时如日中天的白手起家话语和自助精神。

与所有坚信白手起家话语的人一样，庞得贝也表现出一股强烈的反智主义倾向，他一再强调艰苦的社会历练的重要性，极端鄙视正规的学校教育，认为后者无法培养出像他这样白手起家的强人铁汉。

> "焦煤镇的庞得贝"从铺子外面的招牌上学会了字母……又在一个跛脚的酒鬼(他是被判过徒刑的小偷和屡戒不改的无赖汉)的指点下，从观察伦敦圣·季尔斯教堂尖塔的钟，第一次学会了在钟面上辨别时间。只要你们向"焦煤镇的约瑟亚·庞得贝"讲你们的市立学校，你们的模范学校，你们的职业学校，以及你们那许许多多乱七八糟的学校；那么，"焦煤镇的约瑟亚·庞得贝"就会直截了当地告诉你们，很好，很对——他从没有享受过那样的权利——但是让我们培养一些硬头皮、铁拳头的人吧——他深知造就了他的那种教育，对别人来说是不合适的……(狄更斯，《艰难时世》: 21)

不只在口头上，即便在日常的细微细节中，他也摆出一副忙忙碌碌、率性而为的样子，因为这些都是白手起家人士的标配："庞得贝先生把他的帽子一抛就抛在头上——他总是把帽子抛在头上，表示一个人既是那么忙忙碌碌，赤手空拳成家立业，自然没有时间去学会怎样戴帽子"(25)。

正是因为白手起家的话语在当时深入人心，庞得贝的这套"胡言乱语"才得以大行其道，丝毫不让人怀疑："在别的场合说话绝无夸张的生客们，在焦煤镇的宴会上也会夸奖他，把他捧上天去。他们把他看作'王徽''英国国旗''大宪章''约翰牛'……'教会和国家'，以及'上帝保佑我们的女王'等等的总和"(50)。在这里，白手起家的话语简直成了一种宗教，不容任何人讨论或质疑它的真伪或对错。

即便在自己编造的神话破灭之后，庞得贝仍然紧紧地抓住这套白手起家的说辞，他甚至立下了遗嘱，要求雇一些闲汉在他死后继续帮自己吹嘘。

> 他可曾预见到，他写了一张夸耀自己的遗嘱，让二十五个都是过了五十五岁的骗子，每个人都靠了焦煤镇庞得贝的牌子永远在他家里大吃大喝，永远住在庞得贝的房子中，永远到庞得贝的礼拜堂做礼拜，在牧师传道时他们却大打其鼾，永远靠庞得贝的财产过活，永远像庞得贝那样胡吹乱讲，使好人听起来也会倒胃口呢？（狄更斯，《艰难时世》：323）

当初，出于瞒天过海的需要，庞得贝特地把母亲留在老家，每年给她点儿生活费，不让她出现在焦煤镇，以此来掩盖他的身世和发家经过。但派格拉太太（Mrs. Pegler）爱子心切，每年都要乘坐廉价火车偷偷地来焦煤镇一次，远远地望一眼庞得贝的豪宅，然后心满意足地回家。直到小说快结束的时候，她阴错阳差地被当作盗窃犯给带到庞得贝府上，在葛擂硬的责问之下，她才当众说出了庞得贝的真正身世。

> "约瑟亚在阴沟里长大！"派格拉太太大声叫着。"没那么回事，先生。从来没有过！你问这话难道不害臊！我亲爱的儿子知道，他也会让你知道，虽然他出身微贱，但是他的父母同世上最好的父母一样非常爱自己的子女，省吃俭用使他能写会算，我们从来也不以为苦。而且我家里还有他小时候读过的书可以作证！是的，我有！"派格拉太太又生气又骄傲地说。"我亲爱的儿子知道，也会让你知道，先生，他八岁的时候，他亲爱的父亲就死了，后来他的娘省吃俭用，帮助他谋个出身，叫他去做学徒，因为这样做是她的天职、她的快乐和值得骄傲的事。他是稳当的小伙子，他很好的东家也拉了他一把，同时，他自己也努力工作，渐渐富裕兴旺起来了。"（287-288）

在整部小说中，庞得贝都是以一个撒谎成性的小丑的形象出现的，他的一言一行都是作者挖苦嘲讽、极力取笑的对象，这就让我们感觉到，他的话没有任何信度可言。派格拉太太则不然，在狄更斯笔下，她是一个朴实、正直、善良的人物，文中没有任何痕迹表明她的话是可疑的。她的适时出场和直言无忌，回应了作者前文中的种种铺垫，取得了极佳的嘲讽效果，让读者强烈感受到庞得贝"吹牛式谦虚"的虚假和荒唐，他白手起家的神话也被彻底拆穿。与大多数读者一样，目光如炬的大批评家利维斯也认为庞得贝的话都是自吹自擂："庞得贝代表的是维多利亚时代最粗鄙、最顽固的'赤裸裸的个人主义'。他只关心恣意伸张自我，关心权力和物质成就，而对理想或观念没有一点儿兴趣——除了做完全自立之人这个观念外（因为，虽然他自吹自擂，但实际却并非一个自立之人[1]）"（利维斯：380）。但是，如果我们仔细琢磨派格拉太太这番交代，就会吃惊地发现，庞得贝其实就是一个白手起家的人，无论从哪个方面看，庞得贝都符合一个白手起家人士的条件：他自幼丧父，当过学徒，由于处事稳当，得到东家的赏识和帮助，经过"努力工作"，他"渐渐富裕兴旺起来"，最终成为工业大亨、金融巨子，就连内阁大臣都得让他三分；另外，庞得贝满口方言土语、举止粗鲁无文，这些足以证明，他的确是像自己所说的那样，出身于社会底层。这样一来，小说内部就出现了严重的矛盾：狄更斯的本意是想揭穿这位边沁主义者白手起家的谎言，让他出乖露丑，结果事与愿违，竟然留下了这样一个破绽，不经意地把他写成了白手起家的自立之人。庞得贝先前的那些自我吹嘘并非全是向壁虚构，而是有一定的事实依据的。这样一来，本意想去颠覆白手起家话语的狄更斯，如今却陷入了自我矛盾之中，这股颠覆性力量遭到了遏制。

这种矛盾的产生，一方面源于当时的社会思想氛围。在当时的社会舆论中，白手起家的话语占据了主导地位，作家会不知不觉地受到影响，即

1　self-made man，白手起家之人，笔者注。

便在创作中努力想摆脱它，也难免留下蛛丝马迹。另一方面，这也与狄更斯本人的经历息息相关。狄更斯本人就是白手起家的典范：他出身于负债累累的下层中产阶级家庭，在鞋油厂当过童工，凭借自己的勤奋和天分，最终成为驰名世界的大作家，死后还留下了九万英镑的遗产——在当年，这绝对是一笔巨款。狄更斯津津乐道的一件事是，他小时候和父亲在乡间散步，见到一座名为盖茨山庄的豪宅，艳羡不已，父亲鼓励他努力奋斗，将来也能住上这样的宅邸。后来他通过写作发了财，终于如愿以偿买下了这座山庄。在他的几处居所当中，盖茨山庄是他的最爱，也是他后来终老之所。另外，他本人也非常钦佩那些家境贫寒、白手起家的佼佼者，与他交往的朋友当中就有工人出身的铁路资本家。

小说中的矛盾还不止这一处，在另外两个重要人物——西丝·朱浦和布拉克普儿——的身上，我们也会发现类似的漏洞。西丝是史里锐马戏团小丑的女儿，在葛擂硬办的学校念书。她与边沁式功利主义教育理念格格不入，很不适应这里严苛、无趣的学习环境，成了老师眼里的一名"差生"。后来，她父亲因表演接连失误，在马戏团里待不下去，撇下她出走了；而她被尚存怜悯之心的葛擂硬收留，成为葛擂硬夫人的侍女。露意莎出事之后，她义正辞严地斥退了花花公子赫特豪斯（Harthouse），让露意莎摆脱了他的纠缠，保全了葛擂硬家的脸面。后来，她又精心安排小汤姆逃往国外，免除了牢狱之灾。在小说的主要人物当中，唯有她最后真正获得了幸福：她婚姻完美，儿孙满堂，这与葛擂硬一家的可悲下场形成了鲜明对照。作者之所以这样安排故事情节，意在强化小说的主题：边沁式功利主义教育必然给人带来悲剧性结局。

在狄更斯笔下，西丝和史里锐马戏团所代表的"幻想"（情感）世界，与葛擂硬所代表的"事实"（理性）世界是截然对立的。从她本人的表现来看，无论是在学校还是在葛擂硬家中，她都没有受到边沁式功利主义思想的浸染，在这方面她很像《雾都孤儿》中的奥利弗：奥利弗虽然自幼失去双亲，在济贫院中长大，没有受过像样的教育，还出入贼窝，与歹人为伍，却始终保持一颗纯洁的心灵。在父亲离团出走之后，西丝面临着一个艰难的选择：到底是跟着人情味十足的马戏团离开，还是继续留在压抑人性的葛擂硬学校。就在她举棋不定之际，葛擂硬对她说："我唯一要对你讲的，朱浦，以便影响你的决定的话就是：受一种健全的实际教育是一件非常好的事情，同时，就是你父亲本人（从我了解的看来）为你设想，也了解并感觉到这一点"（狄更斯，《艰难时世》：45）。因为父亲希望她接受葛擂硬学校的教育，西丝就心安理得地留在了这个给她带来极大精神痛苦的地方，这个理由实在有些牵强，很难让人信服。其实，她主动留下来的真正原因是，比起马戏团颠沛流离的生活，葛擂硬家舒适、稳定的生活环境更有吸引力，除此之外，其他解释都没有说服力。但这样一来，心细如发的读者自然会得出结论，促使西丝作出最终选择的正是狄更斯所反对的边沁式功利主义的精心算计：每一个人都是判断自己利益最好的法官，行为对错与否取决于它能否满足自己的快乐（利益）。西丝，这位天生与边沁式功利主义格格不入的人物，居然也按照它的原则行事。文本中的这一矛盾颠覆了狄更斯对边沁式功利主义精心算计的批判，使得狄更斯对边沁式功利主义的攻击力度大打折扣。纵观狄更斯一生的所作所为，他和当时的绝大多数中产阶级文人、作家一样，本质上还是一位个人主义者，因此，他的思想不可避免地与主张个人优先的边沁式功利主义有所交集。

与西丝其乐融融的晚年生活形成鲜明对比的是布拉克普儿催人泪下的悲惨结局。这位心地善良、工作勤恳的纺织工人是作为边沁的利己主义伦理学的对立面出现的。狄更斯利用令人伤感的笔触，把他打造成利他主义的代表、基督教"仁爱精神"的化身。他的名字本身就有丰富的宗教内涵，体现出作者影射现实的明显意图。"斯梯芬"源自基督教的首位殉教者——饱受苦难的圣徒司提反，"布拉克普儿"这个姓氏则来自英格兰北部一个工业城镇的名字，这里是边沁所捍卫的工业资本主义的发祥地之一。多年以来，这位信仰虔诚、无比善良的纺织工人一直承受着双重折磨：一方面，他要忍受庞得贝血汗工厂的残酷奴役和惊人剥削，每月工资所得仅能糊口而已；另一方面，他饱受酗酒成性、神志不清、可能还有卖淫行为的妻子带给他的精神折磨。他很想离婚以求解脱，但又支付不起巨额的诉讼费用。然而，就在酒鬼妻子试图喝药自杀之时，他又及时出手救了她一命。后来，他因拒绝参加工会而遭到工友们的孤立，还因为反驳庞得贝对工人阶级的污蔑而被开除。孤立无助的他只好外出打工。更不幸的是，在临走之前，他又遭到了小汤姆的栽赃陷害，成为银行盗窃案的嫌疑犯。为了及时证明自己的清白，他日夜兼程抄近道赶回焦煤镇，结果掉入废弃的矿井中，受了致命的重伤。在弥留之际，他宽恕了所有陷害他的人，并寄语世人和平相处，放弃斗争。

狄更斯本想把布拉克普儿打造成一个完美的利他主义者，藉此批判边沁的利己主义伦理学。然而，如果仔细观察布拉克普儿的全部言行，我们就会发现，他既不是一个完美的人物，也不是一个纯粹的利他主义者，而是一个有着强烈私念的个人主义者。为了替自己不参加工会找理由，他污蔑号召罢工的工人领袖，毫无根据地说他是工会花钱雇来的："这位代表先生的职业是演说……他拿了钱，他很知道这工作该怎么做。那么，就让他这样做吧。但他别管我所忍受过的是什么。他是不能替我挑这担子的。除了我，任何人也不能代我挑这个担子"（狄更斯，《艰难时世》：159）。利维斯也认为，狄更斯对工人运动的理解有明显的局限性，他对工人运动的丑化描写是小说的一个败笔，理应加以批评。

当狄更斯笔涉英国工会组织时，对于他要予以描述的世界，他的那份理解便暴露出了明显的局限性——这种话是绝对不必有工人阶级的倾向也能说出来的。毫无疑问，职业煽动家是存在的；而维护工会的团结一致，也毫无疑问，常常是以剥夺个人权利为代价的。然而，这样一部具有如此持续的象征意图的作品，竟然把代表性的角色给了煽动家斯拉克布瑞其，而且把工会运动表现成只是误入歧途的被

　　压迫者犯下的情有可原的错误，遂又成为导致那个好工人受苦罹难的一股作用力，这却是小说的一个问题之所在。(利维斯：413)

　　不仅如此，我们还发现，布拉克普儿在反对工会章程的时候，根本拿不出任何正当的理由，我们只能说这完全是出于他的一己之私："庞得贝纺织厂的所有工人之中，唯有我没有同意你们提出的会章。我不赞成那会章。朋友们，我怀疑那会章对你们会有什么好处。更可能的，它对你们会有害处"(狄更斯，《艰难时世》：158)。至于工会章程的大致内容是什么，小说中没有交代。而关于加入工会的害处，布拉克普儿支支吾吾、语焉不详，让人困惑不解。作者提供的唯一解释是，这是出于他个人的原因："但是，我不加入并不是全为了这缘故。如果仅仅这缘故，我也可以同意加入。但是我有我的道理——你们瞧，我有我自己的道理——拖住我的后腿；这道理不仅现在存在，而且永远——永远存在"(158)。这个含糊不清的"道理"纯粹是个人性质的，是他对心上人瑞茄的承诺。瑞茄劝他不要加入工会，其实是害怕这样做会给自己招来麻烦，布拉克普儿就毫不犹豫地答应下来。于是，仅仅因为心上人的这个建议，他便顽固地坚持自己的承诺，公然与工会作对。结果这反倒给他招来了大麻烦——他彻底遭到孤立，无法在焦煤镇立足，最终背井离乡、受伤惨死。布拉克普儿对待工人运动的态度反映了狄更斯本人所持守的改良主义政治立场。在创作《艰难时世》的五十年代，狄更斯不仅猛烈批评边沁的功利主义，由于恐惧暴力革命，他也不遗余力地抨击社会主义，总是不厌其烦地在各类著述中反对工人阶级有组织的抗争活动，宣扬一种改良主义的阶级调和论。与同时代的大多数中产阶级成员相比，狄更斯更为同情工人阶级(Fielding：166)，但他并不谴责资本主义制度，而是鼓励劳资双方改善关系，让政府充当独立的仲裁者(162)。

　　既然不允许布拉克普儿参与集体斗争，狄更斯只能把他写成一个独来独往、执着坚定的个人主义者。于是我们看到，布拉克普儿的某些行为与老舍笔下的骆驼祥子简直如出一辙：他们都沉溺在个人生活的小世界里，有意识地脱离了工人阶级的集体斗争。祥子笃信自我奋斗，时刻与工友保持距离，一心一意地攒钱买车；布拉克普儿只想着挣钱糊口，幻想与心上人早日结合，除此之外别无他顾。威廉斯在总结英国工人阶级的思想特征时说："(英国) 工人阶级的文化不是无产阶级艺术，不是会议，也不是语言的某种特殊用法，而是基本的集体观念，以及由集体观念而产生的机构、态度、思维习惯和意图" (Williams, 1960: 346)。在布拉克普儿身上，我们看不到任何集体观念的痕迹。老舍在《骆驼祥子》的末尾明确指出，自私自利的个人主义是祥子失败和堕落的重要原因，造成布拉克普儿悲剧命运的原因又何尝不是如此。旨在批判边沁式功利主义只顾私利、罔顾道德的狄更斯，由于政治改良主义作怪，不知不觉地把他理想中的基督教利他主义者写成了沉溺于个人情感世界而不顾集体利益的个人主义者；就此而言，他对边沁式功利主义的颠覆在一定程度上遭到了遏制。

结语

　　崛起于二十世纪八十年代初的文化唯物主义，在英国学院派文学批评领域内纵横奔突已近四十年之久，成绩斐然，影响巨大。它在文艺复兴研究领域，特别是莎士比亚研究领域，早已成为正统的研究方法。在布拉德利的人物性格分析、蒂利亚德的历史主义和利维斯的细绎派批评之后，文化唯物主义为莎士比亚研究提供了一种新的研究范式，迄今为止，还没有哪一派文学批评能够挑战它在莎学中的霸主地位。文化唯物主义取得成功的原因在于，它能够克服先前通行的文学批评的短处，同时又吸取对方的长处。它摆脱了自由人文主义批评在当代的变种——细绎派——奉行的割裂文本与背景的做法，与此同时又接受了细绎派的细读式分析，练就了一副看字缝的敏锐眼光。文化唯物主义在领会语言的微妙的同时，又辅以锐利、严谨的理论视角，结合时事，贯通古今，发掘经典文本在彼时的意识形态困境，揭露今人移用经典文本背后的政治机心，揭示表面上保守的经典文本中隐含的激进因素，藉以古为今用，指摘时政。在这个过程中，它还克服了某些传统的社会历史批评脱离文本、大而无当、忽视细节的空疏弊病，同时也避免了形式主义批评目光狭隘、脱离具体语境而执著于寻找某种抽象的道德真谛的弊端。

　　除了视野宏阔、立意高远之外，文化唯物主义不囿于西方马克思主义一家之说，能适时地吸取其他时新理论，汲取女性主义、后殖民主义以及性别研究的思想框架和议题，保持着理论和批评上的生机活力。但是，与其他任何批评流派一样，文化唯物主义也有自身的局限性，这些局限既有政治方面的，也有学理性质的。文化唯物主义深受新左派的思想泽溉，汲汲于改变世道人心的文化政治，藉以对抗当代资本主义。然而，在这方面，它与新左派运动乃至西方马克思主义一样，陷入了文本理论与社会实践严重脱节的窘境。按照安德森的说法，以卢卡奇为开山鼻祖的西方马克思主义理论是一战之后西欧社会主义革命失败的产物。鉴于革命在政治和经济战场上的失败，西方马克思主义将推翻资本主义的战场转移到了文化领域；于是，催生无产阶级的阶级意识，建立无产阶级文化霸权，就成了卢卡奇和葛兰西等人的重要课题(安德森：35–64)。深受西方马克思主义理论影响，英国新左派运动也把自己的斗争局限于文化领域，沉迷于理论推演和文化批判，而从未组织过社会斗争，始终也没有拿出一套能够替代现存资本主义的政治经济方案。虽然文化唯物主义一直高举文化抗争的大旗，但是，它主要从事高度精英化的学术研究，其抽象、艰涩的表述方式决定了它的影响只限于大学内部，甚至可以说仅限于人文学科。对于整个社会的激进化，它的推动作用是相当间接和有限的。

文化唯物主义是地地道道的政治批评，它探讨文学作品藏而不露的意识形态功能，而疏于考察文学作品的美学意义。这样一来，它就不可能解决文学研究中经常遇到的一个重要问题：为何这部作品优于另一部作品？当然，回顾整个二十世纪的各家批评流派，无论哪一家都没有对这个问题给出一个系统的、科学的和明确的答案。无论是俄国形式主义、美国新批评、英国细绎派、法国结构主义、后结构主义之类的内部研究，还是精神分析批评、读者反应理论、接受美学、西方马克思主义、后殖民主义等外部研究，都没有解决这个问题。

虽说文化唯物主义被视为理论运动，然而细察之下即会发现，它并没有生发出自己的一套原创性理论，甚至没有提出一个独立的、具有广泛适用范围的理论术语，即便是"文化唯物主义"这一名称本身，也取自马克思主义文化理论家威廉斯。准确地说，它只是融合了诸多激进理论的一套批评实践，而不是一个独立的理论流派。它有自己的一套批评程序，但没有自己的理论框架，它所使用的概念术语多来自西方马克思主义、女性主义、后殖民主义、性别研究以及同性恋理论。总的来说，它的理论视角和思想方法大多来自西方马克思主义和后结构主义，为它提供重要思想灵感的理论家包括葛兰西、布莱希特、阿尔都塞、威廉斯、福柯等。

　　文化唯物主义与西方马克思主义的关系是非常复杂的。它的意识形态研究显然是西方马克思主义的一部分，就此而言，我们可以说文化唯物主义是西方马克思主义批评在英国的分支。然而，它在后殖民研究、女性主义、性别研究、同性恋研究方面的建树，又使之有别于卢卡奇、葛兰西、阿多诺、威廉斯、詹明信、伊格尔顿等西方马克思主义者的研究，在这方面它只是西方马克思主义的同路人或同盟军。

　　与上述其他文学理论及批评流派一样，文化唯物主义也会经历盛极而衰的过程。目前，在文学批评界纵横驰骋近四十年之久的文化唯物主义已经呈现出缓慢衰颓的趋势。特别是主将辛菲尔德故去之后，文化唯物主义批评后继无人的局面已经相当明显。在笔者看来，造成它渐趋衰颓的原因，除了前面所说的种种局限性之外，可能还包括以下几种。首先，它的批评手法早已固定成型，没有新的突破，读者已经对它丧失了新奇感。一看到文化唯物主义批评家的名字，读者几乎就可以猜出来，他/她要寻找文本的内在矛盾，发掘出与主流思潮相对立的因素，颠覆已被广泛接受的既有论断了。其次，自二十世纪九十年代以来，文化唯物主义批评越来越脱离现实的阶级问题，转而将更多的精力放在性别政治上——其实，在现代社会中，阶级差异和分化才是最大的社会差异和分化——这就不可避免地掩没了文化唯物主义批评的现实关怀和社会批判锋芒。最后，比起同时代的其他批评流派，例如后殖民主义和女性主义，文化唯物主义的操作难度相当大。它不仅要求研究者有着过硬的史学功底、强烈的历史意识，还要求研究者有细察字缝的文本阅读能力以及强大的理论思辨能力。历史的意识、文本的细读和理论的辨析堪称为文化唯物主义者的标配。

不过，我们也不必对文化唯物主义的未来过于悲观。任何一种理论都会经历兴衰更替，从二十世纪初掀开现代文论面纱的俄国形式主义，到三十年代以来蓬勃发展的新批评，再到七十年代如日中天的解构主义，都没能逃脱这种宿命，文化唯物主义也不会例外。但是，这并不意味着它会彻底沦为明日黄花，被新一阵理论飓风席卷而去，杳如黄鹤，不知所踪；相反，它会像一条巨川，在主流缓缓入海之前，仍有大量的支流分叉，流溢四方，潜入地下。即便文化唯物主义将来胜景不再，它的种种合理成分依然会保留下来，悄无声息地融入其他批评理论，更新其血脉，藻雪其精神，为新一波理论的出现积蓄力量。其实，文学理论的发展史就是这样一段层层累积的历史：没有哪一种理论能有纯粹的原创性，它们都是批评传统积淀的结果；而每一种影响巨大的理论都不会彻底死亡，它的生命总会以另一种方式延续下去。新批评没落了，但它细读文本、微言大义的方法却保留了下来；传统的马克思主义批评饱受攻击，甚至被以偏概全地贬斥为经济决定论，但它的阶级分析视角却被女性主义和后殖民主义所吸收，移步换形，转化为对女性和被殖民者的文化处境分析。每一种失势的理论都像一条地下河，其涓涓细流在地表了无痕迹，但在适当时机，它也会破土而出，汇入新的理论激流。生命之树常青，理论的黯淡终究只是一时，它的前景并不总是灰色的。

参考文献

Achebe, Chinua. "An Image of Africa: Racism in Comrad's *Heart of Darkness*." *A Practical Reader in Contemporary Literary Theory*. Eds. Peter Brooker and Peter Widdowson. London: Prentice Hall, 1996.

Albee, Ernest. *A History of English Utilitarianism*. New York: Collier Books, 1962.

Althusser, Louis. *Lenin and Philosophy and Other Essays*. Trans. Ben Brewster. New York/London: Monthly Review Press, 2001.

Altick, Richard D. *Victorian People and Ideas: A Companion for the Modern Reader of Victorian Literature*. New York: W. W. Norton & Company, Inc., 1973.

Anderson, Perry. *Considerations on Western Marxism*. London: New Left Books, 1976.

—. *English Questions*. London: Verso, 1992.

Bentley, Eric Russell. "The Theory and Practice of Shavian Drama." *Critical Essays on George Bernard Shaw*. Ed. E. B. Adams. New York: G. K. Hall & Co., 1991.

Bertens, Hans. *Literary Theory: The Basics*. London: Routledge, 2001.

Blackledge, Paul. *Perry Anderson, Marxism and the New Left*. London: The Merlin Press, 2004.

Bloom, Harold. *Charles Dickens's* Hard Times. Updated ed. New York: Chelsea House Publishers, 2006.

Bradley, A. C. *Shakespearean Tragedy*. London: Macmillan, 1905.

Brannigan, John. *New Historicism and Cultural Materialism*. New York: St. Martin's Press, 1998.

—. "Introduction: History, Power and Politics in the Literary Artifact." *Literary Theories: A Reader and Guide*. Ed. Julian Wolfreys. Edinburgh: Edinburgh University Press, 1999.

Collins, Philip. *Dickens and Education*. London: Macmillan, 1963.

Crisp, Roger. *Mill on Utilitarianism*. London/New York: Routledge, 1997.

Davis, Paul. *Critical Companion to Charles Dickens: A Literary Reference to His Life and Work*. New York: Facts On File, Inc., 2007.

Dollimore, Jonathan. *Sexual Dissidence: Augustine to Wilde, Freud to Foucault*. Oxford: Clarendon Press, 1991.

—. "Introduction: Shakespeare, Cultural Materialism and the New Historicism." *Political Shakespeare: Essays in Cultural Materialism*. Eds. Jonathan Dollimore and Alan Sinfield. 2nd ed. Ithaca/London: Cornell University Press, 1994.

—. *Death, Desire and Loss in Western Culture*. New York: Routledge, 1998.

—. *Sex, Literature and Censorship*. Cambridge: Polity Press, 2001.

—. *Radical Tragedy: Religion, Ideology and Power in the Drama of Shakespeare and His Contemporaries*. London: Palgrave Macmillan, 2010.

—. "Alan Sinfield: Mentor and Lover." *Textual Practice 30*(6), 2016: 1031-1038.

—. *Desire: A Memoir*. London: Bloomsbury, 2017.

Dollimore, Jonathan and Alan Sinfield, eds. *Political Shakespeare: Essays in Cultural Materialism*. 2nd ed. Ithaca/London: Cornell University Press, 1994.

Dworkin, Dennis. *Cultural Marxism in Postwar Britain: History, the New Left and the Origins of Cultural Studies*. Durham/London: Duke University Press, 1997.

Eagleton, Terry. *Exile and Emigrés: Studies in Modern Literature*. New York: Schoken Books, 1970.

Fielding, Kenneth. *Charles Dickens: A Critical Introduction*. London: Longmans, Green, 1958.

Gallagher, Catherine and Stephen Greenblatt. *Practicing New Historicism*. Chicago/London: The University of Chicago Press, 2000.

Ganz, Arthur. *George Bernard Shaw*. London: Macmillan, 1993.

Greenblatt, Stephen. *Shakespearean Negotiations: The Circulation of Social Energy in Renaissance England*. Oxford: Oxford University Press, 1988.

—. *Learning to Curse: Essays in Early Modern Culture*. New York/London: Routledge, 1990.

—. "Introduction to *The Power of Forms in the English Renaissance*". *Selective Readings in 20th Century Western Critical Theory*. Eds. Zhang Zhongzai *et al*. Beijing: Foreign Language Teaching and Research Press, 2002.

Groom, Nick. "To Your Trolleys. On Your Marx…" *Times Higher Education Supplement* 27 May, 2005: xxiii.

Halévy, Elie. *The Growth of Philosophic Radicalism*. Trans. Mary Morris. London: Faber & Faber Ltd., 1928.

Hall, Stuart. "The 'First' New Left: Life and Times." *Out of Apathy: Voices of the New Left 30 Years on*. Eds. Oxford University Socialist Discussion Group. London: Verso, 1989.

Harris, Jonathan Gil. *Shakespeare and Literary Theory*. Oxford: Oxford University Press, 2010.

Heinemann, Margot. *Puritanism and Theatre: Thomas Middleton and Opposition Drama Under the Early Stuarts*. Cambridge: Cambridge University Press, 1980.

—. "How Brecht Read Shakespeare." *Political Shakespeare: Essays in Cultural Materialism*. Eds. Jonathan Dollimore and Alan Sinfield. 2nd ed. Ithaca/New York: Cornell University Press, 1994.

Hill, Eldon C. *George Bernard Shaw*. Boston: Twayne Publishers, 1978.

Holroyd, Michael. Introduction. *Pygmalion and Major Barbara*. By George Bernard Shaw. New York: Bantam Classic, 1992.

Jackson, Leonard. *The Dematerialisation of Karl Marx: Literature and Marxist Theory*. London/New York: Longman, 1994.

Kaye, Harvey J. *The British Marxist Historians: An Introductory Analysis*. Cambridge: Polity Press, 1984.

Kenny, Michael. *The First New Left: British Intellectuals After Stalin*. London: Lawrence and Wishart, 1995.

Lin, Chun. *The British New Left*. Edinburgh: Edinburgh University Press, 1993.

Macintyre, Stuart. *A Proletarian Science: Marxism in Britain 1917-1933*. Cambridge: Cambridge University Press, 1980.

Madame de Staël. "On Northern Literature." *Selective Readings in Classical Western Critical Theory*. Eds. Zhang Zhongzai and Zhao Guoxin. Beijing: Foreign Language Teaching and Research Press, 2006.

McCollom, William G. "Shaw's Comedy and *Major Barbara*." *George Bernard Shaw's* Major Barbara. Ed. Harold Bloom. New York: Chelsea House Publishers, 1988.

Montrose, Louis. "*A Midsummer Night's Dream* and the Shaping Fantasies of Elizabethan Culture: Gender, Power, Form." *New Historicism and Renaissance Drama*. Eds. Richard Wilson and Richard Dutton. London/New York: Longman, 1992.

Morgan, Marry M. "Skeptical Faith." *George Bernard Shaw's* Major Barbara. Ed. Harold Bloom. New York: Chelsea House Publishers, 1988.

Mulgan, Tim. *Understanding Utilitarianism*. Stocksfield: Acumen Publishing Limited, 2007.

Paananen, Victor N., ed. *British Marxist Criticism*. New York/London: Garland Publishing, 2000.

Page, Norman. Hard Times *by Charles Dickens*. London: Macmillan Education Ltd., 1985.

Payne, Michael. *A Dictionary of Cultural and Critical Theory*. Oxford: Blackwell, 1996.

Richter, David H., ed. *The Critical Tradition: Classic Texts and Contemporary Trends*. 2nd ed. New York: St. Martin, 1998.

Rosen, Frederick. *Classical Utilitarianism from Hume to Mill*. London: Routledge, 2003.

Ryan, Kiernan, ed. *New Historicism and Cultural Materialism: A Reader*. London: Arnold, 1996.

Samuels, Allen. *Hard Times: An Introduction to the Variety of Criticism*. London: Macmillan Education Ltd, 1992.

Shklovsky, Viktor. "Art as Technique." *Selective Readings in 20th Century Western Critical Theory*. Eds. Zhang Zongzai, *et al*. Beijing: Foreign Language Teaching and Research Press, 2002.

Sinfield, Alan. *Literature in Protestant England, 1560-1660*. London/Canberra: Croom Helm, 1983.

—. *Faultlines: Cultural Materialism and the Politics of Dissident Reading*. Berkeley/Los Angeles: University of California Press, 1992.

—. *Cultural Politics—Queer Reading*. London/New York: Routledge, 1994.

—. "Give an Account of Shakespeare and Education, Showing Why You Think They Are Effective and What You Have Appreciated About Them. Support Your Comments with Precise References." *Political Shakespeare: Essays in Cultural Materialism.* Eds. Jonathan Dollimore and Alan Sinfield. 2nd ed. Ithaca/London: Cornell University Press, 1994.

—. "Royal Shakespeare: Theatre and the Making of Ideology." *Political Shakespeare: Essays in Cultural Materialism.* Eds. Jonathan Dollimore and Alan Sinfield. 2nd ed. Ithaca/London: Cornell University Press, 1994.

—. *The Wilde Century: Effeminacy, Oscar Wilde and the Queer Moment.* London: Cassell, 1994.

—. *Gay and After: Gender, Culture and Consumption.* London: Serpent's Tail, 1998.

—. *Literature, Politics and Culture in Postwar Britain.* London/New York: Continuum, 2004.

—. *On Sexuality and Power.* New York: Columbia University Press, 2004.

—. *Shakespeare, Authority, Sexuality: Unfinished Business in Cultural Materialism.* London/New York: Routledge, 2006.

Smiles, Samuel. *Self-Help.* Rev. ed. London/Aylesbury: Hatzell, Watson and Viney, L.D., 1908.

Smith, J. Percey. "Shaw's Own Problem Play." *George Bernard Shaw's* Major Barbara. Ed. Harold Bloom. New York: Chelseas House Publishers, 1988.

Stevenson, Nick. *Culture, Ideology and Socialism: Raymond Williams and E. P. Thompson.* Aldershot: Avebury, 1995.

Stromberg, Roland. *European Intellectual History Since 1789.* 6th ed. Englewood Cliffs: Prentice Hall, 1993.

Taine, Hippolyte. "*History of English Literature*: Introduction." *Selective Readings in Classical Western Critical Theory.* Eds. Zhang Zhongzai and Zhao Guoxin. Beijing: Foreign Language Teaching and Research Press, 2006.

Tillyard, E. M. W. *The Elizabethan World Picture.* London: Chatto and Windus, 1956.

Trevelyan, G. M. *Illustrated History of English Social History*, Vol. 4. London: Longmans, Green and Co Ltd, 1952.

Tyson, Lois. *Critical Theory Today: A User-Friendly Guide.* New York/London: Garland Publishing, Inc., 1999.

Watson, Barbara Bellow. "Sainthood for Millionaires." *George Bernard Shaw's* Major Barbara. Ed. Harold Bloom. New York: Chelseas House Publishers, 1988.

West, Alick. *A Good Man Fallen Among Fabians*. London: Lawrence and Wishart, 1950.

Williams, Raymond. *Culture and Society: 1780-1950*. New York: Doubleday & Company Inc., 1960.

——. *Marxism and Literature*. Oxford: Oxford University Press, 1977.

——. "Literature and Sociology: In Memory of Lucien Goldmann." *Problems in Materialism and Culture*. London: Verso, 1983.

Wilson, Scott. *Cultural Materialism: Theory and Practice*. Oxford: Wiley-Blackwell, 1995.

Wisenthal, J. L. "The Marriage of Contraries." *George Bernard Shaw's Major Barbara*. Ed. Harold Bloom. New York: Chelseas House Publishers, 1988.

阿尔都塞（阿图塞）:《列宁和哲学》，杜章智译。台北：远流出版事业股份有限公司，1990。

阿克罗伊德:《狄更斯传》，包雨苗译。北京：北京师范大学出版社，2015。

阿诺德:《文化与无政府状态》，韩敏中译。北京：生活·读书·新知三联书店，2012。

安德森:《西方马克思主义探讨》，高铦等译。北京：人民出版社，1981。

奥登:《奥登诗选：1948—1973》，马鸣谦、蔡海燕译。上海：上海译文出版社，2016。

巴里:《理论入门：文学与文化理论导论》，杨建国译。南京：南京大学出版社，2014。

边沁:《道德与立法原理导论》，时殷弘译。北京：商务印书馆，2000。

布莱希特:《布莱希特论戏剧》，丁扬忠等译。北京：中国戏剧出版社，1990。

陈岱孙:《中译本序言》，载约翰·斯图亚特·穆勒《政治经济学原理及其在社会哲学上的若干应用》（上卷），赵荣潜等译。北京：商务印书馆，1991。

邓恩（但恩）:《约翰·但恩诗集》，傅浩译。上海：上海译文出版社，2016。

狄更斯:《古教堂的钟声》，金绍禹译，载汪倜然等（译）《圣诞故事集》。上海：上海译文出版社，1998。

狄更斯:《荒凉山庄》，黄邦杰等译。上海：上海译文出版社，1998。

狄更斯:《艰难时世》，全增嘏、胡文淑译。上海：上海译文出版社，1998。

狄更斯:《雾都孤儿》，荣如德译。上海：上海译文出版社，2010。

蒂利亚德:《莎士比亚的历史剧》，牟芳芳译。北京：华夏出版社，2016。

葛兰西:《狱中札记》，曹雷雨等译。北京：中国社会科学出版社，2000。

何其莘:《英国戏剧史》。南京：译林出版社，1999。

黑格尔:《精神现象学》（上），贺麟、王玖兴译。上海：上海人民出版社，2013。

霍布斯鲍姆:《趣味横生的时光：我的20世纪人生》，周全译。北京：中信出版社，2010。

霍布斯鲍姆:《工业与帝国:英国的现代化历程》,梅俊杰译。北京:中央编译出版社,2016。

肯尼:《第一代英国新左派》,李永新、陈剑译。南京:江苏人民出版社,2010。

利维斯:《伟大的传统》,袁伟译。北京:生活・读书・新知三联书店,2002。

马克思、恩格斯:《马克思恩格斯文集》(第一卷),中共中央马克思恩格斯列宁斯大林著作编译局编译。北京:人民出版社,2009。

穆勒(约翰・斯图亚特・穆勒):《约翰・穆勒自传》,吴良建、吴衡康译。北京:商务印书馆,1987。

萨义德:《人文主义与民主批评》,朱生坚译。北京:新星出版社,2006。

萨义德:《文化与帝国主义》,李琨译。北京:生活・读书・新知三联书店,2016。

莎士比亚:《亨利四世》(下),张顺赴译。北京:外语教学与研究出版社,2015。

莎士比亚:《安东尼与克莉奥佩特拉》,罗选民译。北京:外语教学与研究出版社,2016。

莎士比亚:《特洛伊罗斯与克瑞西达》,刁克利译。北京:外语教学与研究出版社,2016。

莎士比亚:《威尼斯商人》,辜正坤译。北京:外语教学与研究出版社,2016。

斯特龙伯格:《西方现代思想史》,刘北成、赵国新译。北京:金城出版社,2012。

泰森:《当代批评理论实用指南》(第二版),赵国新等译。北京:外语教学与研究出版社,2014。

汤普森:《英国工人阶级的形成》,钱乘旦等译。南京:译林出版社,2001。

王佐良、何其莘:《英国文艺复兴时期文学史》。北京:外语教学与研究出版社,2006。

威纳:《英国文化与工业精神的衰落:1850—1980》,王章辉、吴必康译。北京:北京大学出版社,2013。

韦勒克:《近代文学批评史》(第五卷),杨自伍译。上海:上海译文出版社,2002。

萧伯纳:《芭巴拉少校》,英若诚译。北京:中国对外翻译出版公司,1999。

伊格尔顿:《二十世纪西方文学理论》(第二版),伍晓明译。北京:北京大学出版社,2007。

张中载、赵国新(编):《西方古典文论选读》(修订本)。北京:外语教学与研究出版社,2006。

赵国新:《英国文化唯物主义的思想源流》,载《杭州师范大学学报(社会科学版)》2017年第5期。

推荐文献

Brannigan, John. *New Historicism and Cultural Materialism*. New York: St. Martin's Press, Inc.,1998.

Dollimore, Jonathan. *Radical Tragedy: Religion, Ideology and Power in the Drama of Shakespeare and His Contemporaries*. London: Palgrave Macmillan, 2010.

Dollimore, Jonathan and Alan Sinfield, eds. *Political Shakespeare: Essays in Cultural Materialism*. 2nd ed. Ithaca/London: Cornell University Press, 1994.

Hawthorn, Jeremy. *Cunning Passages: New Historicism, Cultural Materialism and Marxism in the Contemporary Literary Debate*. London/New York: Arnold, 1996.

Marlow, Christopher. *Shakespeare and Cultural Materialist Theory*. London/New York: Bloomsbury Arden Shakespeare, 2017.

Parvini, Neema. *Shakespeare and Contemporary Theory: New Historicism and Cultural Materialism*. London: Bloomsbury, 2012.

Sinfield, Alan. *Faultlines: Cultural Materialism and the Politics of Dissident Reading*. Berkeley/Los Angeles: University of California Press, 1992.

Wilson, Richard and Richard Dutton, eds. *New Historicism and Renaissance Drama*. London/New York: Longman, 1992.

Wilson, Scott. *Cultural Materialism: Theory and Practice*. Oxford: Wiley-Blackwell, 1995.

Veeser, H. Aram, ed. *The New Historicism Reader*. London/New York: Routledge, 1993.

索引

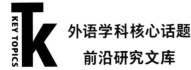

外语学科核心话题
前沿研究文库

"十三五"国家重点出版物出版规划项目

语言学核心话题系列丛书（总主编：王文斌）

■ **普通语言学**（主编：袁毓林）
焦点与量化理论及其运用（黄瓒辉）
韵律语法理论及其运用（周韧）
词汇化与语法化理论及其运用（张秀松）
语义解释的生成词库理论及其运用（李强、袁毓林）
叙实性与事实性理论及其运用（李新良、袁毓林）
语言的深度计算理论与技术应用（王璐璐、袁毓林）
手语的词汇语法研究与教育应用（倪兰）

◆ **句法学**（主编：司富珍）
句法制图理论研究（司富珍）
分布形态理论研究（刘馨茜）
句法类型学研究（待定）
轻动词研究（冯胜利）
名词性短语的生成语法研究（龚锐）

▲ **语义学**（主编：蒋严）
词汇语义学（王文斌、邬菊艳）
句子语义学（周家发）
推理语用学（王宇婴、蒋严、李琳）
语篇语义学（蒋严）
跨语言语义学（沈园）

● **音系学**（主编：马秋武）
节律音系学（宫齐）
韵律音系学（朱立刚、马秋武）
优选论：从并行模式到串行模式（马秋武）
手语音系研究（邓慧兰）

◆ **语音学**（主编：朱磊）
元音研究（胡方）
辅音研究（凌锋）
声调研究（朱磊）

● **认知语言学**（主编：张辉）
隐喻与转喻研究（张炜炜）
构式语法研究（牛保义、李香玲、申少帅）
心理空间与概念整合研究（杨波）

批评认知语言学（张辉、张天伟）
认知社会语言学（张天伟、周红英）

▼ **对比语言学**（主编：王文斌）
论英汉的时空性差异（王文斌）
英汉语篇对比研究（杨延宁）
英汉句法对比研究（何伟）
英汉认知语义对比研究（刘正光）
英汉词汇对比研究（邵斌）
英汉音系对比研究（张吉生）
英汉语音对比研究（许希明）

应用语言学核心话题系列丛书（总主编：文秋芳）

■ **语言习得**（主编：蔡金亭）
二语词汇习得研究（张萍）
二语习得中的语言迁移研究（蔡金亭）
二语学习同伴互动研究（徐锦芬）
二语的外显学习和内隐学习（陈亚平）

◆ **社会语言学**（主编：高一虹）
社会语言学视角下的共同体（董洁 等）
社会语言学视角下的言语交际（肖琳）
从世界英语到国际通用英语（李文中）
语言态度与语言认同（李玉霞）

▲ **心理语言学**（主编：董燕萍）
词汇加工研究（乔晓妹、张北镇）
句子加工研究（吴芙芸）
口译加工研究（董燕萍、陈小聪）

● **语料库语言学**（主编：许家金）
语料库与话语研究（许家金）
语料库与双语对比研究（秦洪武、孔蕾）
语料库与学术英语研究（姜峰）

◆ **语言测评**（主编：韩宝成）
语言测评效度验证研究（罗凯洲）
语言测评反拨效应研究（待定）
Rasch测量理论在语言测评中的应用研究（范劲松）

- **二语写作**（主编：王立非）
  - 二语写作课堂教学研究（杨鲁新）
  - 二语写作认知心理研究方法与趋势（王俊菊）
  - 二语写作测评方式研究（梁茂成）
  - 二语写作身份认同研究（徐昉）
  - 体裁与二语写作研究（邓郦鸣、肖亮）

- ▼ **外语教师教育**（主编：徐浩）
  - 外语教师学习（康艳）
  - 外语教师能力（徐浩）
  - 外语教师共同体（张金秀）

外国文学研究核心话题系列丛书　（总主编：张剑）

- ■ **传统·现代性·后现代研究**（主编：张剑）
  - 经典（张剑）
  - 现代性（宋文）
  - 后现代主义（陈世丹）
  - 改写（陈红薇）
  - 解辖域化（张海榕）
  - 战争文学（胡亚敏 等）
  - 新维多利亚小说（金冰）

- ◆ **社会·历史研究**（主编：杨金才）
  - 权力（杨金才）
  - 乌托邦（姚建彬）
  - 文化资本（许德金）
  - 公共领域（李成坚、任显楷）
  - 霸权（郭英剑）
  - 文化唯物主义（赵国新、袁方）
  - 文学性（李颖）
  - 原始主义（浦立昕）
  - 元小说（丁冬）

- ▲ **种族·后殖民研究**（主编：谭惠娟）
  - 民族（孙红卫）
  - 空间（陈丽）
  - 身份（张柏青）
  - 跨国主义（潘志明）
  - 杂糅（谭惠娟、王荣）
  - 他者（张剑）
  - 科幻（聂涛）

- ● **自然·性别研究**（主编：陈红）
  - 身体（张金凤）
  - 性别（刘岩 等）
  - 男性气质（隋红升）
  - 生态女性主义（韦清琦、李家銮）
  - 田园诗（陈红、张姗姗、鲁顺）

- ◆ **心理分析·伦理研究**（主编：刁克利）
  - 作者（刁克利）
  - 伦理（杨国静）
  - 崇高（陈榕）
  - 传记（待定）
  - 书写（王涛）

翻译学核心话题系列丛书　（总主编：王克非）

- ■ **理论翻译研究**（主编：王东风）
  - 国外翻译理论发展研究（王东风 等）
  - 翻译过程研究：理论、方法、问题（郑冰寒）
  - 译学方法论研究（蓝红军）
  - 翻译认知过程研究（谭业升）

- ◆ **应用翻译研究**（主编：王克非）
  - 翻译教学研究（马会娟）
  - 翻译测试与评估研究（杨志红）
  - 实务翻译研究（范武邱）
  - 翻译能力研究（赵秋荣）
  - 翻译技术研究（王华树）

- ▲ **翻译文化史研究**（主编：许钧）
  - 中国翻译文学史研究（王建开）
  - 西方翻译文化史研究（谭载喜）
  - 翻译史研究方法（黄焰结）
  - 中华典籍外译研究（范祥涛）
  - 中文小说英译研究（王颖冲）

- ● **语料库翻译研究**（主编：秦洪武、黄立波）
  - 语料库翻译学理论研究（黄立波）
  - 双语语料库的研制与应用（秦洪武）
  - 基于语料库的文学翻译研究（胡开宝、李翼）
  - 基于语料库的应用翻译研究（戴光荣）
  - 基于语料库的语言接触研究（庞双子）
  - 语料库文体统计学方法与应用（胡显耀）

- ◆ **口译研究**（主编：张威）
  - 口译理论研究（王斌华）
  - 口译教学研究（任文、郑凌茜、王洪林）
  - 语料库口译研究（张威）

- ■ **跨文化研究核心话题丛书**　（总主编：孙有中）
  - 跨文化能力研究（戴晓东）
  - 跨文化商务话语研究（吴东英、冯捷蕴、梁森 等）
  - 跨文化适应研究（侯俊霞）
  - 跨文化外语教学研究（孙有中、廖鸿婧、郑萱、秦硕谦）
  - 跨文化传播研究（单波）